As penas do ofício

Sérgio Augusto

As penas do ofício
Ensaios de jornalismo cultural

AGIR

Copyright © 2006 by Sérgio Augusto
Todos os direitos reservados e protegidos pela Lei 9.610 de 19.02.1998

Capa
Ana Luísa Escorel, a partir de *O sonho da razão produz monstros*, de Francisco de Goya, 1976 *circa*

Revisão
Fernanda Jardim
Maryanne B. Linz

Produção editorial
Felipe Schuery

CIP-BRASIL. CATALOGAÇÃO-NA-FONTE
SINDICATO NACIONAL DOS EDITORES DE LIVROS, RJ.

A937v

    Augusto, Sérgio, 1942-
        As penas do ofício: ensaios de jornalismo cultural. - Rio de Janeiro: Agir, 2006

    ISBN 85-220-0715-2

    1. Crônica brasileira. I. Título.

06-3733   CDD 869.98
                                                                      CDU 821.134.3(81)-8

Todos os direitos reservados à
AGIR EDITORA LTDA. - uma empresa Ediouro Publicações
Rua Nova Jerusalém, 345 - CEP 21042-235 - Bonsucesso - Rio de Janeiro - RJ
tel.: (21) 3882-8200 fax: 3882-8212/8313

Para Wagner Carelli
Vera de Sá
Michel Laub
Almir de Freitas

Sumário

Apresentação 9

Deus joga dados? 15
Noel Porter & Cole Rosa 21
Ars longa, bellum brevis 28
Assim rasteja a humanidade 35
O Buster Keaton das Alagoas 41
Plutônia e Demótica 47
O sábio vitoriano 54
Palavras, words, mots, paroles 60
As penas do ofício 67
A emoção diferente 73
O sucesso do Virundu 79
O adorno da natureza 86
Deuses mutantes 92
O bardo sem plumas 99
Hollywood Reich 106
O crítico da paixão 112
O verdadeiro Mr. M 119
O soba das estepes 125
Amor e poder 133
Fim de caso 139
À sombra da águia 145

Livre como um táxi 152
O mês do desgosto 159
Emoções anamórficas 166
O objeto perfeito 172
Um Brasil de sonho 179
Um crítico construtivo 184
Locomotiva arlequinal 190
O boêmio agitador 196
Meninos, eu vi 202
Minha tela tem estrelas 208
Tão perto e tão longe 214
Eta, mundo *véio*! 219
Sangue e areia 224
O fim de um mundo 229
Hipérboles na poltrona 234
Vendendo mentiras 239
Cicatrizes ou compras? 244
O sol por testemunha 249
O tico-tico sem fubá 254
O dumping dos acadêmicos 259
O Kafka do gibi 264
A patrulheira da decadência 268
O capitão da notícia 273
Uma aventura em Hollywood 278

Índice 283

APRESENTAÇÃO

SE VOCÊ LEU ou tomou conhecimento do *Lado B*, editado pela Record em 2001, já deve ter sacado o que o espera nas páginas seguintes: uma seqüência, uma complementação daquela coletânea. E antes que se pergunte por que, raios, não a intitulei de "Lado C", explico: justamente por se tratar de uma compilação de pequenos ensaios (ou artigos) publicados na revista *Bravo!* depois de concluída a edição do *Lado B*, julguei sem sentido usar a terceira letra do alfabeto, pois seu lugar de origem, afinal de contas, não foi a revista *Cravo!* – que, aliás, nem existe.

Lado B terminava com um arrazoado sobre a televisão ("A droga da felicidade"), publicado na *Bravo!*, em julho de 2001. Comparando-a ao soma, a droga da imbecilização perfeita inventada por Aldous Huxley em *Admirável mundo novo*, perguntava-me o que se podia fazer para compensar a lavagem cerebral e a vampirização espiritual por ela engendradas. Minha resposta (desculpe a falta de imaginação) ainda é a mesma de cinco anos atrás: educar. Educar para atenuar e, se possível, anular os efeitos do soma, popularizar outras formas de entretenimento e fontes alternativas de prazer e oxigenação cerebral, para que a flexibilização mental não seja, como tantas coisas por aqui, um privilégio de poucos. Ainda creio, portanto, que precisamos democratizar o elitismo.

Em agosto de 2001, afastei-me o mais que pude da vulgaridade televisiva. Fui até o World Question Center, foro internacional criado e administrado pelo escritor John Brockman, atrás das grandes questões que, na opinião de reputados filósofos, físicos, biólogos, psicólogos, matemáticos, historiadores e arqueólogos, desapareceram, injustamente, do cenário especulativo mundial, e lá encontrei esta formidável indagação: "O que Deus tinha em mente quando fez as baratas?" É com essa viagem pelo universo das altas dúvidas filosófico-científicas que retomo o fio da meada interrompida no último texto do *Lado B*, emendando com uma tentativa de provar que Noel Rosa foi o Cole Porter brasileiro. O tema seguinte, para a edição de outubro de 2001, só podia ter sido o 11 de setembro, observado pelo ângulo que até hoje mais me interessa, ou seja, explorando suas conseqüências sobre a cultura americana. No calor da hora, tive de me contentar com os efeitos imediatos dos atentados, procurando não ceder em demasia às arriscadas tentações da profecia.

A sisudez de Graciliano Ramos; as palavras que não temos e deveríamos tomar emprestadas a outros idiomas; os hábitos excêntricos de certos escritores; o prestígio internacional do nosso Hino Nacional (comprovado na Copa do Mundo de 2002) e o sucesso ainda maior de "Aquarela do Brasil" (que alguns gostariam que substituísse o "Virundu"); o lado cinéfilo do poeta João Cabral de Melo Neto; a altíssima ajuda filosófica prestada a todos nós por Millôr

Fernandes; as aventuras de Vinicius de Moraes como crítico de cinema e música; as mais prodigiosas prestidigitações de Mandrake; os bastidores da Rússia stalinista; a ridícula campanha da direita americana contra a França e os franceses, depois que Jacques Chirac negou-se a integrar a coalizão militar que invadiu o Iraque; o impacto da chegada do CinemaScope ao Brasil; a percepção do livro como um objeto perfeito; a passagem de Bertolt Brecht por Hollywood; o mês mais pré-frio do calendário; minha descoberta de São Paulo numa caixa de lápis de cor – eis alguns dos temas abordados nesta coletânea. E nem sequer demos conta de metade do sumário.

Alguns desses ensaios foram posteriormente cedidos à revista eletrônica digestivocultural.com.br, a pedido de seu editor, Julio Daio Borges, o que possibilitou ampliar meu espectro de leitores (naquela época ainda havia gente que não lia a *Bravo!* por confundi-la com uma publicação especializada em ópera) e aumentar minha taxa de retorno (vulgo feedback), incomparavelmente mais rápido e espontâneo na internet. O texto de maior repercussão nas duas mídias foi um desabafo contra a celebritite, cujo título original ("Assim rasteja a humanidade") resolvi recuperar por considerá-lo mais contundente que "A praga da celebridade", o escolhido pela revista, mais por razões de espaço que de recato. Até hoje recebo e-mails solidários com a minha repulsa. Os discordantes acabaram me deixando em paz, mas não sei dizer se apenas cansaram ou se, convencidos pelas evidências, pararam de rastejar.

Por conta do mesmo artigo, um leitor da *Bravo!* me xingou de esnobe. Foi o preço que paguei por emoldurar minha tese de que os jornalistas são os principais responsáveis pela patética vassalagem que se presta às celebridades com um jocoso comentário feito por Paulo Francis, pouco antes de morrer. Para ele, os editores de jornais e revistas davam muita corda "àquela gentalha" porque, com raras exceções, eram "jecas e deslumbrados, que ainda ontem só andavam de ônibus, vestiam terno da Ducal, achavam o fino tomar vinho *rosé*, e comeram o seu primeiro patê aos 25 anos." A frase é puro Francis, safra 1996: caricatural, preconceituosa, mas engraçada e, lamento acrescentar, com numerosos exemplos na vida real. Espero que o tal leitor que me xingou de esnobe (antes confessando andar de ônibus e só ter comido seu primeiro patê depois dos 25) já tenha tentado uma leitura menos estreita e desinteressada do jornalista jeca e deslumbradinho pintado pelo Francis.

O primeiro número da *Bravo!* chegou às bancas em outubro de 1997. Audacioso projeto da inexperiente Editora D'Ávila, pretendia (e conseguiu) acabar com o mito de que revista de cultura, produzida com senso crítico, sofisticação e apuro gráfico, não emplaca nestas paragens. Editada por Wagner Carelli, *Bravo!* abriu espaço igualitário para todas as artes e os mais diversos pontos de vista. Carelli acreditava no primado do texto de qualidade, que, por isso mesmo, podia dar-se o luxo de ser longo, a antítese do que então se recomendava e praticava em nossas redações. Uma seção de ensaios animava-lhe as páginas de abertura, inicialmente com reflexões críticas de Fernando de Barros Silva, Jorge Caldeira, Olavo de Carvalho e dois homônimos: o Sérgio Augusto *tout court*, autor destas linhas, e o Sérgio Augusto de Andrade. Com o tempo, o elenco foi mudando, permanecendo fixos apenas os dois Sérgios.

Por motivos que não cabe aqui exumar, Carelli um dia trocou a edição da revista pela edição de livros. Em seu lugar assumiu Vera de Sá, que manteve inalterado o nível de qualidade e cordialidade. Seus dois competentes substitutos, Michel Laub e Almir de Freitas, também se esforçaram para que a revista não sucumbisse aos miasmas do que os americanos chamam de *dumbing down*. A eles, que sempre se esmeraram em reduzir ao máximo as penas do ofício de escrever (bom não é escrever, é ter escrito), a minha eterna gratidão.

DEUS JOGA DADOS?

PELO QUARTO ANO CONSECUTIVO, o escritor John Brockman, também agente de vários cientistas no mundo inteiro, montou na internet o seu World Question Center. Como das outras vezes, ele pôs no ar uma pergunta e ficou à espera de respostas, que foram imediatamente repassadas à revista eletrônica *The Edge*. Psicólogos e físicos são os que mais atendem ao repto anual do escritor, que inaugurou o seu centro mundial de perguntas em 1998, com a seguinte indagação: Qual foi a descoberta mais importante dos últimos dois mil anos? (Deu de tudo, do feno à pílula anticoncepcional.) A deste ano — Que grandes questões saíram de circulação, e por quê? — já rendera quase cem respostas quando, no final de junho, fui bater por acaso no World Question Center. O acréscimo do porquê evitou que a enquete redundasse em mais uma lista de preferências e palpites, sem maiores compromissos analíticos. Não sei se Brockman seleciona as contribuições, mas o fato é que só gente de peso, embora não necessariamente célebre fora de seu campo de atuação profissional, costuma ter vez no WQC. Este ano até o Prêmio Nobel de Física de 1988, Leon M. Lederman, se manifestou.

Sua escolha? Uma dúvida levantada por Einstein sete décadas atrás: será que Deus joga dados? "Precisamos ressuscitá-la", recomenda o físico, um dos muitos que entenderam a pergunta nestes termos: que grandes questões, há tempos fora de moda, mereciam ser ressuscitadas e, na medida do possível, respondidas?

Grosso modo, saíram de cena as questões que já foram respondidas (ainda que insatisfatoriamente), as que foram mal formuladas e as que nunca deveriam ter sido formuladas porque não admitem respostas concretas e irrefutáveis (Deus existe? Existe vida depois da morte?) ou dignas de crédito (Como e quando será o fim do mundo?). Richard Dawkins, um dos biólogos mais em evidência na mídia, se diz fascinado pelas questões que desapareceram sem uma resposta satisfatória. "São estas que mais desafios impõem ao saber de nossos dias", explica, admitindo não ter encontrado até hoje uma resposta satisfatória para a morosidade da evolução da espécie. "Por que ela é tão lenta sendo a seleção natural tão poderosa e veloz?"

Certas questões evoluem com o passar dos anos ou dos séculos, ao sabor de novos conhecimentos e enfoques originais. Quanto melhor são expressas, melhores respostas costumam obter. "Conseguiremos vencer a morte?", perguntaram-se os metafísicos e até aqueles cientistas vitorianos que fundaram uma sociedade de pesquisa psíquica para testar empiricamente certas experiências mediúnicas. O correto, a essa altura, seria perguntar que proveito ou conforto psicológico podemos extrair da conscientização de que a morte, além de invencível, é democrática. É mais ou menos isso o que propõe a psicóloga (e ex-parapsicóloga) Susan Blackmore, cuja intervenção faz *pendant* com a do colunista da revista *Natural History*, Carl Zimmer, que recicla uma vetusta incógnita ("Quando o homem vencerá todas as doenças?")

com este terrível e procedente corolário: "Seremos afinal derrotados por vírus cada vez mais potentes, paradoxalmente fortalecidos pelo uso indiscriminado de antibióticos e outras drogas miraculosas?". Howard Rheingold também aborda a malversação dos avanços científicos, partindo de um enigma há muito engavetado ("Existem soluções tecnológicas para problemas sociais?") e enfileirando problemas criados em laboratórios. Para concluir com esta cobrança: "O que fazer com as armas tecnológicas de que dispomos para ajudar a acabar com a fome, a miséria, as epidemias e as desigualdades sociais?"

Ninguém mais indaga se as máquinas podem pensar, ponto. O que hoje interessa são os limites do seu cérebro eletrônico. Que são muitos, confirmando as suspeitas do tempo em que as pessoas apenas se perguntavam se as máquinas podem pensar. "Máquinas ainda não pensam como Einstein, mas a maioria das pessoas também não e nem por isso questionamos sua humanidade", diz Pamela McCorduck, especialista em inteligência artificial. Quanto aos animais, não faz mais sentido questionar se eles pensam ou são apenas pavlovianamente condicionados. "Precisamos investigar o que eles pensam e em que medida e de que forma seus pensamentos se diferenciam dos nossos", recomenda Marc D. Hauser, psicólogo evolucionista da Universidade de Harvard.

"A idéia de superioridade do homem morreu quando Darwin investigou a origem das espécies", comenta Alun Anderson, editor-chefe da revista *New Scientist*. E prossegue: "A esperteza humana é apenas uma estratégia particular de sobrevivência, não o degrau supremo de uma escala. Cada espécie dispõe das habilidades de que necessita para sua sobrevivência. Só o homem se considera uma criatura distinta, especial, sem se dar conta de que outros seres estão vivos por aí há muito mais tempo. As baratas, por exemplo." Anderson, aliás, adoraria saber se as baratas filósofas também vivem se perguntando por que Deus as fez tão "especiais".

Por falar em bicho, o polímata Cliff Pickover propõe a restauração de uma secular controvérsia: "Como pôde Noé recolher à sua arca todas as espécies de animais e plantas sobre a face da Terra?" Pôr em xeque lendas bíblicas e mitológicas, aceitas por força da fé, não de evidências científicas (seria física e matematicamente impossível acomodar todo o reino animal, fora as plantas, em qualquer embarcação flutuante), continua sendo um dos exercícios intelectuais mais apreciados por físicos, biólogos, historiadores, arqueólogos e filósofos. Mesmo entre aqueles que parecem acreditar numa força superior, criadora e ordenadora do universo – em Deus, em suma. Martin Rees, astrofísico de Cambridge, daria uma década de sua vida para descobrir se o Todo-Poderoso dispunha de outras opções para criar o nosso universo ou se as leis físicas que nos governam eram mesmo incontornáveis.

No final do século XVIII, James Hutton, um dos fundadores da geologia moderna, perguntou num ensaio: "O que Deus tinha em mente quando fez os vulcões?" Esta questão, soterrada há dois séculos, acaba de ser exumada no World Question Center pelo filósofo inglês Colin Tudge e permite uma infinidade de variações. O que Deus tinha em mente quando fez as baratas? E os ratos? E as pulgas? E quando permitiu que o homem inventasse o dinheiro? O dinheiro, por sinal, aparece explícita e implicitamente em diversas intervenções. David G. Myers, estudioso do assunto, retoma uma velha controvérsia – "O dinheiro traz felicidade?" – e tenta respondê-la com base em pesquisas sobre o progresso material e o estado d'alma dos americanos. Segundo Myers, se o padrão de vida nos EUA melhorou, nos últimos anos, e seu contingente de frustrados e deprimidos aumentou na mesma proporção, a resposta, definitivamente, seria não. Mas nem por isso devemos arquivá-la, e sim enriquecê-la com outras indagações. Por exemplo: o que é ser feliz? Para um inveterado consumista, ter dinheiro para comprar o que quer que seja pode ser o suprasumo da felicidade.

"Que fim levou a Grande Teoria Central?", indaga David Berreby, referindo-se à ausência de um conjunto de conhecimentos especulativos, capaz de explicar tudo ou quase tudo. Embora respondessem e ainda respondam a questões específicas, a psicanálise e o marxismo tinham esse condão. Seria outro dogma considerar impossível o surgimento de uma grande teoria central? Berreby acha que sim, mas não vislumbra no horizonte nenhum sucedâneo à altura de Freud, Marx, Darwin, ou mesmo Lévi-Strauss e Foucault. Pode ser que caiba a um geneticista o privilégio de nos trazer a próxima chave de múltiplos mistérios, mas, segundo a psicóloga Judith Rich Harris, já estaremos no lucro se ele conseguir provar que os genes influenciam mais o comportamento humano que o meio ambiente, hipótese de que ela, aliás, duvida. "Esta é uma das dúvidas essenciais a que a ciência do século XXI tem a obrigação de responder", diz ela.

Outras dúvidas essenciais para o novo milênio, apontadas por experts em informática, física e psicologia: O que fazer com tanto e-mail inútil? Necessitamos de tanta informação assim? Não estaria na hora de se criar um currículo escolar relevante para este século? Para que computadores ultra-rápidos, banda larga e conexão permanente para alunos e professores que só pensam em baixar e jogar videogames? Por que persistir no ensino da matemática? Esta, por incrível que pareça, foi uma auspiciosa sugestão de Roger Schank, exímio matemático e uma das maiores autoridades mundiais em inteligência artificial. Adorei.

Quem primeiro menosprezou a imprescindibilidade da matemática em nosso cotidiano foi Benjamin Franklin, lá se vão 252 anos. Schank também acredita que, tirante os conhecimentos básicos de aritmética, a matemática de nada serve para quem dela não precisa viver, só faz sofrer e provoca traumas naqueles que com seus encantos não se afinam. Quantos adolescentes não foram reprovados por não trazer na ponta da língua o que é uma curva cônica ou quadrática? Para quê? Qual a importância da curva cônica no dia-a-dia de cada um de nós? Quando foi que você se lembrou dela pela última vez?

A grande questão deste novo século, a meu ver, é a educação. Precisamos nos educar adequadamente para nos livrarmos de dogmas, superstições e das informações irrelevantes e inúteis. O que vale dizer que saber é poder. Quem sabe, sim, tem a força.

(Agosto, 2001)

NOEL PORTER & COLE ROSA

CINCO LEITORES ME agradecem a "revelação" de Moacir Santos, que, como milhões de outros brasileiros na faixa dos trinta, desconheciam até quatro meses atrás. Na verdade, quem revelou, sem aspas ou itálico, o grande Moacir foi Roberto Quartin, padrinho do primeiro disco do maestro, *Coisas*. Porque nem haviam nascido quando a Forma, o heróico selo independente de Quartin, expirou e Moacir foi fazer carreira na América, os referidos leitores atribuíram a este que vos distrai uma honra que, honestamente, deve ser depositada aos pés do saxofonista Zé Nogueira, que antes de planejar e co-estrelar o CD *Ouro negro*, lançado em maio, já ressuscitara em disco e no palco algumas coisas do mestre. A mim coube apenas o privilégio de abrir as páginas desta revista ("O Filho Pródigo", *Bravo!*, maio de 2001) à redescoberta e promoção de um gênio meio esquecido da moderna música popular brasileira, um virtuoso comparado a Duke Ellington pelos próprios americanos, equiparação que orgulhosa e imediatamente incorporei ao meu repertório de paralelismos musicais – modesto, por enquanto, mas extenso o bastante para despertar perplexidade em determinadas pessoas; sobretudo naquelas precariamente versadas na obra e na vida dos compositores por mim paragonados.

Dois dos cinco leitores que me responsabilizam por sua rendição à música de Moacir Santos cobram "maiores explicações" sobre as comparações que aqui fiz, *en passant*, entre Tom Jobim e George Gershwin, Noel Rosa e Cole Porter, Lamartine Babo e Irving Berlin, Pixinguinha e Louis Armstrong. Quando as tornei públicas pela primeira vez, já lá se vão onze anos, ninguém discordou nem impôs reservas. Talvez porque elas soassem mais ou menos óbvias; nenhuma tão óbvia quanto a primeira – previamente notada por gente com muito mais autoridade do que eu para sacar que Tom é de fato o nosso Gershwin, e não só porque compôs um musical (*Orfeu da Conceição*), duas sinfonias e encheu de música as telas de cinema. Sobre as demais comparações, porém, reclamo autoria plena, aproveitando o ensejo para confessar uma antiga frustração: não ter escrito algo sobre o que de comum existe nas obras de Lamartine e Berlin.

Senão vejamos: Lamartine também fez hinos (não para os escoteiros, como Berlin, mas para clubes de futebol) e igualmente contribuiu com temas para a celebração das mais variadas efemérides (no caso, para o carnaval, natal e festas juninas). Mas vou continuar devendo o tal artigo. À guisa de consolo, ofereço-lhes, *hic et nunc*, um despretensioso arrazoado sobre o que de comum penso existir entre o poeta de Vila Isabel e o bardo de Manhattan.

Noel e Porter sempre me pareceram almas irmãs. Ou faces opostas de uma mesma moeda. Noel cantou o Rio e a malandragem do seu tempo com a mesma verve e a mesma bossa coloquial com que Porter retratou Nova York e sua high, high, high society, high so-ci-e-ty. Nascido em berço de ouro, ao contrário de Noel, o bardo de Manhattan viveu mais 46 anos que o poeta da Vila, mas, como ele, teve a vida marcada por uma deformação física. A de Noel, no queixo, era de nascença; a de Porter, na perna, foi causada pela queda de um cavalo, em 1937. Outras parecenças: ambos foram xodós maternos, iniciaram-se na música ainda nos bancos escolares e casaram-se mais por conveniência do que por amor.

Agora, algumas antinomias: Porter abriu mão de parceiros, ao passo que Noel compartilhou seu talento com quase todos os batutas do samba dos anos 1920 e 1930. Porter levou uma vida de playboy globetrotter, era um epicurista fitzgeraldiano, enquanto Noel, à parte ser um pronto, nunca saiu de sua terra natal. Porter contou com os teatros da Broadway e os estúdios de Hollywood; Noel teve de se contentar com as ribaltas da Praça Tiradentes e os filmusicais da Cinédia. Porter bebeu em fonte nobre e estrangeira (as operetas de Gilbert & Sullivan), Noel, em açudes plebeus e nacionais: as favelas cariocas.

Como o autor de "Night and Day" freqüentava os melhores salões da América e Europa, nada mais natural que seu universo musical fosse povoado de miliardários, *bon vivants* de sangue azul e pilantras de fino trato, todos entregues ao consumo conspícuo de principescas iguarias. Numa de suas primeiras composições, "When I Had a Uniform On", Porter listou nove marcas de champanhe. Era bem outro o mundo de Noel: nada de iates, hotéis cinco estrelas, palácios e *night clubs*. O máximo em luxo que por suas letras circulou foi o cadillac da marchinha carnavalesca "Seu

Jacinto". Seus malandros batiam perna pelas ruas dos subúrbios, pelos morros, botecos e cabarés. Jamais envergaram um smoking nem arriscaram a sorte em roletas com sotaque francês, pois os caraminguás que lhes sobravam no bolso não iam sequer para uma fezinha no bicho mas direto para a mão de agiotas. Os personagens de Porter usavam casacos de pele ("Where Would You Get Your Coat") e os de Noel, na melhor das hipóteses, um terninho meio amarfanhado, quando não um reles paletó que virou estopa. Champanhe, nem pensar. Bebida, nos sambas de Noel, só Brahma, e olhe lá, embora fosse de outra marca (Cascatinha) a cerveja de sua preferência.

Vivendo à tripa forra, Porter não pôde evitar que em suas canções uma despreocupada *joie de vivre* afinal predominasse sobre a amargura e a depressão. Com raras exceções (e a mais contundente talvez seja a tragirônica "Miss Otis Regrets"), suas composições amorosas preferiam exaltar as graças da paixão a prantear desenlaces, traições e desenganos. Alguma lágrima sempre rolava nos sambas românticos de Noel, plenos de dores-de-cotovelo e chifres na testa. De qualquer modo, quando os dois se encontram no infortúnio amoroso, seus estilos se confundem. O Noel de "Os três apitos" poderia ter escrito "I Concentrate On You", e vice-versa.

Além da ironia e do coloquialismo, outras afinidades uniam os dois mais brilhantes cronistas da música popular: o talento para o improviso, o gosto por duetos musicais, paródias, aliterações, síncopes, jogos de palavras e rimas extravagantes. Por coincidência, são contemporâneas duas composições, "Habeas Corpus" e "The Physician" (O médico), em que ambos puseram à prova suas habilidades para versejar com vocábulos sem vocação poética. "Habeas Corpus" era um samba construído com termos forenses: apelação, absolvição, processo, pretoria, juiz, agravantes. Em "The Physician", também de 1933, Porter rimou doenças com partes do corpo humano, algumas duras de pronunciar, como "appendix vermiformis".

Sem ser páreo para Lamartine, Noel volta e meia cometia os seus trocadilhos. Nesse terreno, contudo, Porter revelou-se imbatível. Seu gosto por paronomásias não se deteve sequer diante de uma estrofe da "Marselhesa" ("aux armes, citoyens"), que, num verso de "Omnibus", transfigurou-se em "aux armes, Citröen". Memoráveis calemburgos nos deixou o autor de "Begin the Beguine", a começar pelo próprio "begin the beguine". Os meus preferidos são "cheque-appeal" (ou seja, o sex-appeal dos ricaços sexagenários), "debutramps" (as putas estreantes) e a "miss Frigid-Air" de "You're Sensational".

Já no quesito paródia, era Noel quem excedia. Até Jerome Kern o malicioso Porter parodiou uma vez (ouça "War Song" pensando em "They Didn't Believe Me"), mas Noel foi mais longe, tirando um sarro de Berlin ("Cheek to Cheek"), Franz Lehár ("Gigolette"), Rossini ("O barbeiro de Sevilha" – que teve a barbearia transferida para Niterói), Mischa Spoliansky ("Tell me Tonight"), sem livrar a cara de vizinhos mais próximos (o tango argentino "El Penado 14" virou "Pesado 13") e amigos muito chegados (na raiz de "Dono do meu nariz" estava a valsa-canção "Dona da minha vontade", de Orestes Barbosa e Francisco Alves).

Contumaz gozador, é bem possível que Noel já cometesse paródias para fruição exclusiva dos colegas do Colégio São Bento, mas a primeira de que se tem notícia foi a que fez para o "Hino nacional brasileiro", jogando pra escanteio toda a letra de Osório Duque Estrada e trocando "ouviram do Ipiranga, às margens plácidas" por "Elvira cor de manga, amarga e flácida". Tampouco deixou em paz a música de Francisco Manuel da Silva, volta e meia transformada em valsa, choro, fox, marcha e outros ritmos pelo seu violão. Sob a forma de samba, o "Virundu" por pouco não virou "Com que roupa", em 1929. Os três primeiros compassos de "Com que roupa" teriam, rigorosamente, as mesmas notas do hino, mas Homero Dornellas (parceiro de Almirante em "Na Pavuna" e meu professor de canto orfeônico no Colégio Pedro II) conseguiu convencer o amigo a dar uma mexida na abertura, para livrar o samba da censura e seu autor, do xilindró.

As paródias mais engraçadas de Noel eram as que apelavam para o que a moral da época tachava de obsceno, licensioso, fescenino, e que, por isso mesmo, só puderam ser curtidas em ambientes fechados, para amigos íntimos. Como aqueles de Minas que ele, de passagem por Belo Horizonte, em abril de 1935, brindou com esta versão de "O trevo de quatro folhas":

Belo Horizonte
Atrás do monte
Rosinha deu pro Leitão
Arrependida, se pôs a chorar
Jurando que nunca mais ia dar
Porém, no outro dia
Leitão comia
Na cama outro jantar
E a Rosinha
Tão pobrezinha
De inveja quis se matar.

Bem que João Gilberto poderia gravá-la em tiragem limitada.

(Setembro, 2001)

ARS LONGA, BELLUM BREVIS

TALVEZ POR TER sido o cinema a principal referência dos atentados de 11 de setembro ("Parecia um filme", foi o comentário mais ouvido antes e depois da implosão do World Trade Center), nenhuma das primeiras reflexões sobre aquela calamidade me pareceu tão interessante quanto a do crítico de cinema da revista *The New Yorker*, Anthony Lane. Nascido e criado na Inglaterra, Lane não tem uma visão de atentados e bombardeios igual à dos americanos. Catástrofes como a do WTC não o remetem de imediato, nem ele nem os europeus em geral, a filmes como *Independence Day!*, *Duro de matar*, *Armageddon* e *Nova York sitiada*, mas a flagelos reais, por eles sofridos na pele, como as blitze aéreas sobre Londres, a destruição de Dresden e os atos terroristas do IRA e do ETA.

Outros analistas podem ter tocado nessa diferença de perspectivas, mas foi Lane quem exibiu as provas mais contundentes da platonização dos americanos pelo imaginário cinematográfico; vale dizer, de como os americanos parecem ver o mundo como se vivessem na Caverna de Platão, com telas e projetores no lugar da fogueira. Frases como "Nós iremos caçar o inimigo, encontrar o inimigo e matar o inimigo", "Não há como fazer guerra contra um inimigo invisível", "Estamos em guerra, e o fato de ela se desenrolar dentro de nossas fronteiras a torna uma guerra diferente" não foram ouvidas pela primeira vez saindo da boca de George W. Bush ou algum de seus auxiliares, mas dos lábios de Bruce Willis e Denzel Washington, em *Nova York sitiada*, o premonitório *thriller* terrorista dirigido por Edward Zwick em 1998.

Na manhã de 11 de setembro, o cineasta brasileiro Walter Salles Jr. – em Nova York, a convite de Martin Scorsese – testemunhou um espetáculo *sui generis*: na cafeteria de um hotel do Village, Bruce Willis, atônito e impotente como os demais mortais confrontados com a desgraça que se abatera sobre o país, não sabia o que fazer nem que rumo tomar. Atônito e impotente como Harrison Ford deve ter ficado onde quer que estivesse, e Charlton Heston certamente ficaria no meio de um terremoto em Los Angeles. Mesmo próximo às locações do armagedão, Willis conseguiu manter-se longe das câmeras de TV, assegurando a preservação de sua imagem de deus *ex machina* cinematográfico, se é que já não está pensando em mudá-la radicalmente, por pudor, fastio e medo. Medo não tanto de ir pelos ares a qualquer momento, mas da falta de papéis para duros na queda na Hollywood pós-WTC, pois, segundo dizem, o cinema americano também nunca mais será o mesmo depois dos atentados.

Ao tornar exeqüíveis qualquer delírio da imaginação e qualquer forma de destruição simulada, a computação gráfica suprimiu as últimas diferenças entre as catástrofes de verdade e as catástrofes encenadas, concedendo um novo status ao simbólico, impondo uma estranha relação entre o real e o imaginário, criando, mesmo, uma nova estética, paradoxalmente retrógrada porque quase sempre a serviço de narrativas convencionais, catarses primárias, personagens unidimensionais e da violência gratuita. Criando, enfim, um cinema para terroristas enrustidos – pois o terrorista nada mais é que um sujeito com uma versão distorcida dos mesmos impulsos que nos levam a sentir prazer diante de destruições simbólicas.

Os mais otimistas acreditam numa reviravolta benigna no cinema americano. Mas de que benignidade exatamente falamos? Uma comédia idiota e as chantagens sentimentais de um melodrama barato podem resultar tão nocivas e ofensivas quanto as simplificações ideológicas, os preconceitos racistas e a truculência de um *disaster movie*.

As primeiras reações, movidas acima de tudo pela perplexidade, foram de caráter preventivo: estréias adiadas, produções refeitas ou canceladas, trailers remontados, projetos arquivados, roteiros reescritos. No previsível e provisório índex, atentados, explosões, seqüestros, inocentes em situações de perigo e demais ingredientes de um tipo de cinema que Hollywood sempre soube mais fazer do que evitar. O sacrifício só não foi maior por causa da greve dos roteiristas no primeiro semestre deste ano. Necessitando acumular roteiros e estocar produções, para a eventualidade de uma greve geral que afinal não se consumou, os estúdios de Hollywood entraram no último quadrimestre deste ano com apenas 16 filmes em sua agenda de filmagem, 52 menos que no mesmo período do ano passado. Ainda assim, o estrago foi considerável. Nem comédias escaparam às coerções da paranóia e da má consciência. *Paixões em Nova York* (*Sidewalks of New*

York), de Edward Burns, teve seu lançamento protelado por ser uma celebração do que Manhattan tem de melhor.

"Não podemos deixar que os atentados tenham o efeito de um gás paralisante sobre a atividade cinematográfica", bradou um alto executivo de Hollywood, empenhado até o charuto em trazer de volta aos cinemas o público que, num primeiro momento, refugiou-se diante dos televisores, longe do perigo das ruas e das tentações do consumo intimidado pela recessão, fazendo estourar a audiência de abobrinhas como o seriado *Friends*. Aos poucos, porém, os americanos recomeçaram a fazer fila diante das salas de exibição – e *Refém do silêncio* (*Don't Say a Word*) revelou-se o maior sucesso de bilheteria na semana de sua estréia. *Don't Say a Word* não é uma comédia, nem um melodrama escapista, mas, por incrível que pareça, um *thriller* (um *dark thriller*, segundo o *New York Times*) sobre o rapto de uma criança.

Por essa e outras surpresas (o índice de aluguéis de filmes como *Duro de matar* e *Nova York sitiada*, nas videolocadoras americanas, cresceu 30% em setembro), qualquer exercício de palpitologia, a essa altura do conflito, resultará infrutífero. Sabemos o que aconteceu no passado, como as artes e o entretenimento se comportaram ao sabor de outras guerras e graves crises econômicas, mas tudo agora foge aos padrões conhecidos, a começar pelo fato de que, pela primeira vez na história, os EUA estão absolutos no mundo e, ao mesmo tempo, absolutamente vulneráveis dentro de casa.

"Não devemos sentir vergonha de continuar escrevendo nossos livros e tocando nossas vidas normalmente", disse, tentando quebrar o gelo e aliviar a consciência, o escritor John Updike, um dos muitos intelectuais americanos a buscar apoio e consolo no último avatar — "Ars longa, terror brevis" — daquele célebre aforismo de Hipócrates sobre a perenidade da arte, latinizado por Sêneca. Fez bem Updike. Hoje sabemos que Franz Kafka estava certo quando, no dia em que o Kaiser da Alemanha declarou guerra ao czar da Rússia, em agosto de 1914, foi tomar banho numa piscina pública. Sua guerra era sua obra literária, que podíamos ter perdido se ele, num arroubo difícil de imaginar, tivesse se alistado e morrido em combate. Dos canhões e das bombas da Primeira Guerra Mundial nasceu a arte moderna, tema de pelo menos dois livros fascinantes, escritos por Paul Fussell (*The Great War and Modern Memory*, Oxford University Press, 1975) e Modris Eksteins (*A sagração da primavera*, Rocco, 1991). Devemos esperar algo tão marcante da jihad americana contra o terrorismo? Acho que não, mas adoraria ser desmentido pelos fatos.

A Depressão favoreceu a arte da comédia, principal válvula de escape às dificuldades econômicas dos anos 1930. Quase todos os sucessos de bilheteria, durante a Segunda Guerra Mundial — *Núpcias de escândalo*, *A mocidade é assim mesmo*, *Agora seremos felizes*, *O bom pastor* — encheram de felicidade e esperança os corações da platéia. Só depois do triunfo aliado, no rastro de suas trágicas conseqüências, é que brotou o filme *noir*, logo apadrinhado pela Guerra Fria. A regra de que, em tempos de crise, todos se refugiam no escapismo perdeu a validade durante a guerra no Vietnã, conflito sem consenso nem heroísmo, por isso mesmo evitado nas telas, mas freqüentemente incubado em dramas metafóricos ou alegóricos, como

Bonnie & Clyde, Perdidos na noite, A primeira noite de um homem, Sem destino, O poderoso chefão.

A despeito da surpreendente aceitação de *Don't Say a Word*, tudo leva a crer que Hollywood dará mesmo preferência, nos próximos meses, a comédias românticas e dramas familiares de fácil digestão. Como de hábito, novas histórias se encaixarão em fórmulas consagradas, sondando o mercado para projetos mais audaciosos, como, por exemplo, exaltar o heroísmo dos passageiros que lutaram contra os terroristas no avião sobre os céus da Pensilvânia e explorar a aventura dos que lograram ou não sair a tempo do inferno nas torres do World Trade Center. Estejam certos: um dia, eles chegarão às telas. O desastre do Hindenburg, comparativamente mixuruca, levou 38 anos para virar filme, mas entre o fato e o filme aconteceu uma guerra mundial. E o cinismo não andava tão em alta como agora.

Outra hipótese é que, a exemplo do que ocorreu nos anos 1950, outro surto de paranóia recicle ameaças adventícias, fazendo de cada estranho um suspeito em potencial, capaz de pôr em risco a paz comunitária, o cotidiano das cidades e as liberdades públicas, cujo modelo poderia ser um clássico dos anos 1960, *Sob o domínio do mal* (*The Manchurian Candidate*), ou algo trash como *I Was a Teenage Terrorist*. Esse seria o caminho mais curto para a xenofobia, o jingoísmo, o simplismo maniqueísta, a demagogia e formas correlatas de bestialização dos espectadores. Que até Alá nos afaste dele, são os meus votos.

Há quem aposte numa retomada inicial de temas articulados em torno de valores como bondade, solidariedade, compaixão, e até mesmo em obras que nos ofereçam uma visão sensível e lúcida da coexistência e da paz. Se assim for, filmes como *História real* (The Straight Story), de David Lynch, injustamente desprezado pelo público americano dois anos atrás, poderiam ser a tônica do cinema americano pós-WTC. *História real* é um *road movie* sobre a fraternidade e a solidariedade humana, no interior de uma América idealizada ao extremo. Não tem um escasso personagem malévolo, outro dado a seu favor, já que o conceito de vilania também precisa ser repensado pelo cinema americano. Eis uma questão crucial: como representar o vilão, daqui em diante? Que traços deverá ter, que maldades cometerá e que interesses motivarão suas ações? Seria ele realmente imprescindível numa cinedramaturgia que se pretenda (ou necessite tornar-se) mais humana, adulta e sutil?

Só temos, por enquanto, dúvidas e hipóteses. E, é claro, uma razoável reserva de *wishful thinking*. Afinal de contas, a Europa devastada pelos bombardeios da Segunda Guerra Mundial produziu o revolucionário Neo-realismo italiano. Visconti, Rossellini e De Sica sabiam, perfeitamente, que a arte perdura e toda guerra é transitória: "ars longa, bellum brevis".

(Novembro, 2001)

P.S. As profecias otimistas não se cumpriram. O cinema americano continuou sendo o mesmo depois dos atentados.

ASSIM RASTEJA A HUMANIDADE

NO ANTIGO EGITO havia pragas terríveis, como ratos e gafanhotos; nós temos celebridades televisivas. Convidadas, indistintamente, para tudo, até para eventos onde em princípio deveriam se sentir mais deslocadas do que um vegetariano numa churrascaria ou o papa numa bacanal, não perdem uma boca-livre, são pragas onipresentes, "parasitas do filé mignon", para usar a deliciosa qualificação de Robert Benayoun para certos comensais da burguesia parisiense. Nem à festa, de resto excelente, que encerrou a última Bienal do Livro do Rio, meses atrás, elas deixaram de comparecer. Algumas eram merecidamente célebres, dignas da estima e admiração a que fazem jus os expoentes de qualquer profissão. Outras encarnavam à perfeição aquilo que levou Emily Dickinson a definir a celebridade como "a punição do mérito e o castigo do talento". Como de hábito, as segundas superavam as primeiras por larga margem.

Tive o infortúnio de adentrar o palacete do Parque Lage exatamente na hora em que ali chegava uma dupla de atores globais. Chegava é modo de dizer. Assim como os baianos não nascem, estréiam, os atores de televisão não chegam, irrompem – e desfilam. À minha frente, um prestigiado mas recatado escritor – no máximo, portanto, uma "cerebridade" – passou anonimamente pelas câmeras de TV, fotógrafos e repórteres amontoados à entrada do palacete. Embora estivesse num rega-bofe que parecia e merecia ser mais dele que de um ator apenas vistoso e uma atriz somente bonita, não fora reconhecido pelos gafanhotos da mídia, totalmente absortos – absortos, não, mesmerizados – pelas duas celebridades televisivas. Mesmerizados e apavorados com a perspectiva de um pito ou coisa pior – quem sabe, até, uma demissão – caso o veículo concorrente conseguisse mais e melhores flagrantes e declarações dos famosos presentes.

Não tenha dúvida: a mídia é a maior responsável pela patética e jeca vassalagem a celebridades que, a partir da década de 1990, virou um flagelo mundial. O jeca é uma cortesia de Paulo Francis, que sentia furibundo desprezo pela fama imerecida, por celebridades forjadas pela mídia, criaturas que-são-famosas-porque-são-famosas, que nada fizeram de meritório para o destaque que a imprensa lhes dá. Ou então fazem coisas que a imprensa, por uma questão de decoro, deveria ocultar de seus leitores.

(Se você pensou em Narcisa Tamborindeguy e quejandos, meus parabéns.)

"Sabe por que os editores de jornais e revistas dão tanta luz a essa gentalha?", comentou comigo Paulo Francis, pouco antes de morrer. "Porque todos eles, com raras exceções, são jecas e deslumbrados, que ainda ontem só andavam de ônibus, vestiam terno da Ducal, achavam o fino tomar vinho rosé, e comeram o seu primeiro patê aos 25 anos." Evidente que me lembrei do Francis ao chegar à festa da Bienal do Livro.

"Só topei vir a esta festa porque achava que, ao menos aqui, encontraria apenas gente que escreve e gosta de ler livro e não aqueles exibidos de sempre", resmunguei ao ouvido de minha mulher, partindo do pressuposto de que a dupla de atores sob a mira dos flashes jamais abrira um livro na vida – pura aleivosia, pois é sabido que ambos não só abriram mais de um livro na vida como coloriram todos eles.

De qualquer modo, ali, definitivamente, não era a praia deles. Nem de outras figurinhas globais, que passaram a noite assediadas por repórteres e fotógrafos da *Caras* e demais bíblias do voyeurismo mundano, que tampouco deveriam estar ali. Seria injusto chamá-los de intrusos, já que, afinal de contas, haviam sido convidados, não eram penetras. Mas por que convidá-los? Por que submeter nossos poetas e escritores ao constrangimento de se verem ofuscados por convivas sem qualquer lastro literário? Tudo bem que escritores, poetas e críticos literários fossem preteridos e esnobados na entrega do Prêmio Sharp ou no aniversário da Vera Fischer na boate LeBoy, mas numa festa dedicada ao livro, convenhamos, é sacanagem. Ainda mais no Parque Lage, *locus classicus* não só de Glauber Rocha e Joaquim Pedro de Andrade mas também, por tabela, de Mário de Andrade.

Embora tudo neste país pareça girar em torno da televisão, que peças teatrais – e até filmes de ousada feitura, como *Lavoura arcaica* – só consigam financiamento com um ou mais atores de TV no elenco, tinha para mim que a indústria editorial, pelo menos ela, estivesse isenta dessa fatalidade. Com base em quê? Com base na certeza de que ler e escrever exigem um tipo de atenção e ativam uma parte do cérebro que não são o forte de quem dedica a maior parte do seu lazer ao consumo de imagens televisivas. Por ser a televisão, em suma, a janela para o mundo dos iletrados e semiletrados. Agora, ando cheio de dúvidas. Será que também para o livro não há salvação fora do vídeo? Ou será que estamos sendo apenas tapeados por editores, jornalistas e promoters chegados a uma tietagem e empenhados na transformação da literatura em *show business*?

Claro que não creio na hipótese de uma tentativa de evangelização subliminar de atores e atrizes articulada por promoters. Não consigo imaginar um garotão sarado do elenco de *Malhação* passando numa livraria depois da ginástica para comprar o livro de ensaios de um autor que conhecera (e achara "um cara muito legal") na festa do Parque Lage. E se isso acaso acontecesse, duvido que o livro fosse lido até o fim. Como até hoje duvido que Marilyn Monroe tenha de fato lido e apreciado *Ulisses*, de James Joyce, como nos quis fazer crer uma foto de publicidade da Fox, distribuída à imprensa em meados dos anos 1950. Joyce, aliás, não fazia a menor falta na vida e na carreira de Marilyn, deusa de outra galáxia, e, a se acreditar nos que a conheceram, muito mais inteligente e bem informada do que 90% das atrizes globais. Seu cérebro, diga-se, era mais pesado que os de Walt Whitman e Einstein.

Apesar dos pesares, alguma vantagem nossos autores teriam se alçados à categoria de celebridades, se inseridos, com todas as benesses, na "sociedade do espetáculo". Poderiam, por exemplo, ser contratados para estrelar comerciais e animar bailes de debutantes, os dois mais corriqueiros e rendosos biscates dos astros televisivos e esportivos. E ainda que lhes oferecessem bem menos do que atores e atletas costumam embolsar como garotos-propaganda e mestres-de-cerimônias, já estariam no lucro, pois só de direitos autorais nem meia dúzia de escritores brasileiros, se tanto, consegue viver. Tamanho delírio, contudo, não tem a menor chance de materializar-se num país como o nosso, onde a palavra escrita continua sendo uma mercadoria desvalorizada, justamente porque o hábito da leitura não faz parte da cesta básica de interesses daquela fatia da população com dinheiro no bolso para gastar em livrarias. Esses só lêem os best-sellers computados pela *Veja*, e olhe lá.

Até algum tempo atrás, uma resenha elogiosa na *Veja* era um passaporte para a consagração. Talvez ainda seja, mas já ouvi mais de um editor dizer que troca uma resenha na *Veja* por uma entrevista no programa do Jô Soares. Credita-se ao *Jô Onze e Meia* o mesmo peso que nos EUA tem o talk show de Oprah Winfrey, comprovada fazedora de best-sellers. Não duvido dessa balança, mas, dependendo do livro que se está lançando e caitituando, uma ida ao Jô ou à Oprah pode ser tão lucrativa quanto abrir uma filial do Fauchon no interior do Piauí. Nem recomendados pela Xuxa, James Joyce e Raduan Nassar passariam a ser mais procurados nas livrarias. E se o fossem, não seriam lidos além das primeiras linhas. Só obras de fácil digestão ou totalmente ignoradas pela mídia impressa precisam de programas de televisão para aumentar suas vendas.

Dá para levar a sério uma pessoa que tenha "descoberto" Carlos Heitor Cony assistindo ao programa da Ana Maria Braga ou lendo a *Caras*? Se bem conheço Cony, e o conheço há exatos quarenta anos, nem ele levaria. Tampouco dou crédito à tese de que ler, como coçar, é só começar. Pode ser assim nos países nórdicos. É fato que todo mundo, sem exceção, se inicia na leitura de ficção através de autores bem acessíveis – nem Carpeaux começou a se interessar por literatura folheando Thomas Mann –, evoluindo à medida que seu repertório cognitivo consegue se ampliar e sofisticar. Se não consegue, babau. Há quem acredite que aqueles que hoje devoram Sidney Sheldon, Rosemunde Pilcher & cia., amanhã cairão de boca em Rubem Fonseca, Flaubert e até Joyce. Upgrade assim, em adulto, é coisa rara – tão rara que eu nunca vi. A maior parte da humanidade começa lendo chorumelas, toma gosto pelo negócio – e morre lendo chorumelas.

Por isso, mas não só por isso, se bem que muito por isso, a humanidade, em vez de caminhar, rasteja.

(Janeiro, 2002)

O BUSTER KEATON DAS ALAGOAS

ZAPEANDO A NET, pego o rabo de um lero sobre as idiossincrasias de Graciliano Ramos num desses canais culturais, Senac, Futura, algo assim. Pena só ter pegado o final do programa. Pena porque me considero um insaciável curioso das esquisitices do velho Graça. E como o homem era esquisito! Esquisitão e sempre emburrado – cenhoso, diria ele – o Buster Keaton das Alagoas. Só lhe conheço uma foto em que aparece rindo, uma raridade, de resto guardada no museu com que lhe honraram a memória em Quebrangulo, sua cidade natal. Rindo é exagero, sorrindo; pois mais do que isso ele não se permitia, muito menos diante de uma Kodak. Deu-se o milagre durante o batizado da jornalista Maria Lucia Rangel, cujos pais eram muito ligados a Heloisa e Graciliano Ramos.

Pelo visto, não perdi grande coisa, até porque as idiossincrasias do escritor pareceram ter entrado no tal programa como Pilatos no Credo. E o pouco que vi não o recomendava. Um sabichão de quem só consegui identificar o sotaque paulistano teve o desplante de incluir entre as idiossincrasias do Velho Graça uma "certa ojeriza" ao cinema, supostamente alimentada por sua aversão a estrangeirices. Assim não dá: até quando tenta levar cultura à patuléia, nossa televisão desserve.

Graciliano de fato sofria de teimosa xenofobia, sobretudo quando jovem – detestava o estilo francês dos jardins públicos do Rio de Janeiro, combatia o futebol, importação inglesa, defendendo a sério a popularização de exercícios autóctones como o murro, o porrete, o cachação, a queda de braço e a corrida a pé, para ele, os verdadeiros esportes nacionais – mas nada tinha contra o cinema, que importamos da França. Muito pelo contrário. Basta ler algumas das crônicas enfeixadas em *Linhas tortas*.

Já em 1915, quando escrevia, com o pseudônimo de R.O., para o epônimo e modesto jornal de Paraíba do Sul, cidade do interior fluminense, confessou-se um tresloucado cinemaníaco: "Decididamente eu sou doido pelo cinema". Parágrafos acima entregara-se a ingênuas divagações teóricas sobre os méritos educativos dos filmes e a semelhança da experiência cinematográfica (leia-se: do ato de ir ao cinema) com o amor, por também "ser decantado e posto em prática por toda gente". Segundo ele, se vindo da antiga Grécia, o cinema teria sido inventado por Eros ou por Ânteros, o oposto da deusa do amor. "Não que Ânteros" – explicou – "implique reciprocidade, é um acessório perfeitamente dispensável no amor cinematográfico."

Não entendi bem o que ele quis dizer com essa ressalva, já que Ânteros conota antipatia, aversão, desunião. Quem sabe, estava antecipando, involuntariamente, os dois punhos de Robert Mitchum em *O mensageiro do diabo* (Night of the Hunter).

Em outro artigo definiu o Brasil como uma "confederação cinematográfica", enigmática qualificação cujo sentido só desvelaria seis anos depois, ao falar do carnaval do interior alagoano, nas páginas de *O índio*, de Palmeira dos Índios (Alagoas), onde trocou as iniciais R.O. por um *nom de plume* mais indicado a um chargista que a um cronista: J. Calisto. Graciliano aí falava de cinema metaforicamente, interpretando o país como "um cosmorama, um estereoscópio", a exibir figuras que a província macaqueava das grandes cidades, como o Rio, que por sua vez macaqueava as metrópoles estrangeiras.

Mais interessantes e procedentes foram as aproximações que Paulo Barreto (João do Rio) fez do cinema com a crônica jornalística, ao introduzir aos leitores uma coluna de sua lavra, não por acaso intitulada Cinematógrafo. Para o croniqueur mais antenado e lido da época, a crônica então evoluía para a cinematografia. Havia sido reflexão e comentário, "o reverso desse sinistro animal de gênero indefinido a que chamam de artigo de fundo", passara a desenho e caricatura, "ultimamente era fotografia retocada mas com vida", até que, "com o delírio apressado de todos nós", virou cinematográfica: "um cinematógrafo de letras, o romance da vida do operador no labirinto dos fatos, da vida alheia e da fantasia".

João do Rio vivia na capital federal e entendia como ninguém a alma de suas ruas e as modernidades que as contaminaram na Belle Époque. Embora Graciliano, além de ser caturro e xenófobo, morasse a milhares de quilômetros da rua do Ouvidor, não sucumbiu aos preconceitos misoneístas de Olavo Bilac e Lima Barreto. Verdade que Bilac afinal redimiu-se, aceitando o cinema como uma espécie de aliado do escritor, a ponto de meter-se a dirigir, em 1917, um trecho do filme *A pátria brasileira*. Mas Lima Barreto, ao que consta, morreu maldizendo o invento dos irmãos Lumière, cuja prevalência até nas conversas dos trens dos subúrbios, antes pautadas por questões políticas, sociais e trabalhistas, o transtornava tremendamente.

"Nessas horas, o trem não cheira mais a política, nem a aumento de vencimentos, nem a coisas burocráticas. O trem tem o fartum de cinematógrafo. É Gaumont para aqui, é Nordisk para lá; é Chico Bóia, é Theda Bara – que mais sei eu, meu Deus!" – desabafou numa crônica famosa o autor de *O triste fim de Policarpo Quaresma*.

Graciliano era doido por cinema, mas se lixava para filmes brasileiros. "Ordinariamente víamos as películas nacionais por patriotismo. E, antes de vê-las, sabíamos perfeitamente que, excetuado o patriotismo que nos animava, tudo se perdia" – admitiu numa crônica que escreveu depois de assistir a *O descobrimento do Brasil*, de Humberto Mauro. Apesar de discordar da maneira complacente como eram retratados, na tela, os portugueses de Cabral – tidos por Graciliano como "exploradores que aqui vieram escravizar e assassinar o indígena" –, o escritor entusiasmou-se com o filme, "um trabalho sério, decente", realizado "com saber".

O épico de Mauro foi, creio, o primeiro filme a que assistiu depois de ser solto, no início de 1937. Preso, sem processo, durante dez meses e dez dias pelo governo de Getúlio Vargas, não era um subversivo ativo, no máximo um "revolucionário chinfrim", segundo suas próprias palavras, o bastante, contudo, para sentir-se atraído pelo Partido Comunista, no qual ingressou nos anos 1940. Nem nas hostes do Partidão caiu no logro do "realismo socialista". Íntegro, bateu de frente com os correligionários que tentaram convencê-lo a aliviar a barra de alguns trombas do partido e "companheiros de viagem" retratados em circunstâncias nada edificantes em suas *Memórias do cárcere*.

Posto em liberdade no dia 13 de janeiro, graças ao empenho de amigos e do advogado Sobral Pinto, pôde ver ao vivo o carnaval daquele ano, por sinal o mais fraco da década em matéria de repertório musical. Salvo pela marchinha "Mamãe eu quero", nada que prestasse foi lançado no carnaval de 1937, gracilianamente borocoxô. Teria o escritor feito algum comentário a esse respeito? E o que mais fez assim que deixou o presídio? Antes que Dênis de Moraes escrevesse sua biografia, Silviano Santiago lançou-se a uma fascinante obra especulativa, a que deu a forma de um diário, apócrifo evidentemente, em cujas páginas Graciliano teria anotado o que fizera nos primeiros 73 dias fora das grades. Confiado à guarda de um amigo, que concordara em só divulgá-lo 25 anos depois da morte do escritor, o diário forjado por Santiago chegou às livrarias em 1981, com o título de *Em liberdade* e a chancela da editora Paz e Terra.

Reeditado pela Rocco e já na quinta edição, *Em liberdade* foi rigorosamente construído a partir de textos de Graciliano e informações colhidas em jornais e revistas da época. O filho do Velho Graça, Ricardo Ramos, e Autran Dourado foram os primeiros a impressionar-se com a qualidade da falsificação. Relaxantes passeios de bonde, bate-papos no fundo da Livraria São José e nas mesas da Galeria Cruzeiro — nada, aparentemente, ficou de fora.

Em seu segundo dia livre, Graciliano foi vitimado por um desarranjo intestinal sem vilão reconhecível. Também ficamos sabendo, através do diário, que o escritor assustou-se com os preços do restaurante Lamas, uma das mecas boêmias da época; foi assaltado à luz do dia em pleno Passeio Público; e viu-se surpreendido por uma inoportuna ereção quando, à beira da praia de Botafogo, paquerava as curvas de uma adolescente, que afinal descobriu ser filha de um amigo. A parte política oferece um retrato fidedigno dos enfrentamentos ideológicos do período, da cooptação pelo Estado de intelectuais modernistas e de esquerda e do estrago que em nossos arraiais literários também causou *Le retour de l'URSS*, de André Gide, desconcertante denúncia dos desatinos do stalinismo a que o Velho Graça não ficou insensível. Afinal de contas, além de doido por cinema, ele era doido pela liberdade. Sobretudo pela liberdade de criar.

(Fevereiro, 2002)

PLUTÔNIA E DEMÓTICA

DEMÓTICA É A DÉCIMA MUSA. Sim, eram nove, originalmente: uma para cada arte e saber praticados na antiga Grécia. Calíope inspirava a poesia épica, Melpomene a tragédia, Tália a comédia, Terpsicore a dança, Euterpe a música para flauta, Erato a música para lira, Polímnia os cantos sacros, Clio a história, Urania a astronomia. Não sei quem inventou Demótica. Soube de sua existência por intermédio de Jacques Barzun, quando já era tarde demais. Segundo Barzun, que há dois anos publicou um ensaio nada lisonjeiro sobre o estado atual da cultura, intitulado *From Dawn to Decadence: 500 Years of Western Culture*, faz tempo que ela desapareceu. Demótica seria a musa da cultura popular – que não é exatamente aquilo que a televisão mostra, os cinemas exibem e as rádios tocam. Barzun não esclareceu se a cultura popular esfumou-se por ter sido abandonada por Demótica ou se esta recolheu-se de vez ao Olimpo por não ter sido mais invocada por artistas populares ou por ter sido, enfim, preterida por Plutônia, a musa da cultura de massas (ou da cultura pop), que acabo de inventar.

O nome da décima musa saiu de demotikós, popular, plebeu. Já a divindade que zela pela imaginação de todas as vertentes da indústria cultural não poderia ter outro prefixo a não ser pluto (grana, riqueza, em grego). Demótica teria do que cuidar na Grécia de Péricles, ao contrário de Plutônia, que não teria o que fazer naquela época; nem nos 23 séculos seguintes, pois só a partir do século passado as artes se massificaram, vale dizer se industrializaram. Se já a conhecesse, Barzun talvez a responsabilizasse pela baixa qualidade, pela extrema vulgaridade e pela violência que caracterizam o grosso (e bota grosso nisso!) do que a indústria cultural, orientada unicamente pelo lucro fácil e comandada por Cro-Magnons engravatados, tem produzido nos últimos tempos.

A despeito do seu conservadorismo, Barzun não é um epígono da Escola de Frankfurt, o que vale dizer que ele não considera a cultura pop total e irremediavelmente degenerada. No artigo em que apresentou Demótica ao distinto público ("The Tenth Muse", *Harper's Magazine*, setembro de 2001), deixou escapar que considera "insidiosas" as mensagens que o "gangsta rap despeja no miolo mole dos adolescentes", opinião que assino embaixo, embora o que mais me aflija em qualquer rap seja a sua espantosa indigência musical. Mas, ao contrário de Adorno, o pontífice frankfurtiano, Barzun admira o jazz, por exemplo, e não me surpreenderia se lhe enchessem os olhos os quadrinhos de Alex Raymond e os musicais da Metro, manifestações artísticas de um tempo em que Demótica não dava para as encomendas.

Espero que isso baste para que não o confinem no mesmo nicho da francesa Mona Ozouf, que também lamenta a ausência, nos gêneros populares de hoje, "daquelas qualidades que no passado encantavam as mentes elitistas, sobretudo no cinema e na música popular", mas sempre medindo o que os tais gêneros populares nos oferecem ao cérebro, ao coração e aos sentidos por parâmetros desmesuradamente elevados. Em sua catilinária culturalista, *La muse démocratique*, Ozouf chega ao cúmulo de oferecer as obras de Henry James "como um escudo contra o mundo cinzento, tedioso e vulgar" que nos cerca. James, para ela, é o exemplo máximo de repúdio à vulgaridade e de fidelidade "aos verdadeiros ideais democráticos". Barzun, presumo, ofereceria outros modelos, mais, digamos, acessíveis, como Louis Armstrong, Duke Ellington, Cole Porter, Frank Sinatra, Charles Dickens, os westerns de John Ford, quem sabe até mesmo os desenhos de Hanna & Barbera — criadores demóticos de artefatos culturais de notável envergadura artística. "Arte do povo para o povo", para usar a óbvia definição de arte popular adotada por Barzun.

Essa arte teria desaparecido até mesmo do horizonte de preocupações de seus supostos estudiosos no mundo acadêmico. Ao folhear os últimos volumes do prestigioso *Journal of Popular Culture*, Barzun espantou-se com a quantidade de ensaios sobre assuntos tão estratosféricos como "os elementos de contos de fadas em Jane Eyre", as relações de H. L. Mencken e o Metodismo e a "Pseudodoxia Epidemica" de Sir Thomas Browne. Nada mais distante da realidade das ruas e das *mass media*, sem dúvida. Publicações como o *JPC* deveriam empenhar-se mais em investigar e discutir como se processa a manipulação do gosto popular pelas grandes corporações: gravadoras, televisões, rádios, jornais, revistas etc.

Não li *From Dawn to Decadence*, mas seu título expressa sem rebuços a opinião do autor sobre a corrupção do gosto e o torpor criativo vigentes. Claro que a aurora (dawn) se deu na terra natal das musas. A antiga Grécia talvez seja a prova mais contundente – mas não a única – de que a existência de uma cultura genuinamente popular, de alto nível e massivamente consumida não é uma idéia utópica. A população ateniense alimentava o espírito com Homero e tragédias que se tornaram clássicas e fontes inesgotáveis de inspiração. Os iletrados da Idade Média ouviam e entendiam a lenda de Beowulf, a saga dos Nibelungos, as desventuras de Tristão e Isolda, as epopéias nórdicas – sem falar na Bíblia, "lida" nos vitrais e nas esculturas das igrejas. A Renascença não só estimulou a proliferação de baladas inglesas, escocesas e espanholas que o homem da rua sabia de cor e bardos de outros tempos (Lorca, por exemplo) reaproveitariam, mas também o surgimento de uma nova forma teatral, via Shakespeare, cujas peças revelaram-se tão eternas quanto as de Sófocles, Ésquilo, Eurípides & cia. Rabelais e Cervantes foram best-sellers.

Por que o povo ateniense podia apreciar *Antígona*, de Sófocles, pastores medievais conseguiam curtir a lenda de Tannhäuser e os londrinos do século XVI se identificavam com os personagens e as situações de *As You Like It*, e a choldra de hoje, supostamente mais evoluída, no mínimo porque letrada, alimenta-se de tanto lixo? Barzun faz essa pergunta, a propósito do que lhe disse um executivo de TV: "Os clássicos não são apresentados no horário nobre porque não agradam ao gosto comum". Não agradam por quê? Por causa da linguagem? Que tal modernizá-las, como fizeram em *West Side Story*?

A triste verdade é que certos hábitos mentais e emocionais se perderam com o passar dos tempos, sufocados ou preteridos por outros regidos por novos interesses. Não só uma tradição verbal e oral foi quebrada mas também a capacidade do ser humano para apreciar coisas que aparentemente estariam além da sua compreensão – capacidade desenvolvida desde a infância, através de mitos e outros demiurgos culturais. A cultura popular só prospera quando parte de uma contínua urdidura de idéias e sentimentos de todos os níveis sociais, mutuamente influentes. É essa continuidade que permite aos menos (ou não) educados encontrar os portões de ingresso à chamada alta cultura e encoraja os gênios desta a fazer uso de criações populares em suas obras-primas.

Houve uma época em que o enciclopédico Clifton Fadiman eletrizava os americanos com três programas de rádio culturais, *Information, Please*, *Invitation to Learning* e *Conversation*, perto dos quais o *Show do Milhão* não passa de um curso de Massinha 1. Durante dois anos, Barzun foi o moderador de *Invitation to Learning*, prestigiado pela fina flor da intelectualidade mundial e também por autores francamente demóticos. Numa audição, Bertrand Russell e Rex Stout debateram a obra de Tocqueville e a poesia de Walt Whitman. Dois milhões de ouvintes cativos tinha o programa, um quinto do que então consideravam um sucesso de público. Não obstante, William Paley, mandachuva da CBS, fez questão de mantê-lo no ar, porque dava prestígio e ouvintes qualificados à emissora.

Não sei o que é mais espantoso: se a pertinácia iluminista de Paley ou o fato de que havia nos EUA dois milhões de pessoas interessadas em ouvir um filósofo inglês e um escritor de romances policiais americano jogando conversa fora sobre Tocqueville e Whitman. Não menos espantoso era o elevado padrão do ensino americano pré-TV. Na escola secundária onde Hemingway estudou, em Oak Park (no Kansas), havia um Latin Club, dotado de uma sala onde os estudantes só falavam entre si em latim. Isso mostra até onde se podia ir e se foi. Não precisaria ter ido tão longe, no tempo e no espaço. Aqui mesmo, na terra do lindo pendão da esperança, e numa época em que Hemingway já dera o melhor de si, o ensino tinha um padrão de exigência e qualidade hoje impensável e a curto prazo inalcançável, tão deteriorado ele foi nos últimos trinta ou quarenta anos.

 A escola pública, entre nós, era o máximo. Tão eficiente que meninos ricos a freqüentavam, sem que isso prejudicasse o acesso dos meninos pobres ao ensino básico. Vagas sempre havia nas escolas primárias e as professoras pareciam ganhar um salário à altura dos bons serviços que prestavam. Salvo pela compra de uniformes e material escolar, meus pais não gastaram um tostão com a minha educação. Fiz o primário numa escola pública, o que então chamavam de secundário e clássico no também público Colégio Pedro II e o superior na Universidade Federal do Rio de Janeiro. Estudava-se muito, é verdade, mas assim é que funciona. No exame de admissão ao Pedro II, considerado na época "o colégio padrão do Brasil", havia cinco mil candidatos para quinhentas vagas. No vestibular para o curso de filosofia, o funil era bem menor: cinqüenta inscritos para trinta vagas. Apenas 19 passaram. Quando sobravam vagas, elas não eram preenchidas. Quem ficasse aquém da média (cinco pontos) era inapelavelmente reprovado. Assim deveria ser até hoje.

Clubes de latim não havia, mas estudávamos a primeira flor do Lácio durante sete anos e nem no clássico nos livrávamos de física, química e matemática. Nada disso expressa melhor o padrão do ensino daquela época do que as aulas sobre a Renascença e a última flor do Lácio que o Pedro II oferecia na última série do ginásio. Depois de uma geral sobre a Renascença em toda a Europa, a turma era dividida em grupos, cabendo a cada um deles estudar mais a fundo o movimento em determinado país e produzir uma monografia coletiva. No curso de português, era cada um por si. Ao cabo de algumas lições sobre o português do século XVI, éramos obrigados a escrever um relato ficcional em estilo quinhentista, que valia seis dos dez pontos de uma prova mensal. Optei por uma paródia de Robinson Crusoé às voltas com os índios caetés, vazada num estilo que, obrigatoriamente, tinha muito mais a ver com o de Pero de Magalhães Gândavo, Gabriel Soares de Souza e Fernão Cardim do que com Daniel Defoe.

Quantos colégios oferecem, hoje, a um adolescente de 15 anos tamanho desafio e tamanho deleite?

Uma leitora me perguntou se tenho em mente alguma ação para melhorar o sistema educacional no Brasil. Não me creio habilitado a fazer o que é mister do ministro da Educação, mas espero ter dado algumas pistas a serem exploradas.

(Março, 2002)

O SÁBIO VITORIANO

ESTARIA ALDOUS HUXLEY voltando à moda? Fiz a mesma pergunta há exatos dez anos, quando a editora Globo, aproveitando-se do boom que então bafejava a literatura inglesa nestas paragens, começou a desovar de novo a sua farta Huxleyniana; e agora a repito depois de ver nas livrarias as novas e caprichadas reedições de *Contraponto*, *Admirável mundo novo*, *Sem olhos em Gaza*, *A ilha* e *Também o cisne morre*, que a mesma editora acaba de pôr em circulação. Gostaria de poder dizer, desta feita, que o escritor voltou a despertar interesse, sim, mas não tenho como sustentar, com dados concretos, esse *wishful thinking*.

Huxley, em princípio, está de volta por um capricho de Wagner Carelli, que sabiamente empenhou-se em revalorizar o inestimável patrimônio que a Globo acumulou durante décadas, bonificando os leitores com volumes mais atraentes (bonitas as capas criadas pela inc design), ademais enriquecidos com prefácios de alta qualidade, escritos por Sérgio Augusto de Andrade (*Contraponto* e *Sem olhos em Gaza*) e Olavo de Carvalho (*Admirável mundo novo* e *A ilha*). Oxalá o mercado se mostre receptivo, para o bem de todos e felicidade geral dos huxleymaníacos, uma raça aparentemente em extinção.

Huxley poderia ter voltado à crista da onda, uns trinta e poucos anos atrás, na prancha da contracultura. Mas nem quando o LSD virou acrossemia de "Lucy in the Sky With Diamonds" o legendário cobaia de ácido lisérgico recuperou o prestígio de que desfrutara nos decênios anteriores. Houve um tempo em que sua figura e seus livros dominavam as conversas de qualquer tertúlia, aqui e lá fora. Foi moda comentar suas experiências com alucinógenos, suas afinidades com Coleridge e De Quincey, seu espírito crítico e sua insaciável e onívora curiosidade, como foi moda, na mesma época, ler e comentar o amor livre de Sartre e Simone ou as desavenças ideológicas entre Sartre e Camus. Conheci uma jovem que transformara em fetiche os vincos da impecável calça de flanela que Huxley usava quando se submeteu, sob assistência médica, aos efeitos da mescalina. "Que elegância!", exclamava sempre que se referia àquele episódio. Qual não deve ter sido sua decepção ao descobrir, muitos anos depois, pela biografia de Huxley, assinada por Sybille Bedford, que, ao contrário do descrito em *As portas da percepção*, o escritor na verdade vestia um prosaico e batido jeans quando "viajou" na mescalina. A troca pela calça de flanela foi uma sugestão da mulher do escritor, ao ler os originais de *As portas da percepção*. "Você tem de aparecer bem vestido aos seus leitores", ponderou-lhe Maria. Ele trocou na hora.

Ainda que seus romances, à provável exceção de *Contraponto*, estejam aquém da grandeza e da inteligência do autor, desconhecê-los é uma grave lacuna literária. Quando nada porque todas as grandes questões do mundo moderno passaram por sua destilaria ficcional: as diversas máscaras do totalitarismo, a insanidade do progresso tecnológico como um fim em si mesmo, a uniformização comportamental, a eugenia, o caos urbano, a desigualdade social e racial, a degradação ambiental, a explosão demográfica, a frivolidade intelectual, o consumismo desvairado, a cobiça onipotente. O que Olavo de Carvalho diz a respeito de *Admirável mundo novo* – "Tudo o que [Huxley] fez foi perceber a unidade subjacente às idéias dominantes do seu tempo, que geraram nosso modo de existir atual" – aplica-se à maior parte de sua obra ficcional. Não é recente a minha desconfiança de que *Admirável mundo novo* tem mais a ver com o abominável *new world* em que vivemos do que *1984*, de George Orwell – sem exclusão do reality show *Big Brother*, que de Orwell só afanou o título. Os degenerados prazeres que a televisão atualmente oferece se equivalem aos efeitos do soma corrente na utopia (ou distopia) de Huxley.

Um cérebro e tanto, geneticamente programado para brilhar com as idéias, as palavras e as ciências, Huxley foi o mais popular herdeiro de uma prestigiosa dinastia intelectual. Neto do biólogo darwinista Thomas Henry Huxley, filho do filósofo e editor Leonard Huxley, sobrinho da romancista Humphrey Wards e do poeta Matthew Arnold, tinha dentro de si um demônio especulativo. Estudou nas melhores instituições (Eton e Oxford) e só não fez carreira como médico porque uma ceratite condenou-o a uma cegueira progressiva a partir dos 16 anos. A exemplo de Borges, não se entregou à perda de visão: estudou Braille e passou a ler – e apreciar quadros – com o auxílio de uma lupa. Viajadíssimo (morou na Itália, França e EUA, conheceu todos os continentes e até o Brasil visitou, em 1959), parecia entender, literalmente, de tudo. Até de trivialidades, como decoração e tapetes persas, assuntos de artigos para *Vogue*, *Vanity Fair* e outras publicações do gênero, às quais vez por outra recorria quando seus direitos autorais começavam a minguar.

George Steiner, que admirava seu talento para bolar grandes títulos com expressões colhidas em Shakespeare, Milton (*Sem olhos em Gaza*) e Tennyson (*Também o cisne morre*), definiu-o como "o último sábio vitoriano". Steiner é quase uma exceção entre os grandes críticos de língua inglesa, que sempre esnobaram Huxley e até hoje o excluem, sumariamente, de seu panteão. Edmund Wilson e R. P. Blackmur o consideravam um dos escritores mais superestimados do século XX, opinião, aliás, compartilhada pelo nosso Otto Maria Carpeaux. Apesar de admirar seus primeiros contos (entre os quais "O sorriso da Gioconda", clássico da literatura policial) e tirar o chapéu para a sua capacidade de observação e sua prodigiosa erudição, Cyril Connolly acusou-o de possuir "um estilo sem distinção", azinhavrado por advérbios descartáveis e repetições enfadonhas, defeitos típicos, segundo o crítico, de quem escreve em ritmo industrial. Huxley escrevia mesmo em ritmo industrial. Para atender seu grande público e, sobretudo, pagar suas contas com uma boa folga. Tinha um acordo com seu editor londrino de aprontar dois livros por ano, sendo um deles de ficção. Em 69 anos de vida, produziu 47 livros. Nem o operoso Anthony Burgess, creio, obrou tanto.

A queixa maior de Connolly e outros críticos era de que o romancista Huxley só sabia se comunicar através do intelecto, cerebralmente. Na verdade, inúmeros escritores também se aventuraram no romance de idéias, mas apenas Huxley parecia conhecer a dosagem de profundidade, cientificismo e entretenimento que o leitor médio estava disposto a suportar. O nó górdio do romance de idéias é a exigência de que por sua trama circulem personagens com idéias na cabeça – o que exclui 99,9% da raça humana, conforme salienta Philip Quarles, o alter ego de Huxley em *Contraponto* – e elas sejam passadas ao leitor com o máximo de naturalidade, sem pódio ou púlpito, livres de verborragia. Thomas Mann conseguiu isso em *A montanha mágica*. Já Huxley, bem, alguns de seus personagens falam além da conta; não dialogam, fazem conferências. Mas a loquacidade não é uma característica de nove em cada dez intelectuais?

Quarles foi um dos vários intelectuais de que Huxley lançou mão para vender suas idéias com mais credibilidade. Suas primeiras ficções são sarcásticas evocações do milieu literário inglês dos anos 1920. *Crome Yellow*, *Antic Hay*, *Folhas inúteis* e *Contraponto* antecipam, de certo modo, o que fariam depois, bem depois, os dois mais inspirados satiristas do mundo acadêmico britânico, David Lodge e Malcolm Bradbury. *Contraponto* é um festival de personagens à clef. A adolescência de Maurice Spandrelli, por exemplo, foi inspirada na de Baudelaire; mas o resto do elenco nasceu e se criou na pérfida Albion. Nem todos os retratados puseram o galho dentro. O poeta e crítico John Middleton Murry, matriz de Denis Burlap, teve ganas de desafiar Huxley para um duelo.

O castelo seiscentista onde a matriarcal Lilian Aldwinckle comanda saraus e weekends literários, em *Folhas inúteis*, é uma espécie de Bloomsbury à beira-mar. Seus convivas, ingleses imantados pelo sol e pela modernidade futurista da Itália, discutem Voltaire, Balzac e Wittgenstein com a mesma nonchalance com que degustam um

Brunello di Montalcino. Cardan, o mais erudito e verboso da cotérie, fala até em etrusco. Huxley inspirou-se no escritor Norman Douglas, que já servira de modelo para o Scogan de *Crome Yellow*. A sra. Aldwinckle é uma réplica quase sem retoques de Ottoline Morrell, célebre hospedeira da fina flor da intelligentsia inglesa do começo do século passado e também o modelo da Hermione Roddice de *Mulheres apaixonadas*, de D. H. Lawrence. Huxley era pouco mais que um adolescente quando conheceu Morrell, de cujo espírito dominador também tirou o molde para a Priscilla Wimbush de *Crome Yellow*.

Este Huxley sempre me pareceu interessante. Ao contrário do Carlos Castañeda em que quase se transformou no fim da vida. Há quem diga que ele saiu de moda por ser místico e salvacionista. Ninguém, então, queria saber que rumo deveria tomar na vida. Com a new age levitando por aí e a auto-ajuda em alta, talvez tivesse mais público do que trinta, quarenta anos atrás. Pelos motivos errados, infelizmente.

(Abril, 2002)

PALAVRAS, WORDS, MOTS, PAROLES

NÃO SEI SE OS leitores de *Bravo!* notaram, mas a tradução que a editora Mandarim deu ao título do último bestseller de Stephen Hawking, *The Universe in a Nutshell*, parece ter sido feita por algum tradutor de filmes dublados para a televisão. Em bom português, a expressão "in a nutshell" quer dizer "em poucas palavras". Traduzi-la, como a traduziram, literalmente, por "numa casca de noz", pode ter facilitado a compreensão de um trocadilho gráfico cometido no livro, mas soa como um equívoco tão infantil quanto seria traduzir por *Chove gatos e cães* um livro que em inglês se intitulasse *It's Raining Cats and Dogs* e exibisse em sua capa dezenas de gatos e cachorros desabando do céu. "Numa casca de noz" é uma expressão interessante, mas se até hoje não a incorporamos à última flor do Lácio – o que, aliás, poderia ter sido feito, substituindo-se a noz por algum fruto tropical de iguais dimensões – não será agora, por força de um livro, mesmo um bestseller, que a adotaremos. Pena, porque qualquer expressão na linha de "numa casca de noz" soaria menos insípida do que "em poucas palavras".

Até que não podemos nos queixar do idioma que os portugueses nos deram e nós recriamos todos os dias.

Também podemos nos gabar de expressões imaginosas e divertidas, algumas até mais interessantes do que seus equivalentes estrangeiros. Não trocaria "chovendo canivetes" por "chovendo gatos e cães". Já por "chovendo a cântaros", eu trocaria. "Abotoar o paletó", "esticar as canelas" e "vestir um pijama de madeira" são muito mais engraçadas do que "chutar o balde" (em inglês, "to kick the bucket"). Também prefiro o nosso "papagaio de pirata" ao bom, mas algo solene, "velcroid" (de Velcro) que a colunista do *New York Times*, Maureen Dowd, cunhou na década passada.

O português dos meus sonhos não é uma flor pura, castiça, xenófoba, mas uma língua pirata, que absorveria a seu bel-prazer quantas palavras e ditos estrangeiros mais precisos e expressivos fossem necessários. Essa, aliás, parece ser a vocação de todas as línguas com alguma ambição na vida; inclusive do francês, que, a despeito do chauvinismo dos seus principais usuários, há muito desistiu de um equivalente autóctone para vocábulos universalmente consagrados como drugstore, weekend e muitos outros. Mesmo o inglês, esse idioma imperial, essa língua franca planetária, não dispensa achegas adventícias. Dispensa é eufemismo: de todas as línguas, o inglês talvez seja a mais aberta a estrangeirismos — e esta deve ser uma das razões de sua hegemonia. A razão mais forte, contudo, é a sua extrema maleabilidade. O inglês não perde tempo com acentuações nem declinações, seus plurais e suas flexões verbais são mais simples do que os de qualquer idioma latino, a facilidade com que seus substantivos viram verbos e adjetivos, e vice-versa, chega a ser humilhante.

Também por seu, digamos, dom contrátil, tornou-se a língua mais adequada para a poesia, o jornalismo e a publicidade. Suas palavras tendem a ser curtas, enxutas e, não raro, onomatopéicas, e quando descambam para o polissilábico, sempre aparece alguém disposto a encurtá-las. O *Variety* criou um rico e fecundo léxico de gírias minimalistas (pix, biz, nix), rapidamente apropriadas por toda a imprensa não especializada em show business. A revista *The Atlantic Monthly* mantém há anos uma seção, Word Watch, na qual Anne H. Soukhanov registra e rastreia a origem dos neologismos que em cataduplas surgem diariamente na imprensa dos EUA e da Inglaterra. É sobretudo nela que atualizo o meu vocabulário, encantando-me cada vez mais com a riqueza de recursos do inglês, infinitamente superior à do português, e com a inexcedível inventividade vocabular dos norte-americanos. Eles, mais do que os ingleses, inventam palavras e expressões com qualquer tipo de raiz etimológica. Até com marcas famosas eles se esbaldam. Que tal "Firestoned dog" como sinônimo de cão atropelado? "Good-yeared dog" também serve.

Esbarrei há tempos no obscuro adjetivo "imeldific", que, ajudado pelo contexto da frase, não demorei a identificar como algo ostensivamente vulgar – tão ostensivamente vulgar quanto a ex-primeira-dama das Filipinas Imelda Marcos, que lhe serviu de inspiração. Essa até que foi fácil. Como foi fácil sacar o sentido de "gaydar" (mistura de gay com radar, ou seja o sexto sentido dos gays para identificar outros). Mas para descobrir o que afinal significam "Paris lips", "Mal de Waldheimer", "emporiatria", "karoshi wife" e "Harold", ou é preciso conhecer um pouco de grego, japonês moderno, e alguma coisa da história da cirurgia plástica, da Alemanha e do cinema. Como pelo menos três dessas matérias não são o meu forte, tive de beber nos conhecimentos de Ms. Soukhanov.

"Paris lips" são aqueles lábios grossos, modelados à base de colágeno ou botox. Por que Paris? Porque o cirurgião plástico que inventou a técnica de espessá-los tem (ou tinha) sua clínica na capital francesa. O Waldheimer do mal do mesmo nome é o ex-líder austríaco Kurt Waldheimer, aquele cuja militância nazista demorou quatro décadas para vir à tona. Quem só se esquece das coisas inconvenientes do passado sofre, portanto, do Mal de Waldheimer. Emporiatria é a parte da medicina que cuida de doenças relacionadas com viagens (emporos é viajante em grego). "Karoshi wife" é o nome que se dá à viúva de quem morre por excesso de trabalho no Japão. E "Harold" é como chamam aqueles adolescentes que adoram perambular por cemitérios, numa homenagem ao mórbido protagonista do filme *Harold and Maude* (aqui, *Ensina-me a viver*).

Certas palavras européias, africanas e orientais circulam na língua inglesa com tamanha *aisance* que seus significados nem são mais explicados aos leitores de jornais e revistas de grande circulação. Só recentemente, e graças à "versão do autor" de *Apocalypse Now*, o brasileiro médio tomou conhecimento — e, espero, intimidade — com o adjetivo latino "redux", há décadas tão corrente na imprensa dos EUA e Inglaterra quanto Schadenfreude, que talvez seja a palavra cuja ausência em nossa língua eu mais lamente. Os anglo-saxônicos a anexaram ao seu vocabulário (em 1852) e a tornaram corriqueira porque, como nós, lusófonos, não dispõem de um similar para o sentimento que Schadenfreude — e só Schadenfreude — exprime. Posso estar enganado, mas em nenhuma outra língua encontraremos resumida em apenas 13 letras aquela sensação de prazer que a desgraça alheia é capaz de provocar em certas pessoas.

Popularizamos, do alemão, diversas palavras, como Lied, Leitmotiv, Gestalt, Dasein, Doppelgänger, Zeitgeist, Weltanschauung, Liebenstod, mas nem no Houaiss o termo Schadenfreude ainda fez jus a um verbete. Nos países de língua inglesa, até um ensaio filosófico (de 242 páginas!) sobre ela já foi escrito: *When Bad Things Happen To Other People*, de John Portmann, recheado de citações de Nietzsche, Schopenhauer, Mark Twain, La Rochefoucauld, Gore Vidal e outros. Schopenhauer considerava Schadenfreude uma emoção diabólica, "sinal infalível de um coração perverso". Nietzsche não só achava justo o contrário, como dizia que melhor do que ver um desafeto sofrer é fazê-lo sofrer. Quero deixar bem claro que meu especial apreço por esse vocábulo se deve, única e exclusivamente, à sua expressividade semântica, não aos sádicos sentimentos nele expressos.

Viajando por várias línguas, com a inestimável ajuda do professor Howard Rheingold, glossarista de mão cheia, consegui montar uma lista de palavras que adoraria ver absorvidas e vulgarizadas pelos lusófonos, como o foram abajur, boate, mantra, scherzo, bricolagem, blitz, sushi, coup de foudre, esfiha e tantas outras. Deixei de fora curiosas contribuições do italiano (attaccabottoni), do indiano (talanoa) e do coreano (kut), porque temos similares para cada um desses idiomatismos, que dão perfeitamente para o gasto. Mala (no sentido de chato) é tão boa, senão melhor, do que attaccabotoni. A única vantagem de talanoa sobre conversa fiada é a concisão silábica. E o mesmo se diga de kut, a pajelança dos coreanos.

O problema é que nem todos os vocábulos são fáceis de pronunciar e muito menos de memorizar. Fucha, dohada, mokita, uffda, shibui e koro até que são. Aproveite, pois, para conhecer-lhes o significado e me ajudar na tarefa de elastecer e universalizar a nossa língua. Fucha é como os poloneses qualificam o ato de usar o tempo de trabalho e os recursos de uma empresa em benefício próprio. É mais específico do que mutreta. Dohada é a larica de mulher grávida, em sânscrito. Mokita é como na Nova Guiné designam uma verdade que é do conhecimento de todos mas ninguém tem coragem de falar. Uffda é aquela palavra de simpatia que os suecos de bom coração costumam oferecer às pessoas que sofrem. Shibui é a beleza que os japoneses enxergam e admiram na velhice alheia. O rosto da Judi Dench, por exemplo, tem shibui para dar e vender. Koro é o medo histérico que o chinês sente sabe de quê? De que seu membro viril esteja encolhendo. Que forma terá o ideograma de koro?

Do russo eu pirataria razbliuto, que é o sentimento carinhoso que a gente tem por uma pessoa que um dia amamos. Arrumaria um jeito de aportuguesar o único verbo (to tartle, de origem escocesa) que descreve o mal-estar que sentimos ao cumprimentar uma pessoa cujo nome esquecemos. Difícil seria repetir a façanha com a batelada de termos teutônicos que muita falta fazem em nosso linguajar. O alemão é uma língua eufonicamente bisonha, de pedregosa prosódia, quase impenetrável, mas temos de tirar o chapéu para sua versatilidade semântica.

Sabe aquela resposta bem dada que só nos ocorre horas depois? Os alemães têm uma expressão para ela: Treppenwitz. Os franceses também (esprit de l'escalier), mas por que apropriar-se de duas palavras, se podemos piratear apenas uma? A menos que se invente por aqui uma maneira de exprimir a alegria que se apossa da gente após mais um dia de trabalho, Feierabend seria outra absorção bastante útil. Assim como Drachenfutter (aquele presentinho que o marido adúltero traz, cheio de culpa, para a esposa que acabou de trair com a outra), Torschlüsspanik (o medo que as pessoas solteiras sentem quando começam a passar da idade de casar), Korinthenkacker (literalmente, caga-uvas: aquelas pessoas demasiado preocupadas com detalhes irrelevantes) e Schlimmbesserung (forma bem mais concisa de se dizer que a emenda saiu pior que o soneto).

O conceito de concisão é bastante relativo. Existe uma palavra que o Guinness considera a mais sucinta de todas, em qualquer língua. De fato é se considerarmos que ela sintetiza o ato de olhar nos olhos do outro, na esperança de que o outro inicie o que ambos desejam mas nenhum tem coragem de começar. Pois é, tudo isso coexiste num vocábulo indígena da Terra do Fogo. Mas desse eu desisti logo. Se não consigo defini-lo em português decente, imagine se tenho cabeça para guardá-lo de cabeça. Mamihlapinatapei não é para qualquer um. Nem sequer para um sujeito como eu, que sei dizer e cantar, sem colar nem gaguejar, "Supercalifragilisticexpialidocious".

(Maio, 2002)

P.S. Este texto foi publicado na *Bravo!* com o anódino título de "Bons estrangeirismos". À minha revelia.

AS PENAS DO OFÍCIO

REVENDO HÁ POUCO *Ligações perigosas,* na versão que há 14 anos lhe deu Stephen Frears, de novo me encantei com a maneira como o cineasta inglês recriou em imagens uma intriga eminentemente epistolar, movida a garranchos e outros combustíveis caligráficos. Uma vez mais também me admirei de como na França do século XVIII os aristocratas gostavam de escrever cartas. Era assim, aliás, em toda a Europa, vale dizer em qualquer parte onde houvesse gente letrada, inclusive, portanto, na América. Nunca entendi direito a razão da grafomania de quem viveu antes da invenção da caneta-tinteiro e da máquina de escrever; e suspeito que, para aqueles que nunca se viram diante de um teclado sem a tecla Enter, encher de letras uma folha de papel, com o auxílio exclusivo de uma pena de ganso, pareça um feito tão ou mais árduo que a tarefa eterna a que Sísifo foi condenado.

Tenho para mim que a luz de vela e do lampião não limitavam tanto o ato de escrever quanto o seu instrumental básico: a pena. Quantas palavras cada mergulho da pena no tinteiro podia render? Duas? Três? Meia dúzia? E o que se fazia para melhor ajustar o ritmo veloz do pensamento ao restringente compasso do vaivém das mãos: papel, tinteiro, papel, tinteiro? O óbvio: usar o papel menos absorvente possível. Não tenha dúvida: o ato de escrever era infinitamente mais complicado (e sobretudo mais moroso) antigamente. O que não impediu que alguns praticantes lhe acrescentassem novos estorvos – que, para eles, deduzo, não eram propriamente estorvos; antes, um estimulante. Assim como o visconde de Valmont, o libertino personagem de Choderlos de Laclos, seu contemporâneo Voltaire, por exemplo, adorava redigir cartas e escritos menos íntimos sobre as costas nuas de suas amantes. Tão singular mesa de trabalho não lhe afetou a criatividade. Nem a saúde; muito pelo contrário: Voltaire produziu bastante e chegou aos 84 anos.

É de se presumir que, ao rabiscar palavras sobre o dorso desnudo de uma dama, Voltaire vez por outra também estivesse como Deus o criou. Nisso não foi um inovador. Alguns gregos da Antiguidade já haviam feito a mesma coisa, não raro apoiando-se (e inspirando-se) na região glútea de um efebo. "Com a bunda de fora, eu nem sequer anoto um número de telefone", revelou Truman Capote, que, apesar de tudo, não gostava de misturar os canais. Para ele, havia a hora de deitar com os efebos e a hora de deitar para escrever. "Sou um escritor completamente horizontal", definiu-se, num entrevista, citando Mark Twain e Robert Louis Stevenson como companheiros de preferência pela criação em decúbito dorsal.

Twain, Stevenson e Capote gostavam de escrever deitados, porém vestidos. Victor Hugo preferia o inverso: escrever sentado, mas nu em pêlo. Ficar sem roupa foi o método mais eficaz que o autor de *Os miseráveis* encontrou para disciplinar seu trabalho. Antes de iniciá-lo, Hugo chamava o criado, entregava-lhe todas as suas roupas e lhe recomendava que só as trouxesse de volta dali a tantas horas. Trabalhar pelado era um dos prazeres de Benjamin Franklin, que no entanto o fazia dentro de uma banheira, por sinal a primeira que a América viu. Edmond Rostand também transformou sua banheira em mesa de trabalho. Não tencionava dar uma lição de asseio corporal a seus patrícios, que bem a mereciam e merecem, mas apenas escapar das interrupções dos amigos. Justamente o oposto do que almejava o poeta Vinicius de Moraes, que montou em sua banheira um misto de Parnaso, escritório e bar.

Entre aqueles que preferiam escrever vestidos da cabeça aos pés, o mais idiossincrático era Disraeli. Antes de sentar-se para escrever seus romances, o grande artífice do imperialismo vitoriano se enfarpelava como se estivesse indo a um banquete no palácio de Buckingham. Para Disraeli, na faina criativa, a gala tinha a mesma importância da inspiração, até porque, a seu ver, uma dependia da outra.

"Eu não sei escrever sem estar bem composta", confessou-me há tempos a elegante Nélida Piñon. Além de dispensar a pompa de Disraeli ("não precisa ser uma roupa formal para se ir a um jantar"), faz poucas concessões: "O máximo que concedo é usar tênis, assim mesmo com meia". De pijama ou camisola, nem palavras cruzadas ela faz. Já seu colega da Academia, João Ubaldo Ribeiro, só consegue escrever de bermudas e sem camisa. Até no inverno berlinense, ligava a calefação de seu pequeno gabinete e tirava a camisa. Seu colega de profissão e fraterno amigo Rubem Fonseca não liga para o que veste enquanto experimenta as vastas emoções do vídeo em branco. Mas antes de encarar o computador, faz exatamente aquilo que Thomas Wolfe, Willa Cather e Antonio Callado faziam, antes de encarar a máquina de escrever, e dezenas de escritores recomendam como a mais saudável das musas inspiradoras: caminhar. Rubem é capaz de andar até oito quilômetros atrás de novas idéias e soluções originais. Para não as perder, sai sempre com caneta e papel no bolso.

Mais exigente, Nélida só faz anotações em blocos especiais que compra, em estoque, na Europa. Não a tentam fetiches tais como escrever em pé (a posição preferida de Lewis Carroll, Virginia Woolf e Ernest Hemingway), pôr um gato no ombro (como Edgar Allan Poe), deixar ao alcance das narinas o odor de uma maçã (como Schiller) ou usar algum texto alheio como uma espécie de espoleta ou diapasão (Willa Cather passava os olhos em trechos da Bíblia e Stendhal lia duas ou três páginas do Código Civil, antes de encarar um novo capítulo de *A cartuxa de Parma*). João Ubaldo prefere não ler livro algum, "com medo de plagiar inconscientemente". Possui, contudo, um bom sortimento de rituais. Dificilmente começa um romance em dia que não seja segunda-feira. Não costuma escrever em fins de semana e feriados. Nem depois do almoço. "Fico burro e deprimido à tarde e geralmente durmo", explica-se. Nunca, porém, se perguntou por que não suporta escrever na presença de ninguém (a não ser de Berenice, sua mulher), nem por que segue uma ordem rígida de trabalho: primeiro o título, depois a dedicatória, a epígrafe – sempre de sua própria autoria – e, finalmente, o texto. Caneta, nem pensar. Nem quando a única opção era a máquina de escrever. Tipo de papel? Tanto faz.

Nesse ponto também é o oposto de Nélida, que usa o papel mais caro existente no mercado e recusa-se a empunhar uma Bic. Não por ser fiel ao teclado, como João Ubaldo e Rubem Fonseca, mas por achar que seus refinados papéis merecem, no mínimo, uma Mont Blanc. Exigência que Hemingway, por exemplo, dispensava, pois, como tantos contemporâneos seus, preferia escrever a lápis.

As palavras, para os adeptos do manuscrito, não são apenas sons, mas desenhos mágicos. E prazer tátil. Nelson Algren considerava-se um artesão da palavra, *lato sensu*: "Tenho necessidade de trabalhar com minhas próprias mãos. Gostaria de cinzelar meus romances em pedaços de madeira." Hemingway atribuía a seus dedos tamanha parcela de suas idéias, que receou ter de abandonar a literatura quando ameaçado de perder o uso do braço direito, após um acidente de automóvel. James Thurber era outro que só sabia pensar com os dedos. Conforme foi perdendo a visão, trocou a máquina de escrever por folhas de papel amarelo, nas quais não escrevia mais do que vinte palavras por página, com o grafite mais negro disponível no mercado. Depois aprenderia a compor contos mentalmente e a ditá-los a uma estenógrafa.

Ainda mais exigente do que Nélida Piñon era o inglês Rudyard Kipling, que se recusava a escrever com qualquer tinta. "Quanto mais preta, melhor", recomendava. Só mesmo em preto conseguia gravar suas palavras nas folhas de papel azul com margens brancas que volta e meia utilizava. O fetiche da cor do papel já levou vários escritores a bloqueios insuportáveis. Truman Capote sentia-se uma toupeira quando desprovido de suas folhas de papel amarelas. O Alexandre Dumas de *Os três mosqueteiros* também era chegado ao amarelo, mas em folhas dessa cor escrevia exclusivamente poesias.

Para os romances, preferia o azul. E para obras de não-ficção, o rosa.

Embora ameaçado de extinção (ou obsolescência) pelos áugures da informática, o papel continua sendo um parceiro fidelíssimo do computador e o suporte favorito de todos os escritores. Pois até aqueles que só operam com um desktop e enviam seus originais para a editora por e-mail ou em disquete gostam mesmo é de ver sua obra impressa no velho e bom papel. Mas uma coisa é certa: o Valmont do futuro terá de optar por um notebook, para não martirizar as costas de sua amada.

(Junho, 2002)

A EMOÇÃO DIFERENTE

ANTES DE COMEÇAR a rodar a comédia *Tempestade cerebral*,* o ator e cineasta Hugo Carvana pediu a um grupo restrito de amigos que o ajudasse a selecionar os dez sambas-canções mais bonitos dos anos 1940 e 1950. Os mais votados entrariam na trilha sonora do filme. Não sei se seria capaz de reconstituir minha lista de cabeça, mas do primeiro samba-canção que me veio à lembrança jamais esquecerei porque desde criança o trago sempre na agulha do meu *hit parade* afetivo. Composto por um comediante (Chocolate) e pelo irmão (Elano de Paula) de outro comediante (Chico Anysio), "Canção de amor" transformou-se num clássico do gênero na voz de Elizeth Cardoso, em 1950, e dele não há quem desgoste. Tão votado foi que acabou entrando no filme de Carvana, ele próprio um de seus mais ardorosos fãs. A música é bonita, mas seu forte é a letra: despretensiosamente perfeita. Nenhuma outra composição popular brasileira nos transmitiu, a meu ver, uma idéia tão precisa e sucinta daquele sentimento de pesar pela ausência de alguém ou algo que nos é querido; ou seja, a saudade.

---
* Lançada com o título de *Apolônio Brasil – O campeão da alegria*.

Saudade,
Torrente de paixão
Emoção diferente
Que aniquila a vida da gente,
Uma dor que nem sei
De onde vem.

O xeque-mate semântico são as oito palavras que fecham a estrofe. Não sabemos de onde vem aquela estranha dor, aquela torrente de paixão. Podemos, no máximo, conhecer o que a provocou; ou melhor, desencadeou. Numa célebre marchinha carnavalesca de Francisco Alves era um confete ("pedacinho colorido de saudade"), e naquela canção de Nat King Cole, as pétalas de uma gardênia azul prensadas num livro de reminiscências. Tão misteriosa e pérfida, porém, é a química da memória, que a saudade – seja ela da Amélia, da Bahia, da maloca, dos coqueiros de Itapoã, do trenó Rosebud ou do "esplendor na relva" – não depende de *madeleines* para desencadear seu processo de espiritualização de um desejo e materialização de uma lembrança.

Toda saudade é, intrinsecamente, triste, ainda que nos remeta (ou sobretudo se nos remete) a momentos ou situações alegres. Também por suscitar em nós uma vontade irresistível de lembrar querendo esquecer, essa emoção diferente, inexprimível e intransferível, é um sentimento com enorme potencial masoquista – como o ciúme.

Através dos tempos, muitos se aventuraram a defini-la de forma mais derramada, típica dos poetas. Como a "mimosa paixão da alma" (apud Dom Francisco Manuel de Melo, saudólogo português do século XVII). Como o "delicioso pungir de acerbo espinho" (Almeida Garrett). Como a "rainha do passado" (Gonçalves Dias). Como "o fogo-fátuo das venturas mortas" (Coelho Neto). Como "o espinho cheirando a flor" (Bastos Tigre). Como "a pepita eterna da jazida efêmera do amor" (Hermes Fontes).

Espíritos mais ambiciosos chegaram a elaborar teorias a seu respeito e em seu nome tentaram até fundar, em Portugal, uma escola filosófica, cuidando de afastá-la de sensações análogas e consolidá-la como a mais genuína, intensa e vivificadora manifestação da alma lusitana – e, por descendência direta, da alma brasileira. Aqui e lá, a saudade é tida como algo tão visceralmente nosso que nenhuma outra língua possuiria em seus léxicos um vocábulo equivalente. E a nostalgia grega?

Embora defina também uma vaporosa ausência presente e seja, como a saudade e a melancolia, um sentimento imponderável e impalpável, a nostalgia, por ser a dor (*algia*) que a distância da terra natal (*nostos*) provoca, é o sentimento típico do exilado. Ela diz respeito a Ítaca, não a Penélope e ao cão Argos. Sobre esse "sentimento do tempo perdido e do inefável" ruminaram, entre outros, Jean Starobinski, Vladimir Jankelevitch e Claudio Magris, que o rastrearam desde Plotino (o filósofo da pátria deixada) e Ulisses (o herói da primeira odisséia nostálgica) até aos românticos de todas as épocas. A bibliografia da saudade é, por motivos fáceis de adivinhar, bem mais modesta. Gerou um belo ensaio, *O labirinto da saudade*, do elegante ensaísta português Eduardo Lourenço, que aborda a "rainha do passado" de maneira enviezada, isolando-o do contexto do sebastianismo em suas reencarnações mais recentes. Lourenço considera o saudosismo "a tradução poético-ideológica" do nacionalismo místico português, "a mais profunda e sublime metamorfose da nossa realidade vivida e concebida como irreal". Como o cineasta Manoel de Oliveira já demonstrou, o português sente saudade até de glórias inexistentes.

O mais alentado acervo sobre o tema – começando pelas pioneiras reflexões de Duarte Nunes de Leão e Dom Francisco Manoel de Melo, no século XVII – continuam sendo as 796 páginas de *Filosofia da saudade*, selecionadas por Afonso Botelho e Antonio Braz Teixeira para a Imprensa Nacional – Casa da Moeda de Lisboa, há pouco menos de vinte anos. Só em bibliotecas de alto porte, contudo, é possível encontrar *A saudade brasileira*, empenhado florilégio do que os nossos vates perpetraram sobre "a bendita dor que faz bem ao coração", publicado em 1940 por Osvaldo Orico. Nem o corrosivo Gregório de Matos escapou de seus sortilégios, resistindo, porém, à tentação de açucará-la e, mais do que tudo, de mitificá-la, como o faria Bastos Tigre, que há 67 anos cometeu estes versos:

A palavra é bem pequena
Mas diz tanto de uma vez!...
Por ela valeu a pena
inventar-se o português.

A exclusividade lusa da palavra saudade só não é tão duvidosa quanto a crença de que só os lusófonos podem senti-la em toda sua plenitude. Embaçada por um étimo vaporoso, que a remete à solidão latina (*solitas*) e à melancolia árabe (*saudah*), saudade foi soidade e nestas duas formas debutou em *Os Lusíadas*. Para os que se recusam a reconhecer similares em outros idiomas, o espanhol *soledade* teria um significado psíquico diferente.

A primeira contestação de peso a esta teoria partiu da filóloga lisboeta Carolina Michaelis de Vasconcellos (*A saudade portuguesa*, editada em 1914), que não apenas encontrou vocábulos afins no galego (a Galícia não é a Alsácia de Portugal?), no castelhano, no asturiano e no catalão (*anyoransa, anyoramento*), como exumou em Goethe uma notável familiaridade entre saudade e *Sehnsucht*. A tese suscitou polêmicas, por sinal ironizadas por Camilo Castelo Branco, e continua sendo contestada por aqueles que, como Afonso Botelho, acreditam, pelo menos, numa distinção entre o doce sentimento português e a ansiedade metafísica alemã embutida em *Sehnsucht*.

"O povo português criou a saudade porque ela é a única síntese perfeita do sangue ariano e semita", sentenciou há um século o poeta panteísta Teixeira de Pascoaes. Para ele, "a saudade é a Renascença vivida pela alma dum povo e não criada pelo artifício das artes plásticas, como aconteceu na Itália. A saudade é o espírito lusitano na sua supervida, no seu aspecto religioso. Ela contém em si, em visto do exposto, uma nova religião. Se descende (...) de duas religiões (paganismo e cristianismo), a saudade é sem dúvida uma nova religião. E nova religião quer dizer nova arte, nova filosofia, um novo estado, portanto."

Se Duarte Nunes de Leão foi o primeiro filósofo da saudade, coube a Pascoaes ousar transformar o saudosismo em filosofia. Crente que "só o instinto saudoso identifica o homem ao universo, porque a lembrança prende-se a tudo o que passou, e a esperança a tudo o que há de vir", Pascoaes muito se esforçou, em vão, para emplacar o saudosismo como a vertente lusa do existencialismo. Seus apóstolos Leonardo Coimbra, Joaquim Carvalho e o galego Ramon Pineiro também se empenharam nesse sentido, com o mesmo insucesso. Entre os que prontamente rejeitaram a filosofização do saudosismo, o polemista António Sérgio foi quem mais longe levou a discussão. Numa série de "epístolas aos saudosistas", escritas em 1913, comprometeu o sentimento da saudade (e seu "gosto amargo") com o "horror do novo", o "ódio ao movimento", a "repugnância à variação" e a "negação da mobilidade".

Antecipando o que, no ano seguinte, Carolina Michaelis de Vasconcellos conceituaria com mais profundidade, António Sérgio questionou ainda, em suas epístolas, a intraduzibilidade da palavra saudade, pinçando exemplos no galego (*soedade, soledade*), no italiano (*desio* e *disio*), no romeno (*doru*), no sueco (*saknad*), no dinamarquês (*savn*), no islandês (*saknaor*), e até se dando ao luxo de apontar um *disio*, com sentido de saudade, no oitavo canto do Purgatório, no *Inferno* de Dante.

A saudade, portanto, não joga aquele bolão na última flor do Lácio. Se ela é capaz de matar a gente, isto é outra história, morena. E que não começa necessariamente num rancho na beira de um rio.

(Julho, 2002)

O SUCESSO DO VIRUNDU

PARA USAR UMA VELHA metáfora do jargão futebolístico, fizemos barba, cabelo e bigode na Copa do Mundo. A barba e o cabelo foram a taça e a liderança na artilharia. O bigode foi uma façanha extra-oficial, não reconhecida pela FIFA e informalmente consignada antes de cada uma das sete partidas que nos deram o penta. Quero dizer com isso que também nos sagramos campeões na copa dos hinos. Comparecemos a todos os 17 torneios mundiais, mas só desta vez o "Virundu" despertou atenção e levou a melhor. Assim que a seleção francesa foi desclassificada, tirando da competição a supostamente invencível "Marselhesa", *The Guardian* anunciou: "O Brasil agora possui o melhor hino nacional da Copa Mundial de 2002." E não apareceu ninguém para desmentir o jornal inglês.

Para *The Guardian*, o nosso Hino Nacional é "o mais alegre, o mais animado, o mais melodioso e o mais encantador do planeta." Não é pouca coisa vindo de quem se dá o luxo de possuir dois hinos poderosos, como "Land of Hope and Glory" (o oficial) e "God Save the Queen", certa época adotado por outros reinos europeus, inclusive o dos czares. A despeito da secular pinimba dos britânicos com os franceses, não me pareceu forçada a restrição que fizeram à "Marselhesa" e seus "belicosos apelos às armas", desfavoravelmente comparados ao estímulo aos sentimentos nacionais (amor, esperança e apego à igualdade) e às belezas naturais do florão da América (formoso céu, risonho e límpido, lindos campos com mais flores etc.), contidos nos versos que Joaquim Osório Duque Estrada escreveu para a música de Francisco Manuel da Silva.

Cânticos de louvor a nações e seus povos, os hinos pouco se diferenciam: são quase sempre hipérboles patrióticas, não raro jingoístas, demasiado apegadas a glórias passadas e inclinadas a exortar a alma guerreira que em muitos de nós dormita. Comparado aos hinos dos países com que nos defrontamos nas três fases da Copa, o nosso ganha fácil em beleza melódica e expressividade poética. "É como se tivesse vindo pronto, já composto, de uma casa de ópera", bajulou *The Guardian*, apontando Rossini como a mais forte influência sobre Manuel da Silva. O hino turco me deixou indiferente. O chinês é uma marcha de arregimentação e combate, com todos os clichês do gênero. Sua única virtude é ser curto. Entoando loas à bandeira nacional, ao "límpido céu azul" do país e a seu povo "valente e viril", o da Costa Rica aproxima-se mais do nosso, mas sua música não arrebata nem se fixa na memória. O da Bélgica, jurando lealdade ao rei, à lei e à liberdade, é outro que só deve emocionar o pessoal de casa. O alemão, com seu preito à tríade unidade-justiça-liberdade, não fede nem cheira.

Como os ingleses, aprendi a gostar do "Hino nacional brasileiro" num campo de futebol, possivelmente durante alguma Copa do Mundo. Nos meus tempos de colégio, quando cantar hinos e hastear bandeiras eram rituais cívicos diários, herdados do Estado Novo, meu xodó era o

"Hino da Independência", aquele que ficou conhecido como "Brava gente brasileira". Continua sendo. Por mim, seria o número um, o Nacional.

Quando o Brasil ainda engatinhava, suas festividades eram celebradas por hinos sacros e cânticos litúrgicos. Os índios tinham música, mas sem letra em latim. O primeiro hino marcial e patriótico cantado nestas paragens veio da Holanda: "Wilhelmus van Nassauwen", na ponta da língua dos invasores comandados por Mauricio de Nassau, em Pernambuco, 1644. A Família Real aqui desembarcou ao som de três ou quatro cânticos religiosos e o lusitano "Hino da graça". Depois que D. João VI e sua corte partiram de volta, o maestro Marcos Antônio da Fonseca Portugal, professor de música de D. Pedro I e rival do padre José Mauricio, ofereceu ao príncipe regente o "Hino patriótico da nação portuguesa", que passou a ser uma espécie de hino nacional. O que fazer, se não passávamos de uma colônia portuguesa?

Como era de se esperar, as primeiras tentativas de um hino autenticamente brasileiro brotaram à sombra dos movimentos de libertação. O de 1817, em Pernambuco, gerou o "Hino da Revolução", que começava assim: "No campo da honra, patrícios formemos, que o vil despotismo, sem sangue vencemos". Mas o malogro da Inconfidência Mineira dificultou a popularização de todo e qualquer hosana libertário. Resultado: nossos primeiros hinos acabaram sendo oficialíssimos, assinados pelo imperador.

O primeiro, "Hino imperial constitucional", de 1821, música e letra de D. Pedro I, acabaria se transformando, 68 anos depois, no "Hino nacional português", e, em 1910, no "Hino da Carta". Com uma particularidade: a letra mudava de acordo com a solenidade a que se destinava. O segundo foi o belo "Hino da Independência", com letra de Evaristo da Veiga, que em sua versão original dizia "brava gente americana", em vez de "brava gente brasileira". Abolido das solenidades oficiais com o advento da República, o "Hino da Independência" faria uma triunfal *rentrée* nos quartéis e nas escolas durante as celebrações do centenário do grito do Ipiranga, em 1922.

Também foi o grito do Ipiranga que inspirou aquele que acabaria transformando-se no, por enquanto, definitivo "Hino nacional brasileiro". Supôs-se, durante algum tempo, que Francisco Manuel da Silva o tivesse composto para a coroação de D. Pedro II, em 1841, e até o confundiram com outra criação do mesmo autor, "Hino à coroação", com letra de João José de Souza e Silva. Mas o fato é que o hino, sem letra, saiu do teclado de Manuel da Silva em 1823. Apesar de cantado pelos combatentes na guerra do Paraguai, de inspirar uma fantasia do pianista americano Louis Moreau Gottschalk e ter sido apresentado na estréia de *O Guarani*, em 1870, não foi oficializado pelo Império, razão pela qual acabou adotado pelo governo republicano.

Nos dois primeiros meses da República, contudo, nosso hino era, acredite, "A Marselhesa". O governo provisório do marechal Deodoro da Fonseca chegou a convidar Carlos Gomes para compor algo similar, por 20 contos de réis, mas o compositor tirou o corpo fora. A partir de um concurso, surgiu o "Hino da Proclamação da República", assinado por Leopoldo Miguez, com letra de Medeiros e Albuquerque. Impressionado com a baixa qualidade dos demais 28 concorrentes, Oscar Guanabarino publicou um inflamado artigo no jornal *O Paiz*, propondo a oficialização do hino de

Manuel da Silva. Para tanto, ele precisaria de uma letra à sua altura. E sem qualquer bajulação à figura de D. Pedro. Alguns anos mais tarde, por pressão de Coelho Neto, então deputado, a sugestão de Guanabarino começou a ganhar corpo. Também escolhidos em concurso, os versos do poeta fluminense Duque Estrada, escritos em 1909 e afinal premiados com cinco contos de réis, foram acoplados à música de Manuel da Silva (que morrera quase meio século antes), acrescido de um estribilho ("Ó pátria amada, idolatrada, salve!, salve!"), de autoria de Alberto Nepomuceno, que numa primeira versão dizia "Ó pátria amada! Estremecida! Salve! Salve!". Só reconhecido oficialmente em 1922, o "Virundu" tornou-se obrigatório nas escolas em 1936 e atestado de idoneidade em 1942, quando Getúlio decretou que ninguém podia ser admitido no serviço público sem demonstrar conhecê-lo de cor e salteado.

Evidente que a letra de Duque Estrada não agradou a todo mundo. O cacófato do verso "de um povo heróico o brado retumbante" rendeu polêmicas intermináveis e a sugestão de que se trocasse o brado por um grito, vocábulo supostamente mais expressivo e vibrante, e no lugar do povo heróico entrasse o próprio ato consumado às margens plácidas do Ipiranga. Desse modo, o hino começaria assim: "Ouviram do Ipiranga às margens plácidas/ Da Independência o grito retumbante." A proximidade de dois sinônimos, gigante e colosso, numa mesma estrofe levou um poeta a sugerir a substituição de "gigante pela própria natureza, és belo, és forte, impávido colosso" por "fadado pela mão da natureza, és belo, és forte, impávido gigante". Queriam outros trocar igualdade por liberdade, no terceiro verso. Uma comissão julgadora pulverizou todas essas idéias.

"Ora, que se saiba, consoante velhas rabugens gramaticais" – ponderou García Junior, membro da comissão – "o verbo ouvir é bitransitivo e se quem ouve, ouve alguma coisa de alguém, no caso só se poderia admitir que fosse o grito de Independência, porque esta senhora (pelo menos é de domínio público) ninguém ignora que não diz nada! Osório quando escreveu 'de um povo heróico o brado retumbante' é que estava certo, isto porque só o povo é que poderia bradar, gritar (...) Se o poeta escreveu igualdade, ipso facto ela era consentânea com a liberdade assinalada, no terceiro verso. E isto porque já estava no velho lema da Revolução Francesa, a inspiradora de todas as nossas revoluções: Liberté, Égalité, Fraternité. Tanto isso é palpável que logo adiante o vate repete: 'Em teu seio, ó liberdade/ Desafia o nosso peito a própria morte.'"

Quase um século nos separa da concepção da letra do "Hino nacional brasileiro". Ela é antiga, solene, inflamada, alambicada, anacrônica, como todas de sua espécie. Custamos a nos acostumar com ela. Suas anástrofes e seus cacófatos até hoje aturdem as crianças e os adultos de poucas luzes. Passei um bom tempo da minha infância sem atinar para o sentido de alguns versos e acreditando que a nossa terra era "margarida", e não "mais garrida". Por uma deformação mental qualquer – ou, quem sabe, condicionado por outros hinos e por fatos de nossa nada incruenta história –, vivia a cantar "paz no futuro e guerra (em vez de glória) no passado."

Num precioso livro que Mariza Lira escreveu para a Biblioteca do Exército, em 1954, encontrei versões do nosso hino para diversas línguas, inclusive o latim ("Audierunt Ypirangae ripae placidae/ Heroicae gentis validum clamorem/Solisque libertatis flammae fulgidae/ Sparsere patriae in caelos tum fulgorem") e o esperanto ("De Ipirang' la mildaj borodj audis, jen/ ehoan krion de herda gento/ Kaj de liber la sunradioj brilis tuj/ de la Patrujo sur la firmamento"), por cuja correção, evidentemente, não me responsabilizo, já que o livro é cheio de erros de revisão.

Encontrei ainda a versão que o partido monarquista Ação Imperial Patrianovista, fundado em 1926 e finado 11 anos depois, cantava na abertura de suas reuniões. Nela, não só incluíram "o grande Pedro" (era ele quem dava o grito retumbante no primeiro verso) como tiraram do berço o gigante eternamente deitado: "Erguido virilmente em solo esplêndido/ Entre as ondas do mar e o céu profundo." Prefiro os versos originais. Não por convicções ideológicas, mas por uma questão de métrica, de eufonia – e um pouco por desconfiar que sempre vivemos deitados em berço esplêndido, dormindo muito mais do que deveríamos.

(Agosto, 2002)

O ADORNO DA NATUREZA

SE TIVESSE ACONTECIDO em setembro ou na primavera do hemisfério norte, o impacto, suspeito, teria sido maior. Mas o fato ocorreu em janeiro, já lá se vão quatro anos; verão cá, inverno lá. Fato, não: fatos. Três ao todo, ocorridos numa única semana e interligados por um elemento comum. No caso, três mortes, causadas – involuntariamente, é óbvio – por uma árvore. Duas mortes absolutamente iguais: no espaço de algumas horas, Michael Kennedy, filho de Bob e sobrinho de John Fitzgerald, e o cantor Sonny Bonno esborracharam-se contra uma árvore quando esquiavam na neve. Pouco depois, um jovem músico gaúcho, exposto aos excessos de um temporal carioca, foi atingido por uma árvore e já chegou morto ao hospital.

Na época me perguntei se teria sido mera coincidência ou uma vingança da natureza contra a devastação que o homem, há milênios, vem infligindo às florestas do planeta? E, ampliando o paranóico devaneio, acrescentei outra dúvida: e se foi uma desforra pelas toneladas de livros vagabundos e revistas abomináveis impressos diariamente no mundo inteiro? Afinal de contas, como gostava de dizer o poeta St.-John Perse, todo livro nasce da morte de uma árvore. E só uma pequena parcela desse sacrifício diário merece o nosso indulto, digo eu.

A dívida da palavra impressa com a celulose de que se alimenta (book, bouquin e Buch derivam de boscus, bosque, e livro vem de líber, o tecido condutor da seiva das árvores) é tão grande quanto a nossa dívida externa, porém bem menor do que eu estimara antes de escrever um artigo para a *Folha de S. Paulo*, quatro anos atrás, no qual afirmava que a árvore nunca fora um mote de monta, uma caudalosa fonte de inspiração para poetas e prosadores, salvo em odes e estrofes esparsas, assinadas por Virgílio, Walt Whitman e, entre outros brasileiros, Gonçalves Dias, Olavo Bilac e Tom Jobim. Lígneo engano. Exagerei nas contas. Para menos.

Que nenhuma árvore mereceu uma obra-prima do porte de *Moby Dick*, para citar um notável exemplo de cortesia com a fauna, é fato consensualmente aceito, mas coisas muito melhores do que *O tronco do ipê*, de José de Alencar, e *O meu pé de laranja lima*, de José Mauro de Vasconcelos, ela inspirou em outras línguas – e mesmo na nossa, se ampliarmos a mirada até a poesia, nem que seja só até os versos que Drummond criou pensando nas mangueiras de sua infância e nas amendoeiras de sua idade adulta.

Ela aparece em Homero, Plínio o Velho, Ovídio e Platão (que já se preocupava com a devastação dos bosques mediterrâneos!), nas celebrações de pinhos e magnólias de Francis Ponge, na poética de Gaston Bachelard (que comparava a imaginação a uma árvore), no imaginário de Antoine de St.-Exupéry e Roger Caillois (outro fã do baobá), na lingüística de Ferdinand de Saussure (que escolheu a palavra arbor como exemplo para definir o signo) e no teatro de Samuel Beckett (enquanto esperam Godot, Vladimir e Estragon se espantam com uma árvore que em questão de horas se cobre de folhas).

Supremos símbolos da primavera, as árvores talvez sejam o mais plácido, vistoso e indispensável adorno da natureza. Não há sinal delas nos grafitos de Lascaux, mas depois que os animais deixaram de monopolizar o espaço da representação, quase todas as paredes se renderam à sua inexcedível beleza. Em nenhuma outra forma de arte a árvore encontrou o campo fértil que a gravura e a pintura lhe deram, sobretudo a partir do Renascimento. Desenharam-na de tudo quanto é jeito: venosa e arterial, brônquica e cerebral, densa e assustadora — e o que mais possam expressar as que Altdorfer, Bruegel, Dürer, Corot, Poussin, Lorrain, Ruisdael, Cézanne e até Paul Klee pintaram. "Nós somos árvores pensantes", escreveu não me lembro mais quem, na certa pensando nas analogias anatômicas que o nosso tronco e nossos membros incentivam e Gustave Doré (vide o Canto 13 da *Divina comédia* por ele ilustrada) e Walt Disney levaram às últimas conseqüências.

Coligações das três substâncias fundamentais (terra, água e ar) e dos três mundos conhecidos (o subterrâneo invisível, o terrestre visível e o celestial inalcançável), sem elas, pulmões da Terra e abrigos seguros, as paisagens murcham e o ar empobrece. Relacionando o baixo e o alto, o ctônico e o aéreo, a sombra e a luz, elas nos dão, além de brisa e vento, flores, frutas, êxtase, lenha e matéria-prima para uma infinidade de coisas: casas, móveis, papel, rolhas, embarcações, talheres, armas, tamancos, instrumentos musicais, pneus, até varas de marmelo, pelourinhos e outros instrumentos de tortura, pois delas o homem sempre se serviu sem a menor cerimônia e pudor.

Nelas gravamos a canivete corações, juras de amor e outras besteiras, penduramos balanços, montamos residências (não necessariamente espaçosas como a de Tarzan) e encravamos esconderijos. Com as árvores, dizia São Bernardo, aprendemos mais do que podem nos ensinar os seus mais doutos rebentos. Silenciosas educadoras, elas serviram de modelo para o tratado fundador da pedagogia, no século XVIII, *Émile*, de Rousseau, e emprestaram sua estrutura a esquemas classificatórios da lógica, da filosofia e da ciência. O que seria da genealogia e dos esquemas arborescentes de Francis Bacon, Descartes e Darwin, se as árvores não tivessem raízes, troncos e ramificações?

Num livro recentemente editado na França, *Traité de l'arbre*, Robert Dumas estende ao campo da filosofia o que Robert Harrison fez no campo do imaginário, repertoriando o papel desempenhado pela árvore e as florestas na formação do pensamento ocidental. Em vez de falar do ser e da razão, da verdade e do tempo, do bem e do mal, Dumas fala de chorões, olmeiros, carvalhos, faias, ciprestes, e de como até Kant, Hegel e Deleuze se renderam às dádivas da arborescência. O resultado não é menos que fascinante.

Por suas características morfológicas, sua verticalidade, imobilidade, frondosidade e longevidade, pela força de sua presença e seu poder de regeneração, as árvores se transformaram num símbolo ímpar, presente em quase todas as religiões arcaicas. Os maias, babilônicos, nórdicos e germânicos representavam com elas o cosmo. Mesmo os gregos, ainda que de forma mais parcimoniosa, as veneravam. Poseidon, o Netuno helênico, adorava o freixo porque sua madeira resistente e elástica dava excelentes lanças. Nos santuários de Zeus em Dodona, os oráculos eram interpretados por sacerdotes com base no som produzido por uma fonte esguichando por entre as raízes de um carvalho sagrado ou pelo farfalhar das folhas dos carvalhos das redondezas. Uma das Sibilas escrevia seus oráculos nas folhas de uma palmeira sagrada.

Antes de serem convertidos ao cristianismo, no final do século XIV, os lituanos praticavam abertamente a dendrolatria, o culto à árvore. O próprio cristianismo, não custa lembrar, tem uma simbólica macieira em sua mitologia. E se formos ao Velho Testamento, encontraremos Jeová apresentando-se ao povo de Israel como "um pinheiro verde" (que promete abrigo, frutos e todas as bênçãos a seus fiéis) e comparando-se, através de Oséias, ao cedro do Líbano. Numa passagem do Deuteronômio, que é uma espécie de código moral onde são expostas as regras da vida, o Todo Poderoso proíbe o homem de destruir árvores, mesmo durante uma guerra — interdição que, de resto, não respeitamos.

Platão é uma das provas de que há séculos e mais séculos nós as destruímos, impiedosa e indiscriminadamente, às vezes em prol de um alegado progresso que, no fundo, tem outro nome: cobiça. Ainda vão dizer que o som mais dantesco do nosso tempo, depois do estrondo atômico, era o da serra elétrica. Talvez por isso que o verbo vegetar, provindo de termos latinos que significam força e crescimento, seja hoje sinônimo de inércia e apatia.

Até porque tiramos o nome Brasil de uma preciosa leguminosa, imortalizamos a chegada da corte de D. João VI com o plantio de uma palmeira imperial, cultuamos o mito de que "nossos bosques têm mais vida" e cultivamos o hábito de dar a pessoas e lugares patronímicos como Oliveira, Carvalho, Laranjeiras e Mangueira, deveríamos ter com as árvores um relacionamento mais afetuoso. Já nem falo da Amazônia e da Mata Atlântica, mas dali da esquina, do quintal mais próximo. Quanto mais não fosse porque, além de tudo, as filiamos, com justiça, ao gênero feminino, ao contrário de todas as línguas que a minha curiosidade conseguiu checar.

Ao contrário de nós, efêmeros transeuntes da vida, as árvores são matusalêmicas. As sequóias do norte da Califórnia, cuja longevidade Hitchcock tão bem explorou em *Um corpo que cai*, têm seis mil anos de idade. Existe um tipo de pinheiro ainda mais velho nas montanhas da Serra Nevada. A figueira sob a qual Alexandre Magno aquartelou seu exército, há 2.400 anos, continua de pé, devidamente tombada como um patrimônio universal. Nem precisaríamos ir tão longe no espaço e no tempo. Ali mesmo no Campo de Santana, no centro do Rio, onde Deodoro proclamou nossa República, existem árvores centenárias esbanjando saúde. São as nossas rainhas – aparentemente eternas – da primavera.

(Setembro, 2002)

DEUSES MUTANTES

EM SUA FASE LARVAR, todo cinéfilo é apenas um fã de cinema igual àqueles que escolhem o filme a que vão assistir pelo elenco, pelo gênero ou pelo que, singelamente, chamam de enredo. Em minha fase pré-cinéfila, que coincidiu com os primeiros anos da década de 1950, os únicos diretores conhecidos do chamado grande público eram Alfred Hitchcock e Cecil B. DeMille. Meus primeiros cadernos de cinema estavam tão distantes da revista *Cahiers du Cinéma* quanto minhas redações escolares de *Dom Casmurro*. Neles listava todos os filmes que via, identificando-os tão somente por seu título em português, seus protagonistas e pela sala onde foram lançados. Valorizar a figura do diretor era um avanço só atingido quando descobríamos que um filme não era, afinal de contas, um espetáculo gerado espontaneamente ou uma encenação combinada entre os atores.

Dali em diante, os cadernos, prática comum a todo cinéfilo em botão, tornavam-se mais sofisticados, com anotações detalhadas, incluindo o título original, o nome do diretor, atores coadjuvantes e até notas ou cotações, eventualmente acompanhadas de breves comentários tão impressionistas quanto superficiais. Da noite para o dia, contaminados pela leitura de críticos profissionais, nos convertíamos ao inevitável culto ao diretor, identificado como o demiurgo do milagre cinematográfico, e em seu altar gastávamos todas as nossas velas e incensos.

Qualquer tentativa de cercear sua santa e intocável criatividade se nos afigurava um sacrilégio. Fanatizados pela nova religião, satanizávamos todos os produtores e chefões de estúdios que, aos nossos olhos, dificultavam a plena manifestação do gênio de cineastas que considerávamos intocáveis. Não nos parecia absurdo que, em meados dos anos 1920, quando um longa-metragem ambicioso durava oito ou nove bobinas, Erich von Stroheim cismasse de filmar o quádruplo disso. *Esposas ingênuas* (Foolish Wives) só chegou aos cinemas com um terço de sua metragem original. *Ouro e maldição* (Greed) tinha 42 bobinas (oito horas de duração), que Stroheim reduziu, a contragosto, à metade, não tendo mais nada a ver com a versão de dez bobinas que aos cinemas chegou.

Custei a admitir que o maior vilão de Stroheim não fora Irving Thalberg, o mais célebre mutilador de sua obra, mas a prometéica megalomania do cineasta, que se acreditava um deus. Os deuses, contudo, são oniscientes; e Stroheim parecia ignorar os limites de seu meio de expressão. Se, hoje, um filme com oito horas de exibição ainda é uma impossibilidade, uma utopia, salvo se dividido em oito partes e exibido na televisão como *Berliner Alexanderplatz*, de Fassbinder, imagine há 80 anos.

Mais que um diretor delirante, messiânico, e, sem dúvida, genial, Stroheim era um autêntico autor, um dos primeiros que o cinema conheceu. Qual a diferença? Naquela época, era mais fácil distingui-la. Os diretores então dominavam o processo produtivo de um filme, mas alguns eram mais talentosos, criativos, visionários e, sobretudo, mais pessoais – o que vale dizer mais "autorais" que outros.

Méliès talvez tenha sido o primeiro exemplar da espécie. Griffith também fez jus ao distinto epíteto, assim como Chaplin, Keaton, Eisenstein, Murnau, Vigo, Flaherty, Dreyer, Lang, Ford, Sternberg, para ficarmos nos expoentes do silencioso. Pois com a chegada do sonoro (e dos diálogos), o reinado dos diretores se diluiu, passando estes a dividir responsabilidades e louros com os roteiristas – e, conforme a produção de um filme foi se tornando mais complexa, com os produtores. ...*E o vento levou*, por exemplo, não é um filme de Victor Fleming, mas de David O. Selznick; e outro autor não teria, ainda que King Vidor ou George Cukor o tivesse dirigido até o fim. Toda a produção de Val Lewton, na RKO dos anos 1940, traz sua marca indelével, a despeito das contribuições que os diretores Jacques Tourneur, Robert Wise e Mark Robson lhe possam ter dado.

Puxando a brasa para sua sardinha, Gore Vidal, que trabalhou como roteirista na MGM, na década de 1950, reduziu a figura do diretor a um "plagiário que reconta histórias escritas por outros". Por esse raciocínio, Hitchcock, Buñuel, Ford, Fellini, Visconti, Antonioni e outros não seriam o que nem Vidal lhes parece negar, ou seja, os indiscutíveis autores de seus filmes. O roteiro é peça fundamental na elaboração de um filme, bem mais importante que a "mera bússola" desdenhada por Marcel L'Herbier, porém bem menos determinante do que muitos escritores e alguns poucos cineastas costumam afiançar. Kurosawa achava que com um bom roteiro, até um diretor de segunda classe pode fazer um filme de primeira classe, mas com um mau roteiro, nem um diretor de primeira classe pode fazer um filme realmente de primeira classe. E sem roteiro? *Acossado* (À bout de souffle) foi quase todo improvisado por Godard e seus atores e nem assim deixou de ser um filme de primeira classe, aliás, bem mais do que isso.

O poeta Jean Cocteau considerava-se, com alguma razão, um autor completo. Para ele, o ideal seria que todo roteirista dirigisse seu próprio script, como ele próprio fazia e outros (Preston Sturges, Billy Wilder, Joseph L. Mankiewicz, Bergman, Coppola, Paul Schrader) fizeram e fazem. Isso também é uma falácia. Há cineastas que, apesar de exímios *metteurs-en-scène*, não sabem escrever, apenas interpretar e orquestrar, às vezes de forma personalíssima, um script alheio. A recíproca é verdadeira. O Cinema Novo ofereceu ao mundo um punhado de cineastas sem condições para acumular a função de roteirista, mas que, por presunção, modismo e falta de grana, acumulavam, comprometendo a qualidade de seus filmes.

A rigor, o autor genuíno seria aquele que assumisse os setores vitais de uma produção, uma especialidade de Chaplin (que até música para seus filmes compôs) e do primeiro Stanley Kubrick, que escreveu, produziu, dirigiu e fotografou *A morte passou por perto* (Killer's Kiss). Mas diretores com esse nível de versatilidade são raríssimos e talvez não tenham mais lugar na indústria cinematográfica, cada vez mais compartimentada e tecnocrática. Hoje os diretores não disputam a autoria de seus filmes apenas com roteiristas e produtores, mas também (ou principalmente) com técnicos em efeitos especiais.

A exemplo da palavra cineasta, a expressão autor surgiu na França, como mero sinônimo de diretor. Jean

Epstein já a utilizava em seus escritos, nos primeiros anos da década de 1920. O conceito moderno de autor também é de origem francesa e data do final dos anos 1940, quando Alexandre Astruc, advogando a autonomia da linguagem cinematográfica, cunhou a expressão "caméra-stylo" e concedeu aos cineastas o mesmo status de um escritor – desde que eles soubessem usar a câmera com o mesmo grau de liberdade criativa de um escritor, como se ela fosse uma caneta. Foi a partir dessa concepção que François Truffaut e outros jovens críticos entrincheirados no *Cahiers du Cinéma* criaram a "política dos autores" e, em seguida, a Nouvelle Vague.

Nascia o mito de que o cinema começa e termina na direção e tudo num filme deve exprimir uma individualidade. Os cineastas voltavam a reinar, absolutos. Agora como *auteurs*, ou seja, como alguém que define uma concepção de mundo através dos personagens que manipula e da história que narra, pouco importa se escrita por outra pessoa; como alguém que possui um estilo marcante, inconfundível.

Mesmo em Hollywood, ou sobretudo em Hollywood, acreditavam os críticos parisienses, havia *auteurs*, em permanente conflito com a linha de montagem dos grandes estúdios e sua fé inabalável na hegemonia do produtor. Orson Welles certamente era um deles, mas a antiga e irrestrita admiração dos franceses pelo cinema hollywoodiano, de resto exacerbada pelo jejum de filmes americanos durante a Segunda Guerra Mundial, incluiu no panteão até diretores que pareciam felizes com o *modus operandi* dos grandes estúdios, como Hitchcock, Howard Hawks, Otto Preminger e Vincente Minnelli.

A "política dos autores" espalhou-se pelo mundo, não poupando nem os brasileiros ("Se o cinema comercial é a tradição, o cinema de autor é a revolução" – proclamou Glauber Rocha) e muito menos os americanos. Andrew Sarris, ponta-de-lança do autorismo nos EUA, fez seu nome e alguns desafetos ao defender a tese de que os cineastas americanos são tão ou mais autorais que os europeus e os de cinematografias periféricas porque obrigados a expressar sua personalidade visualmente, reinterpretando o material literário à sua disposição e burlando a vigilância dos produtores e da autocensura dos estúdios. Segundo Sarris, um diretor como Cukor, por trabalhar com toda sorte de projetos, "tem um estilo abstrato mais desenvolvido que um Bergman, que tem liberdade para desenvolver seus próprios roteiros". Muitos cinéfilos ainda se chocam com essa observação, mas ela não é descabida. Descabida, a meu ver, é a tese dos autoristas xiitas, segundo a qual um mau diretor jamais fará um bom filme, ao contrário do bom diretor, que é incapaz de fazer um mau filme.

Com o tempo, Sarris e outros autoristas amaciaram seu dogmatismo, assim como Glauber, que um dia parou de clamar pela abolição da indústria cinematográfica e passou a preconizar o surgimento de "uma indústria na qual seja defendida a liberdade de expressão do autor" e o produtor se satisfaça com as funções de "administrador econômico e técnico" do diretor.

Toda essa discussão me parece bizantina, hoje em dia. Quando vejo um cineasta inegavelmente autoral como Luiz Fernando Carvalho dizendo que seu filme *Lavoura arcaica* é "uma criação coletiva", me pergunto se ainda faz sentido acreditar na idéia do diretor-rei ou do diretor-deus. E, uma vez mais, me lembro de José Lino Grünewald, que, no auge da romântica e idealista onda autorista, teve a coragem de relativizar a importância do gênio solitário no processo cinematográfico. Para ele, a maior riqueza industrial do cinema americano já era, potencialmente, uma vantagem para a criação.

"O cinema, do calista ao diretor" – escreveu José Lino em 1965 – "é administrado a máxima potência. Organização & método, planejamento, classificação de cargos, enquadramento de pessoal, organograma, pesquisa – a ciência da administração, em ampliação crescente com o desenvolvimento da indústria com a evolução da máquina. Nada de considerandos românticos ou boêmios, com o gênio de atuação isolada. Há, sim, a precisão do trabalho de equipe, seja o de Rossellini ou o de Henry Koster, o de uma produção independente ou o da Metro-Goldwyn-Mayer. E, hoje, quando a apreciação estética da sétima arte mais e mais se recusa à infiltração dos vícios emanados das apreciações literárias, apreciar a administração ainda mais se impõe para apreciar o cinema."

Por acreditar que a barreira entre a estética e a recreação é erguida por dogmas de sensibilidade, José Lino mandou ver. "Ainda não existem aparelhos que demonstrem cientificamente que um Eisenstein é superior a um R. G. Springsteen, por exemplo, ou que um *take* de Henry King valha todo o Valerio Zurlini", provocou, sem contudo deflagrar uma polêmica. Até Glauber ficou nas encolhas. No fundo, no fundo, todos concordavam com José Lino. Inclusive aqueles cujos filmes se esmeravam em provar o contrário.

(Outubro, 2002)

O BARDO SEM PLUMAS

AO SEPARAR E encaixotar livros para uma mudança, abro por acaso uma coletânea de poesias de João Cabral de Melo Neto e me deparo com uma dedicatória na folha de rosto. Não me lembrava de ter um livro de João Cabral autografado. Mas lá estava a dedicatória, ainda mais honrosa porque não me chegara pelo correio nem fora trazida por algum mensageiro da Nova Fronteira. Nela o poeta me agradecia pela "boa conversa" que tivéramos numa tarde de 1988. Só então me lembrei que de fato havíamos passado toda uma tarde de domingo jogando conversa dentro (não se jogava conversa fora com João Cabral), por conta de uma entrevista para a *Folha de S. Paulo*. Um inexplicável bloqueio me fizera esquecê-la. Foi, infelizmente, meu único tête-à-tête com o nosso bardo sem plumas. Fazia então seis meses que ele chegara de volta ao Brasil e a *Folha*, mais do que eu, confesso, queria saber se e como o Brasil lhe estava pesando.

Estava.

Tudo ou quase tudo nestas paragens parecia amofinálo. Nossa proverbial desorganização, a instabilidade climática, o calor úmido, a insegurança. Exceto pelos seus seis meses no Ministério da Agricultura, no Rio, durante o fugaz governo Jânio Quadros, João Cabral vivera longe do Brasil quatro décadas a fio e em lugares tão diferentes como Berna, Madri, Barcelona, Londres, Marselha, Quito, Tegucigalpa e Dacar. Ler os jornais tornara-se um suplício matinal. "É uma forma de masoquismo. Só publicam notícias desagradáveis. A imprensa quer deixar a gente inquieto e infeliz", queixou-se. Ponderei-lhe que as boas notícias andavam cada vez mais escassas. Ele, porém, não se dobrou às evidências, e até insinuou que nossas gazetas, no afã de aumentar sua tiragem, tendiam cada vez mais para o sensacionalismo.

Nunca se sentira à vontade no Rio, que admitia conhecer pouco e aturar compulsoriamente, por causa dos filhos de seu primeiro casamento e das enteadas que da cidade se recusavam a sair. Para piorar, não atravessava, em março de 1988, uma fase alvissareira. Convalescia de duas cirurgias (úlcera), de uma reforma (em seu apartamento, na praia do Flamengo, zona sul do Rio), de uma intoxicação (pelas tintas das obras que teimara em supervisionar pessoalmente) e de uma mudança provisória (da clínica onde fora internado para desintoxicar-se para o apartamento de sua mulher, a poeta Marly de Oliveira, na avenida Atlântica, em Copacabana).

A quebra da rotina o deixava aflito. "Só sei viver nela. A rotina me é profundamente fecunda", queixou-se, ajeitando-se numa das duas solitárias cadeiras deixadas pela transportadora. No regaço da rotina se entregaria, full time, à poesia e à arrumação de seu arquivo. "Já foi organizadíssimo. Minha primeira mulher (Stella Maris Barbosa de Oliveira) era arquivista profissional, mas nem ela conseguia entendê-lo direito. Fui salvo, anos atrás, por uma bibliotecária potiguar, chamada Zilá Mamede, que organizou uma bibliografia crítica, analítica e anotada de minha obra. Creio que é um trabalho sem paralelos sobre um autor brasileiro. Ela registrou tudo, inclusive folhetos."

A faina de dona Zilá rendeu um livraço de 524 páginas, *Civil geometria*, editado por um consórcio integrado pela Nobel, a Edusp, o INL e o governo do Rio Grande do Norte, que só tinha um cochilo: a inclusão de uma carta de Guimarães Rosa, endereçada ao "cônsul Cabral", que na verdade se destinava a outro Cabral do Itamaraty, prenome Jorge. João Cabral conhecia Guimarães Rosa, mas nunca trocaram correspondência.

Como era a rotina do poeta? Dormia oito horas, tomava café, irritava-se com os jornais e em seguida entregava-se a leituras mais gratificantes e à composição de seus poemas. Compunha e recompunha. Revia os versos até a undécima hora. Só na véspera de nosso encontro concedera o imprimatur a "Numa sessão do grêmio", homenagem ao poeta inglês W. H. Auden que a *Folha* queria publicar em primeira mão.

Escrevia à mão, passava a limpo, datilografava e corrigia – quantas vezes fosse necessário. Perfeccionista, só não dava uma de James Joyce nas provas da gráfica por sentir pena do tipógrafo. Trabalhava com anotações feitas em qualquer pedaço de papel, boa parte em cartões de visita. "Tomo notas e as guardo numa pasta. Mais tarde olho e descubro a melhor maneira de tratar aquilo." Mais tarde podia significar muitos anos. Começou a escrever "Tecendo a manhã" em 1957, em Sevilha, que só ficou pronto, acabado e publicado (em *Educação pela pedra*), nove anos depois. "Todo mundo o lê como se tivesse sido escrito sob emoção e de um só jato", revela, desfazendo mais um equívoco a respeito de sua obra.

Seu mestre supremo, o simbolista francês Stéphane Mallarmé, de quem, aliás, usou um verso ("solitude, récit, étoile") como epígrafe de seu livro de estréia, *Pedra do sono* (1942), também operava com notas, que, segundo João Cabral, eram tão prolixas e sem interesse poético quanto as suas. "Minhas notas são como ferro fundido e o que me interessa é o ferro forjado", comentou, emendando com uma história sobre o autor de "Un coup de dés":

"Quando teve o primeiro enfarte, Mallarmé pediu à mulher e à filha que destruíssem o baú onde guardava suas notas, pois nele nada haveria de aproveitável. O baú acabou sendo herdado pelos netos dele, que há tempos, contrariando a vontade do poeta, publicaram suas anotações para o poema 'Tombeau d'Anatole', que ele pretendia escrever sobre a morte de seu filho."

João Cabral esperava que suas notas fossem incineradas depois de sua morte. Se tivesse tempo, ele próprio se incumbiria disso.

Respeitava o exercício da crítica: "Toda criação é forçosamente uma obra aberta a múltiplas interpretações." Chegou a pensar em ser crítico literário, quando se interessou por literatura, com 17, 18 anos. "Mas logo percebi que não tinha experiência, nem cultura, para ser crítico." Modesto, quando alguém captava em seus versos um sentido alheio às suas intenções, tendia a concluir que não fora claro o bastante. Mas abriu algumas exceções. Não se conformou, por exemplo, com o rótulo de "arte poética" que colaram em "Uma faca só lâmina". "Não é", esclareceu. "Apenas num dos fragmentos eu falo da criação literária.

Afrânio Coutinho foi um dos que incorreram nesse equívoco. 'Uma faca só lâmina' é sobre a obsessão, a idéia fixa. Tanto é que depois acrescentei o subtítulo 'A idéia fixa', para ver se o pessoal o entendia melhor." Pelo visto, não entendeu.

Não escondia sua predileção por algumas observações que o aproximavam da pintura, mencionando Antonio Candido como o primeiro a resgatá-lo do berço surrealista para o redil do construtivismo. Poderia ter citado outros, como Bernardo Gersen e José Guilherme Merquior, que o aproximaram do cubismo, e Luiz Costa Lima, que chegou a comparar um dos quartetos de "A mulher sentada" a Matisse. Sua concepção de poesia batia com a de Leonardo Da Vinci sobre pintura: "é coisa mental". O que não significava uma afeição especial por Da Vinci. Entre os renascentistas italianos preferia Piero Della Francesca, Paolo Uccello e Giorgione.

"Da Vinci e Ticiano pintaram quadros sem dúvida bonitos, mas que foram o germe da má pintura acadêmica posterior ao Renascimento. Não trocaria um quadro de Velázquez por um de Leonardo."

Seu radical iberismo, contudo, não resistiu a Dante. "É um poeta visual, que faz ver as coisas. Gosto da maneira como ele as apresenta, mas a parte retórica não me interessa." Não o interessava porque a retórica dantesca fora influenciada por Aristóteles e Santo Tomás de Aquino, pelos quais o poeta não tinha o menor apreço.

Passávamos por Da Vinci quando em nossa conversa cruzou a figura do cineasta russo Eisenstein. Em 1927 Eisenstein criou uma cena de *Outubro* a partir de um esboço escrito por Da Vinci para um quadro sobre o Dilúvio.

João Cabral empolgou-se ao ler o texto de Da Vinci no livro *Film Sense*, um dos pilares teóricos de Eisenstein, cuja influência em seu construtivismo poético considerava mais do que plausível.

Eis a maior surpresa de nosso encontro: a descoberta de um João Cabral cinéfilo. Quando serviu em Londres foi sócio de sete cineclubes. Via um filme por noite. Uma só vez escapuliu até o circuito comercial, assim mesmo para assistir a um "filme de arte", *O rio sagrado* (The River), que Jean Renoir rodara na Índia em 1950. Sua cinefilia arrefeceu bastante depois dos anos 1960. "Fiquei ainda mais caseiro e não gosto de filmes na televisão, mesmo quando não são dublados. O corte do vídeo não é o mesmo da câmera". Mas em nenhum momento deixou de acreditar que o cinema era a arte mais próxima da literatura. "Não é estático como a pintura, mas uma sucessão de imagens em movimento, como o romance e a poesia. A pintura só funciona no espaço e a música, só no tempo. O cinema funciona no espaço e no tempo."

Caímos, afinal, na poesia, e é claro que a espanhola saiu na pole position. "É a mais concreta que existe", foi logo dizendo, destacando Vicente Aleixandre, em especial o de "Espadas como lábios". Para provocá-lo, perguntei-lhe se, entre os ibéricos, Aleixandre superaria Fernando Pessoa. "Claro!", exclamou, dando vazão à sua birra com o lado discursivo de Pessoa. Tampouco apreciava o lado discursivo de Drummond. "Gostei dos primeiros livros do Drummond, quando ele era um poeta de língua presa. Gostei, digamos, até 'A rosa do povo'. A poesia dele caiu de intensidade e densidade depois que se deixou influenciar pela língua solta de Pablo Neruda."

Não podia deixar o poeta sem tocar em sua folclórica enxaqueca. Sim, era antiga e persistente, conseqüência de uma tensão imemorial, a mesma que o premiara com duas úlceras. Mas aquela história de que volta e meia entrava numa farmácia para perguntar se havia alguma nova marca de aspirina na praça não procedia. Era uma invencionice, que de tanto repetida adquiriu foros de verdade. Seu autor? Millôr Fernandes.

(Novembro, 2002)

HOLLYWOOD REICH

AS REVISTAS DE CINEMA gostam muito de promover listas — de melhores e piores filmes, cochilos de continuidade e anacronismos — mas ainda estou para conhecer uma que nos revele que filmes tais e quais personalidades do cinema (cineastas, produtores, atores, críticos etc.) gostariam de um dia ver produzidos. A *Film Comment* inventou uma enquete deliciosa, apropriadamente intitulada Guilty Pleasures (Prazeres culposos), pois só lida com filmes sem pedigree (ou reputadamente ruins, como, digamos, *Golias e o dragão* e *A maja desnuda*) que alguns cineastas cultuam quase como uma excentricidade, e bem que poderia lançar outra, com os filmes dos sonhos, os *dream films*, de cada um. Não me refiro àquelas produções que, por razões diversas, jamais saíram do papel ou tiveram de ser abandonadas para sempre, tema corriqueiro de qualquer publicação para cinéfilos, mas a projetos imaginários, não necessariamente de árdua, improvável ou inexeqüível realização. Se bem que quanto mais difícil ou praticamente impossível um projeto, maior o seu grau de interesse.

Evidente que eu, como qualquer cinéfilo, sonho não com um, mas vários filmes — nenhum, adianto logo, dirigido por mim, pois nem em sonho me imagino dando ordens atrás de uma câmera. Dois ou três teriam como pano de fundo a Segunda Guerra Mundial, passando ao largo do Holocausto, cujas desgraças, a meu ver, já deram, na tela, o que tinham que dar. Um deles seria um docudrama, estilo *O poder vai dançar*, sobre um tema explosivo: o namoro da indústria cinematográfica americana com o nazismo. Ainda não me convenci do único título que até agora me ocorreu – *Hollywood Reich* – mas desconfio que Robert Altman talvez fosse o mais indicado para dirigi-lo. Ou, então, Tim Robbins.

Nas cenas de abertura, a estrela seria a alemã Leni Riefenstahl, chegando em Nova York, em novembro de 1938. No auge de sua fama como a cineasta número um da Alemanha Nazista, Leni dava início a um calculado trabalho de relações-públicas na América. Em seus planos, a obtenção de um circuito de 19 cinemas nas cinco maiores cidades americanas para o lançamento de seu brilhante documentário sobre os Jogos Olímpicos de 1936.

Não estou inventando nada. Leni realmente visitou a América, para exibir *Olimpíadas*.

Desembarcou cheia de pose e nem quando disse sandices sobre a "inferioridade dos negros" e a "pérfida intenção dos judeus de transformá-los em comunistas", a imprensa nova-iorquina deixou de tratá-la com simpatia. O *Daily News* qualificou-a de "charmosa". Charmosa ela de fato era, mas o abominável Walter Winchell, o colunista mais lido da América, não precisava ter escrito que ela era "tão bonita quanto a suástica". Sua apresentação aos socialites de Manhattan deu-se num jantar no Museu de Arte Moderna, justamente na noite em que os nazistas desfechavam a maior razia contra a comunidade judaica alemã, destruindo lojas, sinagogas, e massacrando dezenas de pessoas. Ao ler o noticiário na manhã seguinte, o cônsul-geral da Alemanha em Nova York entrou em pânico e sugeriu à cineasta que pegasse o primeiro vôo de volta a Berlim. Leni não lhe deu bola e rumou para Chicago, a convite de Henry Ford, o magnata da indústria automobilística, cujas relações com o Terceiro Reich eram bem mais que amistosas. Depois tomou um trem para a Califórnia.

Crente que ia abafar, tentou hospedar-se no legendário e exclusivo Garden of Allah, o condomínio preferido por nove entre dez estrelas de Hollywood (e também por escritores, como F. Scott Fitzgerald e Dorothy Parker), mas tamanha foi a grita dos condôminos contra sua presença que ela teve de se consolar com um bangalô no hotel Beverly Hills. Embora hostilizada por grupos politicamente organizados (a Liga Antinazista publicou no *Hollywood Reporter* um anúncio de página inteira, com os dizeres "Não há lugar para Leni Riefenstahl em Hollywood!"), a cineasta foi a um punhado de festas, visitou estúdios (passou três horas no de Walt Disney, ciceroneada pelo próprio) e até aprendeu alguns truques de vaqueiros numa fazenda de San Fernando Valley. Em janeiro Leni retornou à Costa Leste e, em seguida, à Alemanha. Detalhe: sem ter conseguido um circuito de salas para *Olimpíadas*.

Com a volta da cineasta a Berlim, teria início a parte mais quente do filme. Uma lenta fusão nos levaria a 1936 e a um desfile de figuras famosas, como Errol Flynn, Gary Cooper, Cecil B. DeMille, Hal Roach, Walter Wanger e Victor McLaglen. Histórias se misturariam, como em *Short Cuts*, dando saltos no tempo, eventualmente interligadas por momentos da passagem de Riefenstahl por Hollywood, narrados de pontos de vista diferentes, como em *A condessa descalça*.

Como nunca se provou que Errol Flynn espionara para os alemães, o galante intérprete de Robin Hood teria participação relativamente discreta, mas sua suposta simpatia pelo Terceiro Reich não passaria em branco pelo roteiro. Gary Cooper ganharia o destaque merecido por quem quer que mantivesse fortes laços de amizade com o irmão de Hermann Goering, o criador da Gestapo. Cooper não só era muito amigo do irmão de Goering como foi visitá-lo na Alemanha em 1939, onde o receberam como um correligionário. Cooper não tinha o perfil de um nazista, muito pelo contrário, mas algumas de suas ações encheram de alegria o coração da família Goering. Em 1935, por exemplo, ele ajudara a fundar um grupo paramilitar, os Hussardos de Hollywood, destinado a defender a América contra "lutas, greves, enchentes, terremotos, guerras, invasores orientais e revoluções comunistas". Criação original do herói da Primeira Guerra Mundial Arthur Guy Empey, a falange tinha nítida coloração fascista. Cooper não chegou a completar um ano de filiação. Só a deixou, contudo, sob pressão dos exibidores.

"Não sou fascista, sou americanista", desculpou-se o ator, tão esfarrapadamente quanto Victor McLaglen, o brutamontes favorito de John Ford, que na mesma época organizou um destacamento militar "para defender os valores e ideais americanos", a que deu o nome de California Light Horse Regiment. Com unidades espalhadas por três cidades californianas, Washington e Nova York, os milicianos de McLaglen – "uma mistura da polícia montada canadense com Goering e Mussolini", segundo um jornal de Los Angeles – promoviam comícios e desfiles no melhor estilo fascista. Fazia então pouco tempo que o notoriamente reacionário Cecil B. DeMille lançara *A juventude manda* (This Day and Age), no qual propunha sanear a política americana de forma implacável, apelando, se necessário, para a violência, a tortura e o desrespeito à Constituição.

Apesar de judeus, os chefões dos grandes estúdios faziam vista grossa, davam de ombros e pisavam em ovos. Não queriam prejudicar seus negócios na Alemanha e Itália. Comiam na mão do cônsul-geral alemão em Los Angeles, George Gyssling, que com enorme zelo patrulhava as produções dos grandes e até dos pequenos estúdios, para evitar que coisas desairosas sobre o regime nazista fossem ditas ou mostradas. Gyssling (pena Marius Goring não estar mais vivo para interpretá-lo) marcava em cima os produtores, molestando-os até de madrugada com queixas, sugestões e ameaças de boicotes e perseguições em toda a Europa. Conseguiu adiar por três anos as filmagens de *The Road Back*, espécie de continuação de *Sem novidades no front*, cujo desfecho, vigorosamente antinazista, acabou sendo refeito pela Universal a seu pedido, para desespero do diretor James Whale.

Aí entraria em cena o produtor independente Walter Wanger, que apesar de se chamar Feuchtwanger, era americano. Ainda não se tornara parceiro de Fritz Lang (*Vive-se uma só vez*), Ford (*No tempo das diligências*) e Hitchcock (*Correspondente estrangeiro*) quando, no afã de rodar três filmes na Itália, a partir do outono de 1936, elogiou publicamente Mussolini (por ele tido como um sujeito maravilhoso, simples, franco, simpático e onisciente) e criticou os americanos por terem sido "injustos em relação ao fascismo e à invasão da Etiópia pelos italianos." Nem assim seus planos medraram.

Um ano depois, por coincidência na mesma semana em que Hitler recepcionava Mussolini em Munique, o filho do *duce*, Vittorio, era recepcionado como um príncipe em Hollywood. Viera a convite de Hal Roach, produtor das comédias de *O Gordo e o Magro*, que pretendia tê-lo como sócio numa nova produtora, RAM Pictures (RA de Roach e M de Mussolini). Boas cenas poderia render essa visita. Menos pelos banquetes em homenagem a Vittorio, que na realidade foram poucos, do que pelas ações contra sua presença, articuladas pela Liga Antinazista e o Comitê dos Artistas de Cinema. Constrangido, o visitante fascista arrumou as malas antes do previsto e partiu de fininho, deixando o velho Roach desconsolado. O resto do pessoal, porém, respirou aliviado. E em relativo sossego Hollywood ficou até a chegada de Leni Riefenstahl.

Ah, sim, o filme tem uma estrutura circular e termina com a cineasta alemã embarcando de volta para a Alemanha.

(Dezembro, 2002)

O CRÍTICO DA PAIXÃO

MUITO SE OUVIRÁ FALAR, nos próximos meses, em Vinicius de Moraes. Tantas serão as homenagens, edições e reedições que os seus 90 anos correm o risco de ganhar feições centenárias. Antes que ninguém agüente ler mais nada sobre o poeta, presto-lhe aqui, com nove meses de antecedência, um modesto preito com jeito de ajuste de contas.

Que contas? Digamos que eu me sinta em dívida com Vinicius. Não só pelo que ele fez, mas sobretudo pelo que eu lhe fiz. Ou melhor, pelo que eu não lhe fiz. Escolhido por Luiz Schwarcz para escrever a biografia do poeta, já lá se vão 13 anos, acabei jogando a toalha, após meses de espera por um patrocínio que nunca se materializava. Não vou dizer que me arrependo da desistência nem que ela tenha desagradado o poeta, que lá do Céu deve ter dado graças a Deus pelo *upgrade* a que fez jus em matéria de biógrafo. Em meu lugar entrou José Castello e em 1994 a Cia. das Letras lançou *O poeta da paixão*. Duvido, sinceramente, que pudesse fazer melhor, mas de uma coisa estou certo: na minha biografia haveria um pouco mais de mulher, de cinema (além de cinéfilo e vice-cônsul em Los Angeles, Vinicius foi crítico e até censor de filmes) e muito mais Tati de Moraes.

Tati foi a primeira mulher de Vinicius. Conheceram-se em 1938, na casa do arquiteto e pintor Carlos Leão, cunhado dela. Moça fina, bonita à beça, culta e inteligentíssima, Tati, nascida Beatriz Azevedo de Mello, era tudo aquilo que Vinicius merecia na vida, segundo Portinari, o Santo Antônio daquela união. Embora não conhecesse, àquela altura, nenhum dos poemas de Vinicius, apenas sua assinatura, pois esta aparecia sempre no rodapé dos certificados da Censura cinematográfica projetados antes de cada filme, Tati enrabichou-se pelo poeta carioca em questão de segundos.

Musa dos intelectuais modernistas de São Paulo, seu precoce prestígio pode ser atestado por duas barretadas literárias. Foi em sua homenagem que Monteiro Lobato batizou de Tati o peixinho vermelho de *As reinações de Narizinho* e não é outra a Tatizinha que, acoplada a Augusto Meyer e Tarsila, desponta nas últimas estrofes de "Cobra Norato", de Raul Bopp. Claro que Vinicius a homenageou mais vezes e em outra voltagem afetiva. O "Soneto de fidelidade", por exemplo, foi escrito para ela, no Estoril, às vésperas da Segunda Guerra Mundial.

Fui amigo de Tati, não de Vinicius. Caprichos do destino. Devia ter uns 16 anos quando li pela primeira vez seus comentários cinematográficos na *Última Hora*. Por ser a crítica de cinema, naquela época, um feudo masculino, pensei que Tati fosse não uma garota, como a de Aníbal Machado, só que adulta, mas, pelo modo como se desmanchava por certos atores, uma bicha enrustida. Ali pelos 19, engatinhando no ofício, conheci toda a verdade. Numa sessão matinal na cabine da United Artists, Gilberto Souto, fazendo, como de hábito, as honras da casa, me apresentou a uma senhora miudinha e de voz rouca, que parecia já ter nascido com um cigarro aceso entre os dedos. Como então Tati de Moraes não era homem e muito menos uma bicha enrustida.

Começaria ali uma amizade que só perderia intensidade depois de sua aposentadoria como crítica. Quando iniciei minha pesquisa sobre a vida e obra de Vinicius, tratei logo de agendar o que todos assumiam impossível: uma entrevista com Tati. Ela sempre se recusara a falar sobre Vinicius. "Mas para você, e só para você, ela disse que conta tudo", confidenciou-me aquele que na época era seu maior amigo e comparsa de viagens e traduções, Newton Goldman. Regalia igual ninguém mais teria.

Desse desperdício, sim, eu me arrependo – e muito. Quantas histórias maravilhosas de sua conturbada vida com Vinicius Tati me teria contado. As outras que me desculpem, mas ela foi a mais importante figura feminina na vida do poeta. Nenhuma mexeu tanto e tão profundamente com a cabeça dele. O escritor americano Waldo Frank não foi o único responsável pela guinada ideológica radical de Vinicius. Em 1942 o poeta já não era tão de direita como nos tempos em que seguia à risca o evangelho de Octavio de Faria. Quatro anos de convivência com Tati o haviam empurrado lentamente para a esquerda.

Era Tati que estava ao lado de Vinicius quando o cinema entrou mais a sério na vida dele. Foi com ela que ele morou em Hollywood, justamente no período em que o já citado e saudosíssimo Gilberto Souto lá vivia como correspondente. E foi com a ajuda dela que conseguiu entrar para a diplomacia. Afogado nos estudos para o concurso para o Itamaraty, sem tempo para ver os filmes que deveria criticar, Vinicius pediu a Tati que fosse ao cinema em seu lugar e depois escrevesse as críticas. Também usou Mario Vieira de Mello como *ghost critic*, mas Tati, segundo consta, desencumbiu-se mais vezes da tarefa e menos transtornos causou ao titular da coluna. Intransigente desafeto do cinema hollywoodiano, Mello acabou indispondo Vinicius com todas as distribuidoras de filmes americanos no Brasil.

O cinema pegou o poeta antes mesmo de ele abrir seu primeiro berreiro, numa chuvosa noite de outubro de 1913. Seu nome de batismo, Marcus Vinitius, foi uma homenagem ao soldado romano de *Quo vadis?*, best-seller de Henryk Sienkiewicz que no ano anterior fora levado à tela pelo italiano Enrico Guazzoni. Uma de suas brincadeiras de infância prediletas era projetar cenas de luta sobre um lençol estendido na parede da sala. O ingresso cobrado à família custeava as idas ao Guanabara, cinema de verdade que ficava na esquina de sua rua, no bairro carioca de Botafogo.

A descoberta do "cinema como arte" só surgiria na Faculdade de Direito, por estímulo do colega de curso, Octavio de Faria. Filiou-se ao Chaplin Club, o primeiro cineclube brasileiro, fundado por Faria, Plínio Sussekind Rocha e Almir Castro, assimilando várias idiossincrasias daquele grupo, nenhuma tão grave quanto a renitente birra de todos eles contra o cinema falado. "O som é uma experiência, brilhante, não há dúvida, num filme como *Aleluia*, como *Cidadão Kane*, como *Tempos modernos*, esporadicamente. Mas é uma ênfase, uma superfetação" – escreveria em 1942. Quinze anos já haviam se passado desde a chegada do sonoro e Vinicius continuava fiel ao truísmo de que os filmes silenciosos eram o supra-sumo da pureza, da verdadeira arte cinematográfica.

Sua primeira aproximação do cinema em bases profissionais deu-se, infelizmente, pela via errada. Substituiu

Prudente de Morais, neto, como representante do Ministério da Educação na Censura. Cinco anos mais tarde, um emprego que parecia ter caído do Céu: uma coluna diária de cinema. Só que no jornal inadequado: *A Manhã*, dirigido pelo poeta Cassiano Ricardo, linha-auxiliar do Estado Novo. Se não precisasse tanto aumentar sua renda para sustentar mulher (Tati) e uma filha (Susana), teria esperado por oferta mais palatável. Estreou em agosto de 1941, com um solene arrazoado sobre o cinema como "meio de expressão total em seu poder transmissor e sua capacidade de emoção". Ficou na gazeta governista até fevereiro de 1944, quando, por pressão das distribuidoras de filmes americanos, foi demitido.

Voltaria à crítica nas páginas de *O Jornal* (em 1944), do *Diário Carioca* (1945), da revista *Diretrizes* e, no começo dos anos 1950, na mesma *Última Hora* em que, mais tarde, Tati se iniciaria no *métier* com sua própria assinatura. Na metade desse caminho, Vinicius e Tati (mais Susana e Pedrinho) viveram em Hollywood, freqüentando festas de artistas e, com maior assiduidade, as que Carmen Miranda organizava. Foi no jardim de Carmen que o nosso vice-cônsul em Los Angeles teve o seu inesquecível encontro com uma jovem lindíssima, que foi logo lhe dizendo, assim sem mais nem menos, que era uma formosura por fora e a mais feia das criaturas por dentro. "Quem é aquela deusa louca?", perguntou Vinicius à anfitriã. "Uma atriz em início de carreira", respondeu Carmen. Ninguém menos que Ava Gardner.

Em suas memórias, Aloysio de Oliveira lembra, com indisfarçável saudade, das reuniões na casa cor-de-rosa, quase na esquina de Pico Boulevard com La Brea, onde os Moraes moravam. Seus principais *habitués*, além de Aloysio, eram os correspondentes Gilberto Souto e Alex Viany, cuja mulher, Elza, se tornaria a maior amiga de Tati. Dos jogos de salão da turma, o mais divertido, para Aloysio e Gilberto, era o das "traduções malucas" que inventavam para os títulos dos filmes americanos do momento. Eles se divertiam traduzindo *The Snake Pit* (Na cova das serpentes) para "A cobra apitou" e *Ruthless* (literalmente, implacável, desumano) para "Sem Ruth". (*Ruthless* foi lançado aqui com o título de *O insaciável*.)

Vinicius não foi nem pretendia ser um grande crítico. Fazia crônicas, deliciosas e cheias de metáforas alimentícias (determinados filmes, atores, atrizes e personagens lhe lembravam frutas, legumes e até refeições completas), sendo que muitas vezes usou o cinema como mero pretexto para divagações sobre outros assuntos. De uma feita gastou toda a coluna para falar do enfado que os filmes em cartaz lhe provocavam e sua preferência por passear de bicicleta pela praia do Leblon, na companhia de Rubem Braga. Foi em 1943 e a crônica está na pág. 38 de *O cinema de meus olhos*, coletânea das críticas do poeta, reunidas por Carlos Augusto Calil e editadas pela Cia. das Letras em 1991.

Considerava-se, acima de tudo, um fã. E como todo fã que se preza, tinha uma visão mística do cinema, que chegou a definir como "os olhos do primeiro homem em êxtase contínuo". Considerava heresia alguém sair no meio de um filme e dormir durante a projeção. E ai de quem se sentasse depois da décima fila: cinéfilo autêntico não era. Detestava *flashbacks*, torcia o nariz para diretores sofisticados e presepeiros, não perdia uma chance de pichar o cinema americano. Cometeu graves injustiças (com John Ford, por exemplo) mas soube enxergar o gênio de Val Lewton à primeira vista. Alternava platitudes do tipo "a história é bem levada até certo ponto" e divagações poético-filosóficas eventualmente afetadas e confusas. Embora se permitisse alguns paralelismos intelectualizados – comparou Hitchcock a Mallarmé e Carol Reed a Paul Valéry –, raramente se aventurava no campo teórico.

Para Paulo Emílio Salles Gomes, Vinicius não sabia pôr um argumento depois do outro, ligá-los, tirar uma conclusão. Mas seu acervo de *insights* é considerável. Muita gente percebeu que Orson Welles filmava interiores como um expressionista alemão, mas só Vinicius parece ter sacado que ele filmava paisagens como um cineasta russo. Aliás, quando Welles veio ao Brasil, em 1942, o futuro parceiro de Tom Jobim o seguiu como Alcebíades ia atrás de Aristóteles, em permanente estado de graça.

Vinicius deixou páginas memoráveis sobre as atrizes de sua preferência. Idolatrava Marlene Dietrich (que não lhe deu bola em Hollywood), Greta Garbo, Paulette Goddard e Ingrid Bergman (que encontrou por acaso numa banca de jornais de Los Angeles). Moleque, não resistia a uma brincadeira nem a trocadilhos. Gozou a insossa Jane Powell em versos; criticou uma fita de Tarzan pelo jeito tatibitati como o "rei da selva" falava na tela e outra sobre o filho de Robin Hood como se fosse um garoto de cinco anos. Vez por outra, em sua coluna, publicava cartas de amor às estrelas que mais falavam à sua libido. Também como crítico, o poeta se deixava sempre dominar pela paixão.

(Janeiro, 2003)

P.S. Este texto foi publicado na *Bravo!* com o título de "A musa das imagens".

O VERDADEIRO MR. M

AGORA, ANUNCIA O *Variety*, é uma peça musical. Nas vezes anteriores, era sempre um filme, que, infelizmente, nunca se materializava. Um musical da Broadway protagonizado por Mandrake é uma idéia tentadora e um desafio, mas confesso que preferiria ver o mágico mais famoso de todos os tempos (chegou a ter 90 milhões de leitores em 450 jornais) num filme de Fellini ou de Alain Resnais, os dois mais habilitados entre os quatro ou cinco cineastas que nas últimas décadas ameaçaram transformá-lo em herói da tela. Resnais limitou-se a inspirar-se nele para compor a estranha figura de Sacha Pitoëff em *O ano passado em Marienbad*. Pena, porque Mandrake não merecia ter sua carreira cinematográfica limitada àqueles caquéticos seriados estrelados por Warren Hull.

Fellini foi quem chegou mais perto, estimulado por Marcello Mastroianni, que não só idolatrava o personagem como se considerava fisicamente perfeito para encarná-lo. A tão sonhada *extravaganza*, prometida no melhor estilo *Julieta dos Espíritos* e trazendo ainda no elenco Claudia Cardinale (no papel da Princesa Narda) e Oliver Reed (que, untado de preto como o Orson Welles de *Otelo*, daria mesmo um bom Lothar), foi tantas vezes protelada que um dia

Mastroianni resolveu dar um basta nos adiamentos e convocar Fellini ao trabalho, através de um jornal italiano. Para que o público compreendesse as razões de sua impaciência, o ator fez um breve relato de sua paixão por Mandrake:

"Desde menino, depois de tomar meu banho de sábado na tina, eu me olhava no espelho embaçado. Franzia as sobrancelhas e tentava imitar as expressões mefistofélicas, mas simpáticas, de Mandrake. Como eu queria, naquela época, ser capaz de repetir seus truques! Teria, com certeza, empregado seus poderes para arredondar meus bíceps, pois sempre tive complexo do meu físico franzino. Ao recriar o herói, eu também tinha um Lothar: minha tia Angelina, com a cara pintada de preto. E uma meninazinha loura que vivia no andar de cima era Narda. Só que, para minha infelicidade, ela estava apaixonada pelo filho único de um conde que eu não conseguia fazer desaparecer da face da Terra, por mais que me concentrasse."

Não sei quantos italianos compreenderam as razões de Mastroianni. Eu compreendi.

Antes mesmo de consultar um dicionário e descobrir que Mandrake vem de mandrágora e que mandraquice é sinônimo de feitiçaria, o supermágico dos quadrinhos também já era um de meus heróis favoritos. Meu ídolo de papel, entre os 4 e os 10 anos de idade, era o Capitão Marvel, seguido de Tarzan e do Príncipe Íbis. Mandrake brigava pela medalha de bronze.

Apesar de escandalosamente copiado do Super-Homem (deu até processo), quase todas as crianças da minha geração prefeririam Capitão Marvel ao original Homem de Aço & suas crises de kryptonitanite aguda. Ambos voavam, possuíam superpoderes, mas Capitão Marvel, além de mais simpático, o rosto inspirado no do ator Fred MacMurray, tinha, na "vida real", quando apenas Billy Batson, uma profissão que aos garotos dos anos 1940-1950 fascinava muito mais que o jornalismo de Clark Kent: Billy era locutor de rádio. Além disso, Billy tinha dois companheiros de aventuras: Capitão Marvel Jr. e Mary Marvel, igualmente voadores e superpoderosos. Na hora de brincar, havia pelo menos dois papéis de herói sobrando: um para cada sexo – o que muito alegrava as meninas, que, por motivos óbvios, prefeririam ser Mary Marvel a Myriam (ou Lois) Lane.

Mas se até os 10 anos o máximo em magia, para mim, era dizer "Shazam!" e me ver transformado por um raio numa cruza de Salomão com Hércules, Atlas, Zeus, Aquiles e Mercúrio, a partir dali minha bússola de sublimações vibrou em outra direção. Já estava na idade de ter uma visão mais prática da vida e dar alguma utilidade à minha idolatria. Descobri então que, se fosse Mandrake e não o hiperbólico Capitão Marvel, resolveria, sem estardalhaço e violência, o mais grave problema existencial de um adolescente, que é sair-se bem nos exames escolares.

O jovem Mastroianni sonhava com fartos e bem torneados bíceps, eu, modestamente, com passar de ano no colégio. Até porque, se fosse reprovado, não ganharia de presente os maravilhosos almanaques que a Editora Brasil-América e a Rio-Gráfica editavam no fim do ano. Não tinha em mente as provas escritas, mas as orais, quando – e como me divertia imaginando tal situação – conduziria a meu belprazer as perguntas do examinador, hipnotizando-o.

Mandrake foi o derradeiro mito derivado dos quadrinhos a iluminar minha meninice. E foi com enorme prazer que há quase trinta anos prefaciei duas de suas maiores aventuras – *Mandrake no país dos faquires* e *Mandrake no país dos homens pequeninos* (ambas de 1935) – entre nós republicadas num luxuoso álbum pela Ebal.

A primeira remetia o herói a Lapore, nos arrabaldes tibetanos, onde ele fizera seu aprendizado de magia com um poderoso monge budista. Mandrake voltaria outras vezes ao Tibete (em 1952, para resgatar antigos mestres do ocultismo, seus amigos, ameaçados pelas tropas invasoras de Mao Tsé-tung) e às vizinhanças de Nova Délhi. À parte o humor que perpassa todas as peripécias do mágico no país dos faquires, saliente-se a insinuante sensualidade das personagens femininas, que dão à história um molho de exótico erotismo (o mesmo que, anos mais tarde, faria as glórias dos filmes orientais hollywoodianos estrelados por Maria Montez e Yvonne De Carlo) e um clima encantatório derivado, sem retoques plásticos, de *O ladrão de Bagdá*, com tapete voador e tudo.

Depois de derrotar indus e o reino de Yehol Khan – não sem antes subjugá-lo a uma lição de moral com base na fábula do Rei Midas – Mandrake e Lothar reapareceram no país dos homens pequeninos. Essa aventura é um ousado show de perspectivas e proporções, galhardamente solado pelo ilustrador Phil Davis: pioneiras tentativas de panorâmica, inventivos movimentos verticais e horizontais – uma pequena obra-prima dos quadrinhos. Apontaram, na época, influências do Jonathan Swift de *As viagens de Gulliver* (notadamente a Brobdingnag) e do cinema fantástico da década de 1930, mas é quase certo que, fechando a simbiose, o cineasta Tod Browning tenha bebido naquela aventura de Mandrake antes de realizar o clássico *A boneca do Diabo* (The Devil Doll).

A sombra de Swift é notável em diversas fantasias (quadrinizadas e filmadas) do período, sobretudo em *King Kong*, o mais inspirado e lírico delírio de imaginação dos anos 1930. Por seu turno, a atmosfera dos filmes de horror da Universal, com sua exuberante cenografia de inspiração gótica, está presente nas tiras do Príncipe Íbis e em toda a primeira fase de Mandrake, quando a exploração do imaginário (exóticos principados, homens de cristal, flores carnívoras, máquinas bizarras, borboletas encantadas, gigantes e múmias fantasmagóricas) atingiu culminâncias insuperáveis.

Sempre uma criação de Lee Falk, desde seu lançamento no *New York American Journal*, em 11 de junho de 1934, Mandrake viveu sua fase dourada quando traçado por Phil Davis. Vítima de um enfarte em dezembro de 1964, Davis foi um dos ilustradores de maior personalidade da história dos quadrinhos. Narcisista como a maioria de seus colegas de profissão, criou o mágico à sua imagem e semelhança, carregando um pouco mais na gomalina (um padrão de charme masculino ao tempo de Valentino & derivados) e caprichando no bigodinho à Adolphe Menjou.

Sua mulher, Martha, desenhista de modas, criou o maravilhoso (e quase sempre diáfano) guarda-roupa da Princesa Narda, enigmática fidalga de opereta, provavelmente oriunda de um reino tão nebuloso quanto o de Cocagne, uma espécie de prisioneira de Zenda solta no turbilhão vulgar da alta sociedade européia. (Em 1940, Narda viajou de vez para os Estados Unidos. Em 1965, passou a viver com o herói em regime de concubinato, uma ousadia na época.) Ainda sobre Martha: era ela quem fazia a arte-final dos *sketches* enviados pelo marido do front europeu, durante a Segunda Guerra.

Com a morte de Davis, Mandrake passou pelas mãos de vários ilustradores (inclusive o haitiano-americano e quase brasileiro André le Blanc), embora o escolhido como herdeiro oficial de Phil tenha sido Fred Fredericks, um prodígio que debutou como cartunista aos 18 anos e aprimorou seu traço como aluno de Burne Hogarth, o insuperável desenhista de Tarzan, na famosa School of Visual Arts, em Nova York.

Fredericks fez o que pôde para descaracterizar o herói, atualizando-o às exigências do tempo. Envelheceu-o com rugas e olheiras, melancólica constatação de que os prodigiosos poderes tibetanos não eram, afinal, suficientes para deter o avanço inexorável da idade. Mas a essência, de algum modo, ficou intacta. Mandrake — o velho e o novo — continuou sendo um herdeiro contemporâneo de Mesmer e Cagliostro, um justiceiro que se defende e ataca com seus penetrantes olhos escuros, com sua inexpugnável energia cerebral e mais nada. Não há arma que lhe faça mal ou meta medo. Contra ele, todas as balas são de festim e todas as pistolas, d'água. O habitante perfeito para as metrópoles de hoje em dia.

(Fevereiro, 2003)

O SOBA DAS ESTEPES

SEU VERDADEIRO NOME era Josif Vissarionovich Dzhugashvili. Em casa, quando menino, no interior da Geórgia, o chamavam de Koba, apelido tão inocente quanto Pelé ou Xuxa. Filho de sapateiro, quase virou padre; salvou-o, se assim podemos dizê-lo, o interesse pela política. Tinha 22 anos quando, em 1901, entrou para o Partido Democrata Social da Geórgia, 33 quando (seduzido por Lênin) filiou-se aos bolcheviques, 38 quando assumiu o Comitê Central do Partido Comunista russo, 43 quando tornou-se seu Secretário Geral, 45 quando morreu Lênin, e 46 quando expulsou do Politburo seu maior rival, Trotsky, e em seguida Kamenev e Zinoviev, assumindo o poder absoluto na União Soviética, que só abandonou ao morrer, em 5 de março de 1953, de uma hemorragia cerebral.

Meio século nos separa da morte de Josef Stalin. O que isso, afinal, significa ao câmbio histórico de hoje? Quem ainda se interessa pela figura do velho e desmoralizado "Pai dos Povos"? Haverá algum tipo de comemoração na Rússia? Três perguntas, três prováveis negativas: nada para a primeira, ninguém para a segunda e não para a terceira. A primeira resposta me parece discutível, a segunda não tem fundamento e a terceira ainda era uma incógnita nos primeiros dias de fevereiro.

O badalado escritor inglês Martin Amis, por exemplo, tanto se interessa pela figura de Stalin que abandonou por uns tempos a seara literária para escrever um ensaio de 304 páginas que muito deu o que falar nos dois lados do Atlântico, alguns meses atrás. O livro é contra Stalin, diga-se. Violentamente contra, acrescente-se. Ou não se intitularia *Koba the Dread*, e sim *Koba the Steel Man* (Stalin quer dizer "homem de aço".) *Dread* é sinônimo de *terrible*. Qualquer semelhança com *Ivan, o Terrível* não é mera coincidência.

Amis não pretendia nem tinha condição de oferecer novas informações sobre as atrocidades que Koba cometeu em nome do comunismo ao longo de trinta anos, muito menos depois do caudaloso *Livro negro do comunismo*, que um grupo de marxistas europeus publicou em 1997 e a Bertrand Brasil aqui traduziu, dois anos depois. Sua intenção primordial era exorcizar em público suas diferenças com o passado stalinista do escritor e *angry man* histórico Kingsley Amis, seu finado pai, e as convicções trotskistas do jornalista Christopher Hitchens, seu melhor amigo. Embora outras atitudes mais recentes de Kingsley e Hitchens merecessem igual ou maior atenção (o primeiro derivou para a direita, nos anos 1960, e o segundo apóia George W. Bush na invasão ao Iraque), Amis desprezou-as solenemente. Sua obsessão pelo comportamento das esquerdas em face do terror stalinista e pela questão da equivalência moral entre comunismo e nazismo encurtaram o alcance da obra, já de si comprometida por um certo paroquialismo narcisista. Não passa de uma "pirraça farisaica e superficial", fulminou Hitchens, numa de suas manifestações sobre o livro.

Por coincidência, ao mesmo tempo em que *Koba the Dread* chegava às livrarias, Hitchens lançava um ensaio menor, mas não menos inflamado, sobre George Orwell, *Why Orwell Matters*, no qual enaltece o comportamento desassombrado do escritor britânico *vis-à-vis* o stalinismo. Orwell, cujo centenário este ano se celebra, é o mais vistoso exemplo com que qualquer um pode questionar e relativizar a birra de Amis com a esquerda. Talvez tenha sido o mais célebre socialista ocidental a discutir e condenar a corrupção do comunismo na Rússia stalinista, até mesmo sob a forma de ficção. Que outras narrativas inspiradas pelo totalitarismo soviético foram mais lidas e recicladas do que *A revolução dos bichos* e *1984*?

Mas Orwell, se não foi a regra, não foi um contraponto isolado a H.G. Wells e Bernard Shaw, para citar apenas dois dos mais graduados fãs que o bonachão Koba conquistou na Inglaterra. Em seus comentários sobre o livro de Amis, Hitchens acrescentou a Orwell um vasto elenco de dissidentes e heréticos, que vai de Victor Serge a Alexander Soljenitzin, passando por Boris Souvarine, André Gide, Arthur Koestler, Joseph Berger, Eugenia Ginzburg, Lev Kopelev e Roy Medvedev, entre outros que, dentro e fora da União Soviética, também ajustaram suas contas com a brutalidade stalinista. E o que dizer dos seis kremlinologistas que produziram *O livro negro do comunismo*?

De todo modo, não há como minimizar ou passar uma esponja na conduta ingênua, quando não desonesta, da intelectualidade de esquerda, nos anos 1930 e 1940, e mesmo depois da lavagem de roupa suja feita por Kruchev em

1956 e da invasão, no mesmo ano, da Hungria pelas tropas do Pacto de Varsóvia.

É fácil entender o entusiasmo que as promessas utópicas da Revolução Soviética despertaram em todo o mundo nos seus primeiros anos de vida e mesmo no início da década de 1930, com a Depressão a corroer as bases de sustentação ideológica do capitalismo e o nazismo ascendendo na Alemanha. Menos fácil, mas não impossível, de entender é a manutenção daquele entusiasmo depois do pacto de não-agressão assinado entre Stalin e Hitler, passível de ser encarado como uma jogada estratégica do líder soviético para enrolar o Führer por uns tempos. Muitos comunistas, contudo, romperam ali mesmo com o Partido e nem todos retornaram ao aprisco depois que a Rússia tornou-se o baluarte da resistência ao avanço nazista na frente oriental, se bem que razões mais fortes para abjurar o stalinismo já se acumulassem nos porões do Kremlin.

Quando a heróica batalha de Stalingrado teve início, em agosto de 1942, fazia uma década que milhões de russos haviam morrido de fome na Ucrânia, por conta de uma coletivização forçada da agricultura; 12 anos que "inimigos do regime" costumavam ser presos e recolhidos a campos de trabalho forçado ou simplesmente executados; três anos que a União Soviética rachara a Polônia com o Terceiro Reich e invadira a Finlândia; e dois anos que Trotsky fora assassinado no México, por ordem expressa de Stalin. Por mais que a máquina de propaganda anticomunista forjasse estatísticas sobre a fome e outras mazelas na Rússia (Robert Conquest, assaz citado por Amis, trabalhou com alguns dados espúrios, fabricados por nazistas ucranianos) e até falsas reportagens tenham sido produzidas pela cadeia Hearst, com a assinatura de um repórter investigativo, Thomas Walker, que jamais existiu, não há como negar o terror stalinista, ele próprio versátil na arte de escamotear, mentir, difamar e reescrever a história.

Um ano antes de nos deixar para sempre, Graciliano Ramos embrenhou-se (o verbo é dele) no que chamou de "aventura singular". Na companhia de mais trinta e poucos brasileiros, foi visitar Moscou e "outros lugares medonhos situados além da cortina de ferro exposta com vigor pela civilização cristã ocidental", ironizou nas notas que afinal redundaram no póstumo e inconcluso *Viagem*, que a José Olympio lançou em 1954. O velho Graça, que por coincidência morreu 15 dias depois de Stalin, cometeu pelo menos duas mancadas na vida. A primeira foi desqualificar o futebol como esporte alienígena e alienante; a outra foi acreditar até o fim de seus dias na pureza de intenções e práticas do regime soviético.

Beira o patético o seu contorcionismo para defender Stalin e livrar a cara do culto à personalidade que seus próprios olhos constataram em Moscou. Apesar de registrar, numa visita ao Teatro Bolshoi, em junho de 1952, que a arte passara a ter, na União Soviética, "finalidade bem diferente da que lhe conferiam" no tempo dos czares, revelou-se, quando necessário, um intransigente adversário do jdanovismo e, por conseguinte, do realismo socialista.

Beira outra coisa o que Zora Seljan Braga, então mulher de Rubem Braga, escreveu sobre um passeio que fez, no final dos anos 1940, por cinco países do Leste Europeu e a Brasiliense editou em 1951, com o título de *Eu vi as democracias populares de perto*. Mais que um chorrilho de cândidas observações sobre as repúblicas controladas a ferro e fogo por Stalin, o diário de viagem da escritora é um *agit prop* turístico-político a que não faltam insultos ao marechal Tito, por ela qualificado de "mistificador do povo iugoslavo". Outra não era a opinião da cúpula do Kremlin, naquela época. Por desconhecer o grau de envolvimento de Zora com o Partido Comunista, não posso dizer se ela era o que vulgarmente chamamos de pau-mandado, mas ao menos inocente útil da "causa" ela foi.

O ponto final de seu périplo pelas "democracias populares" foi um Congresso de Intelectuais Pela Paz, em Wroclaw (Polônia), organizado pelo manda-chuva da proletkultura soviética, Jdanov. Do evento a convidada brasileira só nos deu boas e irrelevantes informações. Não estranhou as ausências de André Malraux, Albert Camus e Jean-Paul Sartre, vetados pessoalmente por Jdanov. Sartre caíra em desgraça por causa da peça *Mãos sujas*, explicitamente anti-stalinista, e talvez recusasse o convite. Picasso, surpreendentemente, foi a Wroclaw, e lá fez o primeiro e único discurso político de sua vida, em favor do poeta Pablo Neruda, então perseguido pelo governo chileno.

Disso Zora não dá ciência, limitando-se a salientar o desenho de uma mulher polonesa que o pintor rabiscou durante o congresso – que, aliás, não foi o único nem o mais importante trabalho executado por Picasso em seu *séjour* polonês. Picasso, que entrara para o PC francês mais por carência afetiva do que por afinidade ideológica ("Eu era estrangeiro e precisava de uma família", explicou a Claude Roy), também ofereceu aos organizadores do congresso um desenho de Stalin quando jovem, bem varonil e guerreiro. Pierre Daix, inadvertidamente, publicou-o no semanário *Les Lettres Françaises*, para horror do Comitê

Central, que não admitia outra imagem de Stalin senão aquela que o exibia ubiquamente como uma afável e avuncular figura humana. Picasso quase foi linchado pelos leitores do semanário, ligado ao Partido Comunista francês.

Daix, esse sim, era pau-mandado. Tomou conta do *Lettres Françaises* em 1947, na companhia dos poetas Louis Aragon e Paul Eluard, da escritora Marguerite Duras e do sociólogo Edgar Morin, fiéis comensais do escritor Ilya Ehrenburg, embaixador informal do stalinismo em Paris, a quem Jorge Amado também foi muito ligado. Ehrenburg serviu a Stalin como um poodle. Mas ao menos tinha a desculpa de ser russo e amigo pessoal do líder soviético, ao contrário de Aragon & cia., que tiveram mais de uma oportunidade para se libertar da "inocência útil" e do servilismo político, mas ou não o fizeram ou demoraram um bocado a fazê-lo.

Malraux chegou a menosprezar os expurgos, processos e execuções comandados por Stalin como "um problema pessoal de Trotsky". Sartre não levou boa vida com os ideólogos do PCF, que rangeram os dentes para as suas teorizações filosóficas. "O Existencialismo não é um humanismo", acusava, já no título de uma diatribe financiada pelo PCF, o serviçal Jean Kanapa, deflagrando uma blitz anti-sartreana levada adiante por Roger Garaudy e Henri Mougin. Mais ainda sofreu o companheiro de Sartre, Paul Nizan, que ao romper com o Partido por conta do Pacto Moscou-Berlim ganhou a pecha de espião do governo francês e dedo-duro da polícia. Nem depois que morreu (durante a ofensiva alemã, em maio de 1940), Nizan foi deixado em paz pelos guardiães da fraude stalinista.

Por tudo isso e muitas outras coisas mais, os cinqüenta anos de morte de Koba, o terrível, merecem uma comemoração. Que bom que ele morreu. Que bom que o diabo o tenha levado depois de Hitler. Só não precisava ter esperado tanto tempo. Afinal de contas, em oito anos um tirano pode matar muita gente.

(Março, 2003)

AMOR E PODER

FALEMOS DE BIG BROTHER: o outro, o original, aquele que a insuperável cretinice televisiva usurpou para gáudio de voyeurs, desocupados coprocéfalos e anônimos exibicionistas. Não diretamente sobre ele, o ubíquo Leviatã imaginado por George Orwell, o Grande Irmão de *1984* inspirado em Stalin, mas em torno do totalitarismo por ele implantado na distópica Oceania — e, por tabela, sobre seu criador, a cujo centenário estou prestando minhas homenagens, com dois meses de antecedência.

Quando jogos de salão de elevado Q.I. eram moda por aqui, havia um, para os de elevado Q.E. (Quociente de Especulação), que obrigava os contendores a formular perguntas e respostas a questões do tipo "quantos círculos a mais deveria ter o Inferno de Dante?", "quem recolhe a roupa de Clark Kent na cabine de telefone depois que ele se transforma no Super-Homem?", "por que Papai Noel prefere chegar pela chaminé e como consegue entrar nela?". Foi num desses jogos que pela primeira vez lancei esta transcendental questão: se o partido único da Oceania de *1984* tivesse um quarto princípio, dogma ou slogan, qual seria?

Sabem todos os que leram o clássico de Orwell que o partido único de Oceania orienta-se, ideologicamente, por três preceitos: Guerra é Paz; Liberdade é Escravidão; Ignorância é Força. O quarto? Fatalmente seria Amor é Ódio.

A recíproca é verdadeira: seu mofino herói, Winston Smith, finalmente admite estar amando aquele a quem mais odiava, o Grande Irmão, consolidando uma relação cujas motivações psicológicas podem ser explicadas através do que Wilhelm Reich escreveu sobre a manipulação da psique coletiva dos alemães pelo nazismo. Por ser quase impossível praticar o sexo livremente em Oceania, a energia acumulada acaba sendo canalizada para a histérica adoração do chefe supremo.

Escrito em 1933, mas só publicado em inglês dois anos antes de Orwell iniciar *1984*, *Psicologia de massa do fascismo* (aqui reeditado pela Martins Fontes há dois anos), jamais passou, que eu saiba, pelas mãos do escritor. Em nenhuma de suas reflexões sobre o totalitarismo nazifascista e a ditadura stalinista, Orwell refere-se às teorias reichianas. Dava pouca importância ao sexo, mas não conseguiu evitar que, em sua distopia, ele acabasse sendo o fulcro em torno do qual tudo gira. Reich teria enchido muitas páginas com a repressão sexual vigente em Oceania.

Lá, se alguém fosse surpreendido na companhia de uma prostituta, pegava cinco anos de trabalhos forçados. Escondido, as autoridades faziam vista grossa, pois de certa maneira interessava ao poder incentivar a prostituição como válvula de escape de instintos que não podiam ser totalmente suprimidos. A mera luxúria, lê-se num dos primeiros capítulos, não tinha maior importância, contanto que fosse furtiva e sem alegria, e só envolvesse mulheres de uma classe submissa e desprezada. O objetivo do Estado era desidratar o amor e roubar ao ato sexual todo e qualquer prazer, reduzi-lo a uma operação ligeiramente repugnante, dentro e fora do casamento. A única função do casamento, somente oficializado quando houvesse atração física de parte a parte, era procriar filhos a serviço do Partido, educados para este fim em instituições públicas.

Não estamos muito distantes da metafísica do sexo de ideólogos fascistas como Jules Evola e Giovanni Gentile. Não havia qualquer moralismo por trás das restrições impostas pelo Grande Irmão. O *duce* de Oceania apenas temia que do amor entre as pessoas surgisse uma força incontrolável, capaz de pôr em risco sua onipotência. Por isso, em Oceania, o ato sexual, quando executado com êxito, é considerado subversivo. "Quando o indivíduo sente (paixão), a comunidade treme", diz Lenina a Bernard, ecoando em outra distopia (*Admirável mundo novo*, de Aldous Huxley) o conceito-chave de *1984*.

Amar, pois, é o maior crime cometido por Winston e sua amante, Julia. Cabe a ela, aliás, dar a melhor explicação sobre a filosofia de repressão ao sexo em Oceania: "Quando amas, gastas energia; depois, ficas contente, satisfeito, e não te importas com coisa alguma. Eles não gostam que te sintas assim. Querem que estoures de energia o tempo todo. Todo esse negócio de marchar para cima e para baixo, dar vivas, agitar bandeirolas, é sexo que azedou. Se estás contente contigo mesmo, porque havias de admirar o Grande Irmão, os Planos Trienais e os Dois Minutos de Ódio e todo o resto da maldita burrice?"

Mas, um dia, tudo foi diferente. Esse reconfortante passado só aparece em sonho, sob a forma de um éden ecológico, a terra dourada, onde amor e natureza se encontram e fundem, lugar comum em numerosas ficções de antecipação (não terminava sobre um bosque ensolarado a fuga final de *Blade Runner?*). Em *Admirável mundo novo* há um espaço, fora da Reserva, o "maravilhoso Outro Lado", onde se preserva um mundo verde, de céu azul e pureza infinita. É além de um Muro Verde, fronteira do horror automatizado com uma floresta onde a liberdade reina absoluta, que os personagens de *Nós*, distopia paradigmática do soviético Yevgeny Zamyatin, que muito influenciou Orwell, localizam o paraíso sobre a Terra. Todo distopista é um passadista incurável. Seu futuro é sempre uma projeção amplificada do presente que de bom grado trocaria por um passado preferencialmente idealizado em estilo pastoril.

Nenhum passado talvez valha tanto, mas dependendo do presente que temos e do futuro com que nos acenam não há limites para a nostalgia. Orwell imaginou o inferno de Oceania em 1947, mal refeito da guerra, da morte da mulher (em 1945) e da irmã mais velha (em 1946) e às voltas com uma tuberculose que o mataria três anos mais tarde. Não surpreende que suspirasse pela democracia capitalista de, digamos, 1912.

Nas distopias, o trivial, o rotineiro, tende a virar utopia, no sentido de ideal longamente ansiado. Uma cama dupla é corriqueira para nós, hoje, mas, em *1984*, torna-se algo tão extraordinário e bem-vindo quanto uma garrafa de água gelada no deserto. A cama dupla que Winston e Julia freqüentam, no quarto em cima do antiquário de Charrington, tem o mesmo valor das cores que os amantes de *Nós* encontram em outro antiquário, refúgio mágico e simbolicamente passadista de um cotidiano sitiado pela vítrea e gélida arquitetura do Estado Um.

Alguns críticos entendem o saudosismo, mas não o aceitam por considerá-lo basicamente reacionário. Afinal de contas, o que é distopia para uns pode ser utopia para outros. Parte do que Huxley previu, com horror, para o *brave new world* de 2500 (destruição da célula familiar, inseminação artificial etc.), as feministas afinadas com as idéias de Shulamith Firestone, a autora de *A dialética do sexo*, achariam ótimo.

As feministas nunca viram *1984* com muita simpatia. As mais ortodoxas por julgarem opressivo o amor romântico pelo qual Orwell parecia suspirar. Não precisavam exagerar. Há pontos menos discutíveis e mais sugestivos na profecia orwelliana à disposição das feministas. As fantasias de estupro (e assassinato) de Winston *vis-à-vis* Julia e o sectarismo exacerbado das mulheres de Oceania têm uma explicação reichiana, segundo a qual toda inibição de gratificação genital intensifica o impulso sádico. Quanto maior a repressão sexual, maior a exacerbação. Por reprimir-se menos, Julia rebela-se a seu modo contra o Partido.

Orwell não explora essa condição privilegiada, preferindo investir mais na concepção de que a ignorância, se não fortalece, como apregoa o Partido, ao menos torna menos sofrida ou mais "sadia" a vida dos súditos de Leviatã. Julia é uma saudável ignorante, "rebelde só da cintura para baixo", sem apetite para a leitura, mas com pronunciado gosto por cosméticos, meias de seda e sapatos de salto alto. Ora, Julia gosta do que é proibido, atitude política das mais vigorosas em Oceania. Pior tratamento recebe Katharina, a primeira mulher de Winston, vulgar e vazia, e as matronas embagulhadas por sucessivos partos, mas ainda assim felizes da vida.

Teria sido interessante um contraponto entre as duas, Julia e Katharina, como Zamyatin fez com as duas amantes de seu herói, mas a preocupação maior de Orwell não é com a relação macho-fêmea e sim com a relação pai-filho. Por isso a dominação mais saliente em *1984* é de O'Brien sobre Winston e não de Winston sobre Julia. Winston é passivo, masoquista e submisso em relação a O'Brien, ao contrário de Julia em relação a Winston. Foi dando em cima dele que Julia chamou-o à subversão da ordem, na Terra Dourada e numa velha cama de casal. Em Oceania, o gozo é uma afirmação de individualidade a dois, uma revolta contra o instinto gregário, o panurgismo cabisbaixo e lobotomizado.

Moral da história: Amor é Poder.

(Abril, 2003)

FIM DE CASO

EM 10 DE MAIO DE 1933, uma horda de nazistas ateou fogo a uma montanha de vinte mil livros numa praça de Berlim. Foi o mais famoso auto-de-fé do Terceiro Reich, o holocausto simbólico de renomados autores, como Marx, Freud, Heinrich Mann, Emil Ludwig e Erich Maria Remarque, execrados pelo nazismo por razões ideológicas e raciais.

Quando há dois meses vi aqueles fanfarrões americanos despejando esgoto abaixo litros e mais litros de vinho francês, em represália à oposição da França à invasão do Iraque, a primeira coisa que me veio à memória foi, justamente, o auto-de-fé nazista. Afinal de contas, vinho também é cultura, e se nele oculta-se a verdade ("in vino veritas"), equipará-lo ao livro está longe de ser um exagero, uma hipérbole. Um *grand cru* vale muito mais, em preço e prazer oferecido, que um best-seller. Salvo, é claro, para os abstêmios e aqueles pobres coitados que preferem agredir seu organismo com bebidas inferiores e má literatura.

Mas o desperdício (quase escrevo sacrifício) de dezenas ou centenas de garrafas de vinho francês foi apenas o prelúdio de uma escalada de intolerância xenófoba e delinqüência jingoísta contra a França. *Par bleu!* a terra do

Romanée-Conti não merece tamanha ingratidão. Muito menos dos americanos, que tantos favores lhe devem. Devem, mas até hoje insistem em cobrar dos franceses sua libertação do jugo nazista – minimizando ou esquecendo-se, convenientemente, da contribuição que a Resistência deu à luta.

A França foi o primeiro aliado europeu dos EUA. Esteve do seu lado na revolta contra os ingleses e seu pensamento iluminista contribuiu de maneira decisiva para a Declaração de Independência dos EUA. Boa parte das regiões leste e sul da América foi colonizada por franceses. Graças à venda da Louisiana por Napoleão, em 1803, os EUA puderam ampliar seu território e consolidar-se politicamente como nação. Para comemorar o centenário da independência americana, o governo francês presenteou Nova York com o seu mais vistoso e representativo monumento, a Estátua da Liberdade.

Essa dívida é impagável.

Cerca de um metro de uma de minhas estantes é tomado por livros que retratam a secular relação amorosa de americanos com a França – que remonta ao século XVIII e não terminou em Susan Sontag. Um caso de amor que enredou Benjamin Franklin e Paul Auster, Gertrude Stein e Hemingway, Fitzgerald e Sidney Bechet, George Plimpton e Jean Seberg, passando por Gene Kelly, Henry Miller e uma legião de jazzistas e anônimos candidatos a Picassos e Boudus salvos das águas. A Geração Perdida não se perdeu em Londres ou Roma, mas às margens do Sena. Em nenhum outro país o cinema americano ganhou exegetas tão devotos, ativos, brilhantes e persuasivos como na França dos anos 1950 e 1960.

Thomas Jefferson achava que todos nós temos duas pátrias: aquela em que nascemos e a França; mais precisamente Paris, terra prometida de todos os boêmios, artistas e sonhadores em geral. Foi em Paris que muitos americanos (e não só os americanos) descobriram e puderam viver plenamente a liberdade pessoal e artística. Quando em Nova York ainda era humilhante fazer poesia e andar na pindaíba, em Paris isso já era uma respeitada tradição.

Embora a Alemanha e outros países da "velha Europa" (para usar o termo com que o Secretário da Defesa dos EUA, Donald Rumsfeld, desdenhou e satanizou os que resistem à "nova ordem mundial") também tenham se posicionado contra a invasão do Iraque, os fundamentalistas bushianos acabaram poupando os alemães. Nenhum presepeiro propôs que se substituísse a expressão *german measles* (rubéola) por *freedom measles* e outro nome fosse dado aos cães pastores alemães e à salsicha de cachorro-quente (*frankfurter*).

Por que só os franceses apanharam como se o Terceiro Reich tivesse sido uma invenção de Charles De Gaulle e despachado milhões de americanos para campos de concentração? Porque o ressentimento dos americanos *vis-à-vis* franceses e sua tradição cultural é tão antigo e consistente quanto o *love affair* oficialmente iniciado em 1776, com a chegada a Paris de Silas Deane, o primeiro embaixador americano na França.

Às vésperas da guerra contra Saddam Hussein, os franceses "perderam" as batatas fritas (*french fries*), que viraram *freedom fries* — redobrada cretinice, pois as batatas fritas à francesa são uma invenção belga — e por pouco não viram o Quarteirão Francês de Nova Orleans mudar de nome e a Estátua da Liberdade ser devolvida à rue de Chazelles, em Paris, onde o escultor Frédéric-Auguste Bartholdi lhe deu forma. A fábrica da popular mostarda americana French, receando baixas em sua freguesia, alardeou pelos jornais e na internet que seu produto assim se chama por ser uma criação de R. T. French, cidadão 100% americano. A histeria antigaulesa nem precisava ter saído da cozinha para expor seu ridículo.

À medida que as tropas anglo-americanas se juntavam no Kuwait, a perseguição aos franceses foi mudando de tom e calibre. Um gaiato radiofônico chamado Ralph Garman deu-se ao desplante de passar um trote no presidente Jacques Chirac, fingindo ser o comediante Jerry Lewis, cujo prestígio junto aos franceses sempre foi motivo de chacota nos EUA. Uma deputada pela Flórida (só podia ser de lá) iniciou campanha para trazer de volta para os EUA os restos mortais dos milhares de soldados americanos enterrados em cemitérios franceses. O colunista político do *New York Times* Thomas Friedman sugeriu que se substituísse a França pela Índia no Conselho de Segurança da ONU, alheio ao fato de que a revista de seu jornal publicara, recentemente, um artigo sobre a leniência do governo indiano com grupos terroristas.

Quando o republicano Roy Blunt xingou os franceses, publicamente, de "notórios poltrões", não estava sendo nem honesto (pois fugira do alistamento militar para não lutar no Vietnã) nem original, já que àquela altura a imprensa marrom de Rupert Murdoch (à frente, o *New York Post* e o tablóide londrino *Sun*) parecia ter esgotado seu estoque de palavras e metáforas com galinhas (*chicken*, na gíria, é sinônimo de covarde) e queijos para insultar os franceses. O guru da direita americana Robert Kagan também já pusera em circulação a sua pérfida divisão de americanos e europeus em corajosos e medrosos (os americanos, segundo Kagan, seriam "de Marte" e os europeus, "de Vênus").

Tudo bem, insultos ferem, mas não tiram sangue. Mas que desdobramento pode ter, por exemplo, o que aconteceu com uma senhora chamada Françoise Thomas, há décadas residente em Houston (Texas)?

Numa manhã de março passado, ela deparou com a seguinte inscrição grafitada na porta de sua garagem: "*Scum, go back to France*" (Escória, volte pra França). Ao ler sobre isso não me lembrei do auto-de-fé nazista, mas de outra vergonha, sua contemporânea: as pichações nas casas e lojas de judeus em cidades subjugadas à Alemanha de Hitler. E também dos insultos racistas, tipo "Fora, crioulo imundo!", gravados a fogo no gramado da primeira casa que Nat King Cole conseguiu comprar num bairro chique de Hollywood. Diante de tais fatos, o saudoso Zé Trindade diria que os americanos não são de Marte, são de morte — o que, no fundo, é a mesma coisa.

Quem quiser ter uma ampla idéia desse *penchant* para a intolerância, a violência e a belicosidade — para não falar de outras anormalidades — nem precisa recorrer a sebos concretos e virtuais, à cata dos clássicos de Gabriel Kolko, I. F. Stone, Richard J. Barnet, Ronald Steel, Noam Chomsky e Michael Parenti sobre a soberba e a vocação imperialista dos americanos: basta ir a uma livraria qualquer e comprar *O livro negro dos Estados Unidos*, do canadense Peter Scowen, que a Record publicou quando a Casa Branca fingia estar à espera do aval do Conselho de

Segurança da ONU para invadir o Iraque. É um retrato devastador e assustador do império mais poderoso que o mundo já viu, agora, para azar de todos nós, entregue à sanha do presidente mais despreparado, provinciano e auto-suficiente de sua história. Um livro para ser queimado num auto-de-fé em Washington, caso os EUA venham a se transformar naquilo que há 68 anos Sinclair Lewis fantasiou num romance, *It Can't Happen Here*, que ninguém queria que fosse profético.

(Maio, 2003)

P.S. Partiu do deputado Bob Ney (republicano de Ohio) a sugestão para que as *french fries* virassem *freedom fries* no restaurante do Congresso dos EUA. Descobriu-se depois que, além de ter idéias de jerico, Ney não resistia a uma corrupção. Suas ligações com o lobista Jack Abramoff resultaram-lhe tão fatais quanto as que obrigaram o líder da Maioria republicana, o texano Tom Delay, a renunciar ao mandato de deputado, em junho de 2006. Menos de um mês depois, as batatas fritas voltaram a ser chamadas de *french fries* no restaurante do Congresso.

À SOMBRA DA ÁGUIA

SE O TAL "choque de civilizações", profetizado por Samuel Huntington, de fato acontecesse e confluísse para um confronto final entre a civilização em que nos criamos e a islâmica, eu não tenho a menor dúvida de que lado ficaria. Beberia cicuta se forçado a abrir mão do imenso e incomparável acervo cultural do Ocidente em favor do patrimônio cultural islâmico, também imenso e respeitável, mas que nada tem a ver comigo, com a formação da minha sensibilidade, com a minha memória afetiva. A hipótese, felizmente absurda, de trocar, para sempre, a *Sétima sinfonia* de Beethoven e *Cantando na chuva* pela poesia de Omar Khayan e os relatos, sem dúvida encantadores, de *As mil e uma noites*, me soa como um pesadelo. O diabo é que nem a uma dieta de músicas e filmes árabes teríamos direito, se do lado vencedor só houvesse talibãs ou xiitas.

Não é segredo para ninguém o que talibãs fizeram quando tomaram o poder no Afeganistão, em meados da década passada. Cinemas foram fechados, televisores destroçados, fitas cassete e instrumentos musicais incinerados a céu aberto, músicos trancafiados durante quarenta dias. Não bastasse, os talibãs inventaram que Maomé prometera entupir de chumbo derretido os ouvidos de quem fosse dado a ouvir música. Se tudo isso (e também o assassinato, por islâmicos argelinos, de Cheb Hasni, o rei da música rai) não for obscurantismo, barbárie, procuremos nos dicionários um sinônimo à altura de tais ações, para mim tão horripilantes e primitivas quanto os autos-de-fé da Inquisição cristã e do nazismo.

O fanatismo religioso não é uma exclusividade muçulmana nem o islamismo merece ser confundido com as alucinadas interpretações que seus fiéis fundamentalistas fazem do Alcorão. Ao longo dos séculos, os islâmicos se mostraram bem mais tolerantes com as demais religiões que os cristãos. Seu débito com os direitos humanos é bem menor que o do cristianismo. Tem mais: foi através dos árabes, na Idade Média, que os ibéricos tiveram acesso ao legado cultural grego. Quando vejo aqueles fanáticos maometanos socando suas cabeças e ensangüentando-se em público com cilícios e cimitarras, não penso em Sherazade ou Naguib Mafouz mas numa imaginária horda de beatos exorcizando suas culpas com socos no peito e a caminho de alguma fogueira abençoada pela Igreja. E também no quanto tudo isso me é estranho e repelente.

Se algum dia ocorrer um choque como o imaginado por Huntington, em nenhum dos lados haverá o que hoje reconhecemos como civilização. Teremos, apenas e lamentavelmente, um embate de barbáries, não muito diferente, em espírito, da Quarta Guerra Mundial prevista por Einstein quando lhe perguntaram como, a seu ver, seria a Terceira Guerra Mundial. "A terceira, eu não sei, mas a quarta certamente será lutada com pedras e porretes", respondeu Einstein.

Já assistimos, sim, a um confronto, mas este se dá no interior de cada civilização, opondo crentes e ímpios de um mesmo Deus. O mundo cristão americano também possui os seus xiitas e sunitas, até os seus bin Ladens, parâmetros que me parecem corretos para enquadrar a Ku Klux Klan, os grupos fundamentalistas que cometem atentados contra clínicas de aborto e fanáticos como Jim Jones e David Koresh. As messiânicas ladainhas que os pastores Jerry Falwell e Pat Robertson desfiam no rádio e na TV dos EUA pouco ficam a dever à retórica delirante de certos mulás e aiatolás.

Ainda saía fumaça dos escombros do World Trade Center quando Falwell e Robertson justificaram o ataque às torres gêmeas e ao Pentágono como "uma punição divina à vida em pecado dos americanos", escravos, segundo eles, do hedonismo materialista, do liberalismo desagregador e da liberdade sexual. Nem por isso foram execrados publicamente como "traidores da pátria", calúnia reservada com exclusividade para Noam Chomsky, Susan Sontag e outros intelectuais que tentaram encontrar razões terrenas e políticas para o 11 de setembro.

Os americanos adoram música e nem os seus mais dogmáticos evangélicos prometem um Apocalipse com chumbo derretido nos ouvidos de quem adora rock, rap e outros "ritmos do demo". Outras formas de punição, coerção e intolerância, no entanto, permanecem tão vivas em determinadas regiões do país como em Salem, há 311 anos, ou no Tennessee, há 78 anos. Em Salem, 19 mulheres foram queimadas como bruxas. No Tennessee, um professor de biologia foi levado aos tribunais por ensinar a Teoria Evolucionista de Darwin, até hoje repudiada pelo fundamentalismo cristão. Por motivos religiosos e ideológicos, livros didáticos costumam ser rigorosamente censurados e proibidos em alguns estados, especialmente no Texas, que, coincidência ou não, é o recordista de aplicações da pena de morte na América.

Sentença radical como o *fatwa* islâmico, os americanos nunca tiveram. Nem sequer no auge do macarthismo. A caça às bruxas restringiu-se a pressões, depoimentos, demissões e encarceramento de supostos "inimigos da democracia". Embora um e outro tenham morrido de desgosto ou se matado por não conseguir mais emprego, ninguém foi sentenciado à morte por ser comunista ou de esquerda. Os americanos inventaram uma versão bem *light* do *fatwa*, algo próximo da difamação ou que outro qualificativo possamos dar à inclusão em listas negras de professores, artistas e intelectuais que se manifestem contra a política interna e externa do governo Bush ou digam algo que desagrade qualquer um de seus integrantes.

Bastou o reverendo Jesse Jackson aconselhar aos americanos a construção de "pontes e relacionamentos, e não simplesmente bombas e muros", numa palestra na Universidade de Harvard, para ser incluído numa relação de 117 *bêtes noires*, confeccionada e sempre atualizada pelo American Council of Trustees and Alumni. Especializada em patrulhar e denunciar manifestações de "tendência liberal" no mundo acadêmico, o ACTA foi fundado por Lynne V. Cheney, mulher do vice-presidente dos EUA, para muitos, o mais retrógrado mulá da Casa Branca.

Toda vez que Bush se pergunta, perplexo, por que certas pessoas odeiam a América, sempre aparece alguém para acalmá-lo com a reconfortante mas enganosa desculpa de que o resto do planeta morre de inveja da América e sua incomparável pujança econômica, cultural e militar — apenas isso. A suspeita de que o ressentimento, por si só, explica o antiamericanismo disseminado e crescente em todos os continentes já traz embutida uma das causas, se não a maior causa, do ódio que aos americanos tantos devotam: a postura arrogante de seu modo de interpretar e relacionar-se com o mundo exterior. Foi isso, de resto, que o jornalista Mark Hertsgaard confirmou depois de seis meses de viagem pela Europa, África e Ásia, ouvindo gente de todos os níveis sociais.

A maioria dos consultados por Hertsgaard (ver *The Eagle's Shadow: Why America Fascinates and Infuriates the World*, editado pela Bloomsbury* admira a América, seu respeito à liberdade de pensamento, a energia de seu povo e o poder encantatório de sua cultura, porém abomina, com igual intensidade, o húbris de sua elite dirigente. E ainda não era Bush quem dava as ordens na Casa Branca quando Hertsgaard fez sua pesquisa, e sim Bill Clinton, que, não obstante, mandou despejar mísseis sobre o Iraque e também tinha uma Condoleezza Rice — só que branca e secretária de Estado, chamada Madeleine Allbright, que assim justificou a ação militar contra Saddam Hussein: "Se tivermos de usar a força será porque somos a América. Nós somos a nação indispensável."

Os números são preocupantes, além de surpreendentes, pois o maior contingente de antiamericanistas não vive na Europa nem no Oriente Médio, mas no Japão e na Coréia do Sul, os principais aliados estratégicos dos EUA na Ásia.

---

* O livro de Mark Hertsgaard foi afinal traduzido pela Record, com o título de *À sombra da águia*.

Cerca de 60% dos sul-coreanos se sentem incomodados de viver à sombra da águia americana. Isso explica o sucesso de um vídeo musical da banda feminina sul-coreana S.E.S., no qual americanos fantasiados de caubói são espancados, atacados por cachorros e atirados do alto de arranha-céus.

O boicote a tudo que venha dos EUA, globalmente proposto durante a invasão do Iraque, me pareceu desde o início um exercício de rejeição ingênuo, perigoso e, afinal, inútil. Posso viver, perfeitamente, sem Coca-Cola e hambúrgueres do McDonald's, mas é grande o rol de produtos *made in USA* sem os quais me seria difícil, quase impossível, dar conta do pouco tempo que me resta nesta encarnação. A grande cultura americana não merece ser punida pelos desatinos de vilões transitórios — estes, sim, antiamericanos da gema — até porque ficou difícil reconhecer o que seja uma obra de arte genuinamente americana, tantas e tamanhas são as influências estrangeiras no *melting pot* cultural em que foi gerada.

Nação de imigrantes desde o século XIX e terra prometida de artistas e gênios europeus nos anos 1930 e 1940, os EUA construíram sua cultura aditivada por negros, judeus, latinos, árabes e orientais, razão primeira de sua rica expressividade e seu *appeal* universal. Foi por ter sabido incorporar e reciclar estilos e idéias de fora que a cultura americana impôs-se com facilidade em tudo quanto é canto, inclusive em regiões outrora dominadas por outro império, o soviético, cuja incapacidade para criar formas de entretenimento sedutoras beirava o patético.

Meu boicote à América do Bush anda na contramão. Cada vez mais usufruo, em casa e onde posso, o que os americanos de melhor nos deram, dão e por certo continuarão dando. Ao me deliciar com um disco de Louis Armstrong, um filme de Orson Welles ou um capitoso cabernet sauvignon de Napa Valley, sinto-me valorizando o oposto do que os atuais donos do poder nos EUA representam. Não podemos deixar na orfandade ou levar à falência os americanos mais talhados para varrer do mapa os verdadeiros antiamericanos que hoje mandam na Casa Branca, no Pentágono e na mídia. Eles hão de passar, espero, deixando a América em melhores mãos.

(Junho, 2003)

LIVRE COMO UM TÁXI

FOI UM DOS MUITOS slogans que ele criou para o velho *Pasquim*. Mas é claro que ele estava, no fundo, falando de si mesmo. Livre como um táxi, paráfrase de "livre como um passarinho", assim é e sempre foi Millôr Fernandes. Se o Barão de Itararé e Sérgio Porto ainda fossem vivos concordariam com Luís Fernando Verissimo: Millôr continua sendo o *primus inter pares*, o mestre absoluto dos humoristas brasileiros — e o decano da espécie. Do alto de sua obra, seis décadas de risos e alta filosofia nos contemplam. Seis décadas que se completam, redondinhas, daqui a dois anos, se tomarmos por base o *Pif-Paf*, a seção de duas páginas que lançou na revista semanal *O Cruzeiro*, em 20 de janeiro de 1945, onde fulgurou até 28 de setembro de 1963.

Se me permitem um lugar-comum, aqui vai um, exclusivamente reservado para ele: se escrevesse em inglês, não seria reverenciado como "o Bernard Shaw dos trópicos" só aqui — neste estranho país em que até o ponto facultativo é obrigatório — mas no mundo inteiro, pois, afinal de contas, também brilhou e ainda brilha como dramaturgo, também já fez cinema e até numa seara além da polimatia de Shaw se meteu: as artes plásticas. Escrever em inglês não seria tão problemático para o maior tradutor que a última flor do Lácio deu a Shakespeare e Harold Pinter, se Millôr não acreditasse piamente que língua é que nem mãe: a gente só tem uma – daí, aliás, a expressão *lingua mater*. A sua ele domina à perfeição, buscando, obstinadamente, a imperfeição: a suposta imperfeição da língua falada, coloquial, que os filólogos e outros eruditos insistem, perversamente, em consertar. Por ser a concisão o *timing* do humorismo escrito, jamais escreve com 11 palavras o que se pode escrever com 10 – e às vezes consegue o mesmo efeito com nove. Vez por outra, contudo, rompe com esse preceito e desembesta. Sem ficar enxundioso. Estava apenas querendo mostrar que em matéria de prosa é capaz de todas as firulas e audácias, páreo duro até para Guimarães Rosa, cujo estilo anfigúrico parodiou numa versão (ou reversão) da história (perdão, estória) de Chapeuzinho Vermelho, que começava assim:

> *No contravisto do caminho, Capuchinho Purpúreo ia à frente, a com légua de andada, no desmedo da floresta...*

E assim terminava:

> *E pois, pelos entretantos, dito Zé Bebelo, provedor da estúrdia forca de enforcar no morrote de São Simão do Bá, se apareceu, ele mesmo em sua pessoa, de laço e baraço devido restante enforcamento. Capuchinho, agora pois, no choro. Nem todo mundo carece, mas tem os que. No mais, nada. O que termina acaba.*
> *Viver é muito perigoso, compadre meu Quelemém.*

Até ou sobretudo porque se deleita com as palavras, Millôr inventou para si mesmo meia dúzia de pseudônimos, alônimos, criptônimos e onomatóposes: Vão Gôgo, Volksmillor, Milton à Milanesa, Adão Júnior, André Gil e Patricia de Queiroz. Tamanha fome onomástica também pode ser um vício de origem, pois durante um bom tempo ele foi, simultaneamente, Millôr e Milton (ambos Viola Fernandes), confusão descoberta e superada aos 17 anos: o juiz que fizera sua certidão de nascimento esquecera do tracinho no tê e desenhara um ene que mais parecia um erre – e Milton virou Millor. O acento? Talvez o tracinho do tê resvalado pra cima do o.

Múltiplo em tantos aspectos, nada mais natural que tivesse nascido duas vezes. Uma de verdade (como o Milton), e outra de mentira (como o Millôr). Mas se nem ele sabe direito qual é uma e qual é a outra, imagine o resto do planeta e o Instituto Félix Pacheco. A primeira data é 16 de agosto de 1923; a segunda, 27 de maio de 1924. Culpa do pai, o espanhol Francisco Fernandez (Fernandes, depois da naturalização), que demorou nove meses para tirar-lhe a certidão de nascimento. Pela data que consta na carteira de identidade, Millôr só chega aos 80 no ano que vem. Mas quanto mais cedo a gente começar a comemorar melhor.

Controvérsias não há sobre seu berço, o subúrbio carioca do Méier, onde estudou na Escola Enes de Sousa (um abolicionista), há tempos rebatizada Isabel Mendes, segundo Millôr, mais do que merecidamente. D. Isabel foi sua mais inesquecível professora. Também no Méier ficou órfão, de pai (em 1925) e mãe (em 1934). Adotado por um tio, que já tinha quatro filhos e uma renda mensal que mal dava para um, foi ser David Copperfield na vida, enquanto seus quatro irmãos se dispersavam. Sozinho no mundo, com a sensação de que o inferno é aqui mesmo, concluiu precocemente que Deus, em absoluto, não existe. Mas não se revoltou, nem guardou ressentimentos. Ao contrário, encontrou a paz, no que diz respeito à religião: "a paz da descrença".

Todas as facilidades para tornar-se um marginal na adolescência lhe foram dadas pelo destino (quase foi assassinado por um policial bêbado na estação de trem da Central do Brasil), mas o carinho da avó materna, Concetta di Napoli, e seu temperamento tímido, retraído, o salvaram da delinqüência. Passava o dia garatujando bonecos e lendo tudo que lhe batia nas mãos, com inigualável prazer o *Suplemento Juvenil*, em cujas páginas descobriu a arte de Alex Raymond, criador de Flash Gordon, seu primeiro ídolo e mestre, de quem copiou até o estilo de assinar os desenhos.

Encarou o primeiro emprego aos 12 anos: contínuo de um médico, na Cinelândia. Trabalhou oito meses, mas só levou cinco salários. Foi sua primeira lição profissional: não se deve fiar cegamente nos patrões. Para o jornalismo só entrou em 15 de março de 1938, na mesma época em que freqüentou sua única "universidade", o Liceu de Artes e Ofícios. Já era Millôr quando seu tio Viola, chefe da gráfica O Cruzeiro, arranjou-lhe uma vaga como factótum do superintendente da empresa, Dario de Almeida Magalhães. Não demorou muito, venceu um concurso de contos, promovido por outra revista da casa, *A Cigarra*, e ascendeu ao arquivo. Ainda era lá que dava expediente quando Frederico Chateaubriand, diretor de *A Cigarra*, pediu-lhe que enchesse com "um negócio qualquer" duas páginas reservadas para um anúncio que fizera *forfait*. As duas páginas, intituladas *Post-Scriptum*, agradaram tanto aos leitores que se tornaram fixas.

Quando se deu conta, Millôr já era secretário da revista. O salário subiu e seu status também. Não só deixara para trás e sempre o Méier, como foi dividir um duplex na cobiçada avenida Atlântica, em Copacabana, com seu chefe e o jornalista Luiz Alípio de Barros. Estava pondo em prática um velho ditado de seus ancestrais espanhóis: viver bem é a melhor vingança. E muito bem viveu Millôr o período da guerra, acumulando o comando de *A Cigarra* com a direção de uma revista de quadrinhos (*O Guri*) e outra de contos policiais (*Detetive*), até que o alçaram à redação de *O Cruzeiro*.

Em crise, a menina-dos-olhos de Assis Chateaubriand carecia de sangue novo. Melhor doador não podiam ter arrumado. Versátil, Millôr ocupou-se de seis seções diferentes, escreveu contos e reportagens, fez ilustrações, e um dia brindou os leitores com a mais famosa (página? coluna?) de humor que a imprensa do país já teve.

Apresentado como "o único matutino semanal", *Pif-Paf* revolucionou o jornalismo de humor no Brasil. Alguma coisa a ver com o homônimo jogo de cartas? Indiretamete, sim. Outro nome teria se não tivesse "arruinado *O Cruzeiro*", brincou Millôr ao introduzir a seção aos leitores, que logo a transformaram na mais lida da revista. Na verdade, deu-se o oposto: *O Cruzeiro* caíra nas vendas (para 11 mil exemplares) e *Pif-Paf* ajudou-a a sair do vermelho. Com sobras. Quando a Alemanha nazista capitulou, ela já se tornara a mais bem-sucedida publicação do país, com uma tiragem (760 mil exemplares semanais) que só a *Veja* conseguiria superar, cinco décadas depois.

Uma revista encartada em outra, em suas "vastíssimas duas páginas" (as de maior índice de leitura da imprensa brasileira durante 18 anos) cobria-se de tudo. E não apenas medicina, rádio, esporte, cinema, poesia, filosofia, teatro, anúncios e guerra, como prometera, na estréia, o seu precoce editor. Em 1945, Millôr tinha apenas 22 anos de idade. Mas já sabia de tudo, já era um sábio autodidata, um filósofo em botão, que com o passar dos anos acumulou um acervo de frases, máximas, apotegmas, gnomas e meditações de matar de inveja La Rochefoucauld, Oscar Wilde e Groucho Marx.

Orgulhoso de ser, até hoje, "o maior leigo do país", especializado em nada ("Especialista é o que só não ignora uma coisa") e infenso a ideologias (por isso é livre como um táxi), não há limites para as suas divagações ("Divagar e sempre" é um de seus motes favoritos) nem barreiras para a sua inventividade. Volta e meia nos flagramos diante de uma novidade que Millôr inventou alguns ou muitos anos atrás.

Até seus trocadilhos (para ele, a mais baixa forma de humor) têm *appellation controlée*. Como "divagar e sempre", por exemplo. Ou esta sumária aula de mineralogia: "O quartzo é um mineral que fica entre o tertzo e o quintzo". Ou esta maldade com os companheiros de chapa dos presidentes da República: "A ociosidade é a mãe de todos os vices". Infames, sim, pois esta é a sina de todos os trocadilhos; mas não cretinos. Millôr não consegue ser cretino nem quando finge ser um, brincando de formular perguntas que parecem ter brotado na mente de um lorpa, de um pacóvio, mas que na verdade eram despautérios de alto coturno, surrealistas, dadaístas, logo dignos de algo tão solene quanto um ministério. Daí esta outra invenção milloriana: o Ministério das Perguntas Cretinas. Olho d'água tem pestana? Cabo de faca pode ser promovido a sargento? Em corte de ordenado se põe iodo? Os louros da vitória são uma forma de racismo? Na ilha de Pago-Pago as contas são cobradas duas vezes? A chapa de raio X é muito votada? Quem é que muda as fraldas da montanha?

Millôr passou 25 anos em *O Cruzeiro*, 14 em *Veja*, seis no *Pasquim*, dez na *IstoÉ*, mais ou menos isso no *Jornal do Brasil* (em duas fases) e algum tempo na *Tribuna da Imprensa*, *Correio da Manhã*, *O Estado de S. Paulo* e *Folha de S. Paulo*. Lançou e editou duas publicações de curta duração (*Voga*, a primeira revista semanal de texto do país, que durou apenas cinco números em 1951, e *Pif-Paf*, embrião do *Pasquim* que a Censura militar não deixou ir além do oitavo número). Quando em 1994 resolveu-se que já era tempo de se enfeixar num único tomo sua obra dispersa por tantos veículos, uma primeira seleção chegou à espantosa cifra de 13.000 tópicos, que, mesmo reduzida a 5.142, rendeu um cartapácio de 524 páginas. Parecia a Bíblia. E nome mais adequado não lhe poderiam ter dado: *A Bíblia do Caos*.

Foi em seus evangelhos que aprendi que "o acaso é uma besteira de Deus", que "se os animais falassem não seria conosco que iam bater papo", que "50% dos doentes morrem de médico", que "todo governante se compõe de 3% de Lincoln e 97% de Pinochet", que "numa guerra santa Deus morre primeiro". Lições para toda a vida. Amém.

(Julho, 2003)

O MÊS DO DESGOSTO

ABRIL PODE SER O "mais cruel dos meses" nos países de língua inglesa, e mesmo no resto do mundo que de algum modo tenha assimilado o truísmo de T. S. Eliot, mas entre nós o mais cruel (ou o mais aziago) dos meses continua sendo este em que acabamos de entrar.

Sempre me perguntei que acúmulo de tragédias ou que transcendentais infortúnios teriam motivado sua péssima reputação entre os brasileiros. Desgraças e calamidades acontecem todos os dias, sem qualquer discriminação de tempo e local, e é mesmo possível que ao longo da história da humanidade agosto tenha acumulado menos desgostos do que abril ou qualquer outro mês. Mas como nenhuma reputação nasce no vácuo, o jeito é persistir na busca às causas que possam ter contribuído para transformar o oitavo mês do ano no supra-sumo da urucubaca.

Seria essa pinimba uma herança lusa? Se foi, sua origem muito provavelmente remonta ao mais traumático evento da história de Portugal, a batalha de Alcacerquibir, aquela em que D. Sebastião foi-se desta para melhor, ocorrida em 4 de agosto de 1578. Se é cisma exclusivamente brasileira, talvez só Luiz da Câmara Cascudo pudesse esclarecer o que a motivou. Cresci com ela na boca do povo.

As mortes de Carmen Miranda (5/8/1954) e Getúlio Vargas (24/8/1955) apenas a reforçaram. E as de Juscelino Kubitschek (22/8/1976), Glauber Rocha (22/8/1981), Carlos Drummond de Andrade (17/8/1987) e Jorge Amado (6/8/2001) já a pegaram solidamente enraizada no supersticionário nacional.

Duvido que tudo tenha começado em 1942, com aqueles seis navios brasileiros bombardeados por submarinos alemães. Cavucando na memória, não encontrei fatos memoráveis de nossa história com suficiente carga traumática para, acumulados, difamar para sempre o mês de agosto. Temos uma dívida, aparentemente impagável, com o mês de julho — vale dizer, com o dia 16 de julho, quando perdemos a Copa do Mundo para os uruguaios, no Maracanã —, mas em 1950, insisto, agosto já era, havia muito, o mês do desgosto. De mais a mais, julho não rima com qualquer sinônimo de desgraça e tragédia.

Agosto já nasceu meio esquisito, marcado pela inveja, a arbitrariedade e o luto. Deveria ter 30 dias, mas o imperador Augusto, em cuja homenagem o oitavo mês do calendário gregoriano foi batizado, querendo igualar-se a Júlio César, o patrono de julho, acrescentou-lhe mais 24 horas às 720 a que tinha direito. Anteriormente agosto se chamava sextilis, por ser o sexto mês do calendário romano, cujo ano começava em março. Augusto encaixou-o entre julho e setembro (assim chamado por ser o sétimo mês do ano antes da inserção de janeiro e fevereiro pelo calendário gregoriano) porque fora naquele mês, em 30 a.C., que Cleópatra morrera.

No vasto repertório de históricas desditas ocorridas em agosto, nenhuma, creio, supera em antiguidade o suicídio da rainha do Egito. O sepultamento de Pompéia sob as lavas do Vesúvio deu-se muito tempo depois, em 79 d.C., por sinal num dos dias mais pesados do mês. Também foi num 24 de agosto que os visigodos ocuparam Roma (em 410 da era cristã); seis mil judeus foram chacinados em Mainz, na Alemanha (1349), e em Palma de Mallorca (1391); os huguenotes padeceram, em Paris, os massacres do Dia de São Bartolomeu (1572); a Casa Branca foi incendiada por tropas inglesas (1814); os americanos enfrentaram sua primeira grande crise econômica (1857) e a França explodiu sua primeira bomba de hidrogênio (1968). Para não falar na já citada morte de Getúlio, que, aliás, suicidou-se no mesmo dia em que o Partido Comunista americano foi posto na ilegalidade.

Fiz um levantamento, naturalmente modesto, das ocorrências de agosto desde a morte de Cleópatra, e concluí que temos razões de sobra para atravessar este mês com um ramo de arruda atrás da orelha. Agosto é muito mais o mês do desgosto do que o *silly month* (mês tolo) folclorizado no mundo anglo-americano, quando nada de relevante costuma acontecer, já que quase todo mundo encontra-se de férias. Na Europa não é diferente. Para os italianos, agosto rima com *dolce far niente* desde 18 a.C., que foi quando instituiu-se o *ferragosto*, festa hoje limitada ao dia 15, mas que atravessou vários séculos assegurando aos descendentes de Augusto quatro semanas de remanso e esbórnia. Começava num *ferragosto*, vale lembrar, numa Roma quente e deserta, com os italianos na praia ou no campo, a derradeira ultrapassagem do tragicômico Bruno imortalizado por Vittorio Gassman em *Aquele que sabe viver* (Il Sorpasso).

Por acreditar que agosto é um mês tradicionalmente tolo, a imprensa dos EUA e da Inglaterra disputam entre si qual a mais frívola e bocó nessa época do ano. Nada mais insensato e historicamente injustificável. Afinal de contas, o moderno jornalismo investigativo teve início em 1º de agosto de 1972, com a primeira reportagem do *Washington Post* sobre o escândalo Wartergate, cuja conseqüência mais dramática, a renúncia de Nixon, também ocorreu em agosto, dois anos depois.

Renúncias, golpes de estado, execuções, chacinas, terremotos, atentados — há milhares de anos agosto nos reserva todo tipo de catástrofe, pessoal e coletiva. A CIA derrubou o governo Mossadegh, no Irã, em agosto de 1953, e um golpe militar tirou do poder (e do mundo dos vivos) o presidente de Bangladesh, em agosto de 1975. Em agosto de 1986 seria a vez de a Bolívia encarar um estado de sítio tão ao gosto dos gorilas latino-americanos. Gorbachev curtia sua dacha na Criméia quando, em agosto de 1991, lhe deram um chega-pra-lá. Um terremoto matou milhares de chineses em agosto de 1976 e milhares de turcos em agosto de 1999. Corria o mês de agosto de 2000 quando o submarino russo *Kursk* afundou para sempre no Mar de Barents. Não foi em outro mês que a cadeira elétrica torrou, em 1890, sua primeira vítima e executou, 37 anos mais tarde, os legendários Sacco & Vanzetti.

Pausa para tomar fôlego.

Prossigamos.

As duas primeiras bombas atômicas destruíram Hiroshima e Nagasaki em agosto de 1945. Quatro agostos depois, os soviéticos testaram a sua. Foi em agosto de 1969 o morticínio comandado por Charles Manson, que resultou na morte da atriz Sharon Tate, tão terrível quanto a de Mary Ann Nichols, a primeira vítima de Jack, o Estripador, encontrada esvaindo-se em sangue em agosto de 1888. De Gaulle e Gerald Ford foram vítimas de atentados no mês do desgosto, assim como os funcionários das embaixadas americanas de Daar es Salaam (Tanzânia) e Nairóbi (Quênia), bombardeados por terroristas islâmicos em 1998. Lembra-se daquele mercado em Bruxelas que terroristas do IRA destruíram em 1979? Adivinhe que mês exibia a folhinha.

No calendário de guerras, agressões armadas e anexações espúrias, nenhum mês é mais farto em datas históricas do que aquele em que D. Sebastião perdeu a vida em Alcacerquibir. Os gregos jamais se recuperaram da derrota para os turcos, em Manzikert, já lá se vão 932 anos. O Japão iniciou sua guerra com a China, por causa da Coréia, em agosto de 1894. A Primeira Guerra Mundial estourou em agosto de 1914. Londres começou a ser bombardeada pelos alemães em agosto de 1940, exatamente cinco anos antes de a Rússia ter declarado guerra ao Japão. Os primeiros tiros da decisiva batalha de Guadalcanal, no Pacífico, foram dados em agosto de 1942. Os EUA anexaram o Novo México em 1846, no mesmo dia (22 de agosto) em que o Japão anexou a Coréia (em 1910) e o exército nazista chegou a Stalingrado (em 1941). O Pacto Molotov-Ribbentrop, que por uns tempos uniu Hitler a Stalin e provocou um festival de chiliques e defecções entre os comunistas, foi assinado em 23 de agosto de 1939. Dois momentos capitais na evolução da Guerra Fria – o início da construção do Muro de Berlim e a invasão da Tchecoslováquia pelas tropas do Pacto de Varsóvia – também não esperaram setembro chegar. Todos os jornais de 2 de agosto de 1990 deram em manchete a invasão do Kuwait pelas forças armadas iraquianas.

Nunca conversei com um judeu a respeito da mística de agosto. Não ficaria surpreso se ele não o visse com bons olhos. Afora o que aconteceu com os judeus em 24 de agosto de 1349 e 1391, em 1º de agosto de 1492 os reis Ferdinando e Isabela os expulsaram da Espanha; em 17 de agosto de 1915 Leo Frank foi linchado em Atlanta, pelo suposto assassinato de uma garota de 13 anos; em 4 de agosto de 1944 levaram Anne Frank do sótão de uma casa em Amsterdã para um campo de concentração. Sem falar que Hitler consolidou-se como Führer da Alemanha em agosto de 1934.

Cada um de nós tem um bom motivo para temer o astral de agosto, agourento até no que diz respeito a inventos (o desastroso Edsel foi lançado pela Ford em agosto de 1957) e nascimentos (Agripina deu à luz Calígula em 31 de agosto de 12 d.C.). Concedo: muita gente ruim nasceu e muita gente boa morreu nos outros meses do ano, mas foi em agosto que nos deixaram figuras importantes como, além das já citadas, Ataualpa Yupanqui, Ticiano, Lope de Vega, Pascal, William Blake, Balzac, Delacroix, Baudelaire, Eça de Queirós, Hans Christian Andersen, Engels, Nietzsche, Caruso, Graham Bell, Joseph Conrad, Rodolfo Valentino, Janacek, Lon Chaney, Bix Beiderbecke, Will Rogers, García Lorca, Trotsky, H. G. Wells, Ettore Bugatti, Manolete, Babe Ruth, Colette, Thomas Mann, Jackson Pollock, Brecht, Bela Lugosi, Lasar Segall, Oliver Hardy, Preston Sturges, Oscar Hammerstein II, Charles Coburn, Marilyn Monroe, Hermann Hesse, Clifford Odets, Ian Fleming, Flannery O'Connor, Le Corbusier, Lenny Bruce, Brian Epstein, Rocky Marciano, Frances Farmer, Oscar Levant, Bennett Cerf, John Ford, Fritz Lang, Cannonball Adderley, Shostakovich, Elvis Presley,

Groucho Marx, Charles Boyer, Charles Eames, Stan Kenton, Tex Avery, Ingrid Bergman, Henry Fonda, Ira Gershwin, Richard Burton, Truman Capote, Louise Brooks, Ruth Gordon, Henry Moore, Lee Marvin, John Huston, Joris Ivens, Jean Tinguely, John Cage, Linus Pauling, Ida Lupino, Jerry Garcia, William Burroughs, Lady Di, E. G. Marshall, Carl Barks, Alec Guinness, Lionel Hampton, Raul Seixas, Stanislavsky, Rabindranath Tagore, Diego Velázquez, Theodor Adorno, Mies van der Rohe, Diaghilev, James T. Farrell, Norbert Elias, Anita Loos, Raymond Carver, Charles Lindbergh, Florence Nightingale.

(Agosto, 2003)

P.S. Nos últimos agostos, desde a conclusão deste texto, morreram Henri Cartier-Bresson, Czeslaw Milosz, Elmer Bernstein, Sérgio Vieira de Mello, Charles Bronson, Marie Trintignant, Elizabeth Schwarzkopf, Ibrahim Ferrer, Peter Jennings, Fay Wray, Barbara Bel Geddes, Gregory Hines, John Loder, Idi Amin, Alfredo Stroessner, Glenn Ford, Naguib Mafouz e outros por cuja omissão peço desculpas.

EMOÇÕES ANAMÓRFICAS

AS MAIORES EMOÇÕES que o cinema já proporcionou ao seu distinto público ocorreram em 1895 (quando chegou), em 1927 (quando falou) e em 1953 (quando agigantou-se). As duas primeiras eu perdi. Nasci com o cinema já falando e colorido. Mas a terceira peguei *au grand complet*. Minha adolescência mal se iniciara quando a tela agigantou-se diante de meus olhos, com a pompa e circunstância que a novidade exigia. A novidade era o CinemaScope, maravilha tecnológica introduzida pela 20th Century Fox no épico bíblico *O manto sagrado* (The Robe), exibido pela primeira vez ao grande público no Chinese Theatre de Hollywood, em 24 de setembro de 1953.

Três anos antes, a indústria de filmes não sabia o que fazer para recuperar a massa de espectadores que perdera e continuava perdendo para a televisão. Como atrair os americanos de volta aos cinemas?, perguntavam-se os produtores, perplexos e sem respostas convincentes. Apelar para a grandiloqüência foi a saída que lhes pareceu mais promissora. E assim nasceu, em 1952, o Cinerama, que não surtiu o efeito almejado. Dispendioso, exigia salas especialmente equipadas com três projetores. Mas nem nas salas mais bem equipadas as emendas das três imagens na tela resultaram satisfatórias. Em vez de superar a TV, o Cinerama ameaçou varrer do mapa os cinemas de bairro.

Quase ao mesmo tempo aperfeiçoaram um *gimmick* dos anos 1920, a Terceira Dimensão (ou 3-D), que prometia "pôr um leão no colo" de cada espectador e acabou atirando uma porção de outras coisas, como cadeiras, mesas, garrafas, pedras, carroças e até gente em cima da platéia. Sem o arrimo de um grande estúdio, mal emplacou um ano de folganças. Que futuro podia ter um sistema que só funcionava com o uso de óculos especiais e cujos primeiros rebentos foram bobagens como *Bwana, o demônio* e *Museu de cera*?

Já fazia então quase quarenta anos que cineastas e produtores sonhavam com a possibilidade de, no mínimo, dobrar as dimensões da tela de cinema. Não surpreende que a primeira tentativa nesse sentido tenha sido feita no país onde o cinema épico foi inventado, a Itália. Desenvolvido por Filoteo Alberini, em 1914, o Panoramico Alberini, pioneiro processo de tela avantajada, só seria utilizado nove anos depois numa seqüência de *Il Sacco di Roma*, de Enrico Guazzoni, para em seguida ser recolhido ao sarcófago dos inventos sem futuro, junto com o Polyvision, do francês Abel Gance, que, pelo que se viu no clássico *Napoléon*, rodado em 1927 e restaurado em 1981, nada mais era que um Cinerama *avant la lettre*.

Na mesma época em que Gance dava os últimos retoques no seu tríptico cinematográfico, outro francês, Henri Chrétien, patenteava um invento bem mais maleável, o Hypergonar, que consistia, basicamente, numa câmera dotada de lente anamórfica, capaz de comprimir e distorcer imagens destinadas a um *écran* duas vezes e meia maior que o normal, onde aquelas imagens eram ampliadas por um projetor também dotado de lentes anamórficas. Claude Autant-Lara aproveitou-o em alguns curtas e num longa (*Pour construire un feu*) lançado no mesmo ano de *Napoléon*. Aperfeiçoado, o Hypergonar renasceria com o nome de CinemaScope, rendendo uma fortuna em royalties para Chrétien e muito mais, é claro, para a Fox.

Com o advento do CinemaScope, a tela não apenas cresceu como suas imagens adquiriram uma sonoridade até então nunca ouvida numa sala de exibição: a sonoridade estereofônica, cujo impacto auditivo não seria igualado por nenhum de seus pósteros eletrônicos. O Dolby e o Sensurround nos pegaram razoavelmente preparados para os seus avanços. O som estereofônico, não. Imagine o impacto que a primeira audição de um LP numa vitrola de alta fidelidade teria sobre alguém que até então só tivesse escutado discos de 78 rotações em gramofones. Foi mais ou menos isso que sentimos ao sermos apresentados ao som estereofônico, cuja repercussão popular, aliás, inspirou uma deliciosa canção, *Stereophonic Sound*, incluída no repertório do musical *Meias de seda*.

Mais sensível que a média dos espectadores, dona Idalina Godoi de Azevedo sentiu algo muito mais forte: uma pressão aguda no peito, morrendo de infarto durante uma sessão de *O manto sagrado*. Seu coração não resistiu ao estrondo daquele estereofônico raio que pontua dramaticamente a cena do encontro de Judas com o gladiador Demétrio, numa ruela vizinha ao Gólgota. Dona Idalina foi a primeira e, que eu saiba, única vítima fatal do CinemaScope e seu apêndice sonoro.

Quem primeiro me contou essa história foi o cineasta Walter Lima Jr., uns oito anos após o ocorrido, quando juntos trabalhávamos na Cinemateca do Museu de Arte Moderna do Rio. Ele não a conhecia por ouvir dizer, pois dela fora testemunha ocular, na tarde de 15 de abril de 1954. Walter estava no meio da multidão que se acotovelava na suntuosa sala de espera do cine Palácio quando viu passar a maca carregando o corpo da vítima, cujo nome eu só descobriria, por acaso, no final da década de 1970, durante uma pesquisa em velhos jornais cariocas na Biblioteca Nacional.

Minha introdução ao fausto audiovisual do CinemaScope deu-se na mesma época e na mesma sala em que dona Idalina sucumbiu ao primeiro raio estereofônico da história do cinema. Irremediavelmente condicionado pela propaganda da raposa do século XX, entrei e saí em estado de graça.

O ritual teve início da forma habitual: exibidos os complementos (o cinejornal da UCB e um trailer), as luzes se apagaram, a cortina se abriu totalmente e o logo da Fox, com todos aqueles faróis varrendo o céu de Hollywood, tomou conta da tela. A tela era gigantesca, mas as imagens, que decepção, não correspondiam às colossais proporções alardeadas pela Fox. De repente, uma voz anunciou: "Ladies and gentlemen, 20th Century Fox is privileged to present the first production filmed in CinemaScope." Aí, o logo da Fox espichou-se em todas as direções da tela e a tradicional fanfarra composta por Alfred Newman, acrescida de uma coda de 12 notas e não sei quantos decibéis, fez estremecer o chão, as paredes e as poltronas da sala.

Na ingenuidade dos meus 12 anos, achei *O manto sagrado* empolgante, superior mesmo a *Quo vadis?*, que a Metro lançara dois anos antes. Os dois se equivalem – são igualmente medíocres –, mas *O manto sagrado* beneficiou-se da espetaculosidade sobressalente proporcionada pelo CinemaScope. Seu sucesso foi instantâneo e, ao contrário do 3-D, durou muito mais que uma temporada. "Este é o formato do futuro", proclamou o *Variety*, o oráculo do show business. "A tela grande só servirá para aumentar, na mesma proporção, a ruindade de um filme ruim", desdenhou o concorrente Samuel Goldwyn, não inteiramente desprovido de razão.

Empolgado com seu ovo de Colombo, Darryl F. Zanuck, manda-chuva da Fox, anunciou que dali em diante todos os filmes de seus estúdios seriam rodados em CinemaScope. Foram, mesmo. Entre 1953 e 1967, mais de duzentos filmes chegaram aos cinemas naquele formato.

Vi quase todos. A maioria ou não prestava ou não merecia tamanho aparato. Da primeira leva de produções que revi com mais idade e maior discernimento, só duas dezenas me dão hoje algum prazer. Citando a esmo:

> *Príncipe Valente, Carmen Jones, O pecado mora ao lado, Suplício de uma saudade, O escândalo do século, O homem que nunca existiu, Delírio de loucura, Nunca fui santa, Sabes o que quero, Quem foi Jesse James?, Tarde demais para esquecer, Em busca de um homem, A caldeira do Diabo, Estigma da crueldade, A mosca da cabeça branca, Raposa do mar, Minha vontade é lei, Desafio à corrupção.*

No início, cineastas e diretores de fotografia encontraram enormes dificuldades para preencher a contento todos os cantos da tela e superar o maior obstáculo do novo sistema, a pouca profundidade de foco. "Só é bom para filmar jibóias", gozou George Stevens. "E também cortejos fúnebres", acrescentou Fritz Lang. "Por que não fizeram o contrário, diminuindo a tela e aumentando a platéia?", sugeriu o humorista Irving Brecher. Vários cineastas e diretores de fotografia conseguiram, contudo, superar galhardamente os estorvos do CinemaScope e suas contrafações (Superscope, WarnerScope, Naturama, Technirama etc.) e extrair deles grandes efeitos dramáticos. Max Ophuls deu um show de *savoir faire* (ou *savoir dompter*) em *Lola Montès*, e o mesmo se pode dizer de Nicholas Ray, Elia Kazan (*Vidas amargas*), Otto Preminger (não só em *Carmen Jones* mas sobretudo em *Bonjour tristesse*) e John Sturges (*Conspiração do silêncio*). A turma da Nouvelle Vague já entrou em cena dominando o gigantismo, em suas variadas reencarnações francesas. François Truffaut filmou *Os incompreendidos* em Dyaliscope, Jean-Luc Godard rodou *Uma mulher é uma mulher* em Franscope e *O demônio das onze horas* (Pierrot le fou) em Techniscope.

Em 1967 a Fox aposentou a maior novidade de sua história. Com um *thriller* vira-lata, *Perigo supremo*. Àquela altura, até a raposa já se rendera às benesses do PanaVision, que, embora não fosse tão bom para filmar jibóias e cortejos fúnebres, ganhava no foco. Mas nem com tudo em foco, o cinema conseguiu derrubar a TV.

(Setembro, 2003)

O OBJETO PERFEITO

EM 1978, O CEGO Jorge Luis Borges ainda comprava livros a mancheias. E com o entusiasmo de uma criança numa loja de brinquedos. Exultou ao adquirir, na época, os vinte e tantos volumes de uma edição de 1966 da Enciclopédia Brockhaus, entusiasmando-se com as letras góticas que não podia ler e os mapas e gráficos que não podia ver. Só a presença daquele objeto o excitava, embriagava-o de felicidade. "Eu me sentia como uma gravitação amistosa do livro", comentou, em mais uma manifestação de ardente afeto pela palavra escrita.

Poucos amaram tanto os livros quanto Borges. O livro, para ele, era o mais assombroso instrumento do homem. Os demais, dizia, são extensões de seu corpo: o microscópio e o telescópio, de sua visão; o telefone, de seu braço. Não seria o livro outra extensão da visão? Não, é uma extensão da memória e da imaginação. Partindo dessa premissa, cogitou escrever sua história; não do livro enquanto objeto, mas das diversas apreciações que dele foram feitas ao longo dos séculos. Desistiu do projeto ao ler o que a respeito Oswald Spengler escrevera em *A decadência do Ocidente*. Pena.

Borges começaria com o baixo prestígio da palavra escrita entre os antigos, que a consideravam mero sucedâneo da palavra oral, o instrumento retórico dos grandes pensadores e profetas daquele tempo. Buda não deixou nada escrito. O pouco que Cristo escreveu apagou-se na areia. Pitágoras antecipou-se a São Paulo na crença de que "a letra mata e o espírito vivifica". Sócrates desprezava a palavra escrita. Torna a memória preguiçosa, dificultando o aprendizado, pontificava o inventor da maiêutica, que nada escrito legou aos seus discípulos. O maior deles, Platão, via os livros como efígies, que nada respondem — e foi para superar esse mutismo que inventou os diálogos platônicos.

Certas comunidades prezavam mais que outras a palavra escrita. Os israelitas não ganharam à toa, dos muçulmanos, o apelido de "povo do livro". Na sociedade judaica medieval, o aprendizado das letras era levado tão a sério que celebravam sua conclusão com uma festa, um bar mitzvah da mente.

A bibliocracia afinal prevaleceu. Já era corrente na Idade Média o dito "verba volant, scripta manent" (as palavras voam, o escrito permanece), que Borges, curiosamente, cita na ordem inversa. Além de plasmar e perpetuar a palavra falada e condensar o universo de quase todas as religiões, o livro — e já não estou mais falando da Bíblia e do Alcorão — é uma fonte de alegria. Assim pensava Montaigne. Borges assinava embaixo:

> *Nele pode haver muitas erratas, podemos não estar de acordo com as opiniões do autor. Ainda assim, porém, o livro conserva algo de sagrado, algo de divino, não implicando um respeito supersticioso, mas o desejo de encontrar felicidade, de encontrar sabedoria.*

Fetiche universal, sua forma é perfeita, irretocável, um achado, como a beringela e as pernas de Cyd Charisse. Estas, contudo, não foram feitas pelo homem. Nada, nem a banana, o supera no quesito forma-função. Fácil de carregar, inquebrável, mecanicamente reproduzível, decorativo, é um triunfo do design. Protegida da poeira e dos malefícios da luz por uma capa e uma lombada, a palavra escrita vive, por isso, mais que os dinossauros. Pegá-lo e abri-lo já é uma experiência estética, apregoava o mais célebre cego argentino, que com ele mantinha um sensorial amor platônico, tão ou mais intenso que os prazeres proporcionados pela leitura a que outros olhos lhe davam acesso.

Livro, a gente primeiro pega, admira a capa e a contracapa, apalpa, abre, cheira – ou melhor, toma uma prise –, e só então dá atenção ao que se acredita ser, e de fato é, sua essência: o conteúdo. A aparência não é tudo, mas é fundamental. Parafraseando Oscar Wilde, só as pessoas supérfluas não prejulgam um livro pela aparência.

Já comprei muito livro pela capa, pelas ilustrações e até, veja só, pela tipologia. Qualquer texto, a meu ver, causa melhor impressão, torna-se mais convidativo, se impresso em Phostina, Caslon, Perpetua ou Trebuchet e diagramado por designers ou *metteurs-en-page* do calibre de Milton Glaser, Victor Burton, Paul Hodgson, Hélio de Almeida, Moema Cavalcanti e Ana Luísa Escorel. A recíproca é verdadeira. Já encapei vários livros que, por obrigação, tinha de ler profissionalmente. Suas capas, se não me davam engulhos, me desanimavam o espírito. Em matéria de capas broxantes, a Rocco já foi campeã. Jamais me esquecerei de como foi duro manter nas mãos e sobretudo diante dos olhos *A paixão da nova Eva*, de Angela Carter, para citar uma tradução daquela editora que me coube resenhar na década de 1980.

Apesar de tudo, ler ainda é, para muita gente, mais que um hábito, uma necessidade, um vício, uma seiva indispensável, uma razão de viver, para citar um dos autores que melhor justificam esse vício, Gustave Flaubert. Outro da mesma espécie é o argentino, naturalizado canadense, Alberto Manguel, autor de uma história da leitura como só Borges teria feito. Aprender a ler foi, para Manguel, o que é para todo mundo: uma iniciação, uma admissão na memória comunal preservada pelos livros, uma passagem do estado de dependência e rudimentar comunicação onde permanecem os analfabetos para o convívio civilizado.

Leitor onívoro, sua reverência pela palavra escrita levou-o, na adolescência, a empregar-se como vendedor na livraria Pygmalion, de Buenos Aires, e, suprema glória, a emprestar seus olhos a Borges, quando este não podia mais contar com a vista cansada de sua mãe. Sob uma gravura romana de Pironesi, o futuro bibliólogo lia para o bruxo portenho autores como Kipling, Stevenson, Henry James, Heine e verbetes de enciclopédias, recebendo em troca inestimáveis aulas de "filologia filosófica", recheadas de ilações e comparações tão originais quanto repentinas, e dicas sobre os momentos literários mais vexatórios de autores consagrados.

Por tudo que aprendeu sobre os mais recônditos aspectos do livro e da evolução da escrita e da leitura, Manguel tornou-se um de meus ídolos intelectuais. Seus estudos nos levam até aos hieróglifos, à escrita cuneiforme, ao sânscrito, aos gregos clássicos, à Biblioteca de Alexandria e seu criador, Alexandre Magno, pioneiro da leitura silenciosa (o comum, naquela época, circa 330 a.C., era ler em voz alta); a Aristófanes de Bizâncio, que há 4000 anos inventou a pontuação; a Gutenberg, que inventou a prensa por volta de 1440; às queimas de livro promovidas pelo imperador chinês Shih Huang-ti (213 a.C.) e aos autos-de-fé da Inquisição católica, dos nazistas e regimes autoritários mais recentes.

Por falar em fogueiras de livros, atribuir malefícios à leitura nunca foi uma prerrogativa de torquemadas e brucutus do passado remoto. Santo Anselmo foi apenas um dos primeiros, se não o primeiro, a pôr em circulação a desconfiança de que colocar um livro "nas mãos de um ignorante é tão perigoso quanto colocar uma espada nas mãos de uma criança". Não faz muito tempo, um intelectual de esquerda, o alemão Hans Magnus Enzensberger, admirado no mundo inteiro pelo que escreve, teceu rasgados elogios ao analfabetismo e, não satisfeito com tamanha sandice, propôs uma volta à criatividade original da literatura oral. Mais seguidores por certo arregimentaria, se tivesse proposto uma moratória de seis meses a toda e qualquer palavra impressa em livros, jornais e revistas, para que todos nós, sem exceção, pudéssemos tomar fôlego e pôr em dia nossas leituras.

Raríssimos são os prazeres comparáveis aos de uma boa leitura. Só demagogos e populistas a desdenham como uma coisa supérflua ("Sapatos, sim; livros, não!", gritavam pelas ruas os peronistas mais fanáticos, em passeatas organizadas pelo governo de Perón em 1950), passatempo burguês, antítese da vida e meio caminho andado para a pederastia. A leitura nos proporciona gozo e, sobretudo, armas para melhor viver. "A gente lê para poder perguntar", dizia Kafka. E até para resolver problemas que a medicina convencional não resolve, diria Diderot. Há pouco mais de duzentos anos, o filósofo francês curou a depressão de sua mulher lendo para ela romances libertinos. Além de escrever uma enciclopédia, Diderot inventou a biblioterapia.

As previsões triunfalistas da cibercultura, anunciando para breve a morte do livro, são preocupantes, assustadoras, mesmo, não porque fadadas a cumprir-se, mas porque seus profetas não cabem em si de contentes com a possível regressão da humanidade a uma nova espécie de barbárie, a barbárie eletrônica. Nicholas Negroponte, o McLuhan da revolução digital, deixou claro que não gosta de ler por ser dislexo. Disse-o com todas as letras em seu livro *A vida digital*. Só o fato de ele ter o poder de raciocínio perturbado (pois outra não é a definição de dislexia) o desautoriza a condenar o livro, de maneira tão peremptória e arrogante, a um futuro de pterodáctilo ou pássaro dodô. Sendo digital, por que deu à sua tese a forma de um livro? A explicação está no próprio livro: a interatividade multimídia deixa pouco espaço para a imaginação.

O e-book (ou livro eletrônico) é um engodo. Pode funcionar como suporte de pesquisa, igualando-se ao computador, imbatível na especialidade, mas não consigo imaginá-lo veiculando narrativas ficcionais. Entre outras coisas, porque o hipertexto é refém de um paradoxo: se sua capacidade para armazenar palavras é praticamente infinita, não se pode dizer o mesmo de nossa disposição para ler o quer que seja numa tela. Experimente gramar *Guerra e paz* numa edição eletrônica. Antes, porém, certifique-se se a bateria do e-book está carregada, pois ele, como o rock e o celular, é muito dependente de energia elétrica, outro *capitis diminutio* a favor dos bibliômanos, que podem ler seus livros à luz de vela. E, às vezes, até sem a ajuda dos olhos, como Borges e outros cegos menos afortunados, dependentes do Braille, mais um benefício que o livro eletrônico não provê.

(Outubro, 2003)

UM BRASIL DE SONHO

QUAL A OBRA-PRIMA de Ary Barroso? Jamais votaria em "Terra seca", a preferida do autor, e por mais que adore "No rancho fundo", "Grau dez" e "Na virada da montanha", tentaria restringir minha escolha às músicas que Ary compôs sem parceria: só ele, o piano e as musas. Mesmo assim, tenho certeza de que me enrolaria todo, sem saber o que destacar entre os seus sambas com dendê (aqueles preitos à Baixa do Sapateiro, ao tabuleiro da baiana e aos quindins de iáiá) e seus diamantes cariocas ("Morena boca de ouro", "Pra machucar meu coração", "É luxo só").

Na dúvida, cravo o óbvio, seguro de que não escolhi a obra-prima do Ary, mas sua criação mais popular e representativa – e, sobretudo, a mais evocativa de um Brasil que há muito deixou de existir, se é que algum dia existiu com todas aquelas superlativas virtudes.

Marco, hino, monumento musical – "Aquarela do Brasil" é tudo isso e sobretudo uma utopia musicada, como, de resto, são todos os sambas-exaltação, gênero que, por sinal, nasceu quando Ary resolveu abrir a cortina do passado, tirar a mãe preta do serrado e botar o rei congo no congado. Por causa dela, a palavra aquarela até ganhou, no *Aurélio*, uma nova nova acepção: "visão alegre ou otimista de uma época, uma situação, um lugar, etc." Composta de uma estirada, numa noite chuvosa do verão de 1939, é uma hipérbole ufanista da primeira à última estrofe, exagero conservado na letra que em inglês lhe deu S. K. Russell, vendendo aos quatro cantos do planeta a idéia de um paraíso ensolarado para onde todos sonham fugir – a começar pelo orwelliano protagonista do filme *Brazil*, dirigido por Terry Gilliam em 1985.

Em sua casa do Leme, Ary retirou-se sorrateiramente de uma conversa fiada com a mulher, Ivone, e o cunhado, sentou-se ao piano e começou a dedilhar alguns acordes. Finalmente encontrara o que havia meses buscava: um samba na contramão da moda, liberto de tragédias, aporrinhações cotidianas e dor de corno. Ou seja, um samba pra cima, alegre, euforizante, "um clangor de emoções positivas" sobre esta terra boa e gostosa.

Nem o dr. Pangloss conseguiria ser tão otimista com o país de que dispúnhamos em 1939. Vivíamos desde o fim de 1937 sob a ditadura do Estado Novo. Ela não merecia um samba como "Aquarela do Brasil", mas Ary tinha pressa de derrubar a ditadura que, àquela altura, mais o incomodava: a ditadura da melancolia e da depressão.

Em breve, porém, a outra o molestaria com uma objeção idiota. Pintar o Brasil como "terra do samba e do pandeiro" não pode, implicou a Censura estadonovista. "Não podemos promover nosso país como uma nação que só pensa em batuque e carnaval", esclareceu o censor de plantão. Mas o verso, com pistolões em instâncias superiores, acabou ficando.

O cunhado do compositor foi o primeiro a torcer o nariz para o verso "ô, esse coqueiro que dá coco". E também o primeiro a ouvir esta esotérica e nunca esclarecida explicação do autor: "Esse termo constitui um segredo de poeta". Tirante o pleonástico coqueiro-que-dá-coco, o samba abafou em sua audição familiar, que Ary celebrou entornando uma garrafa de vinho, para, em seguida, voltar ao piano e compor, de cabo a rabo, "As três lágrimas". Noitada histórica aquela.

O maestro Radamés Gnatalli empolgou-se de cara com a melodia. "Este samba tem futuro", vaticinou, nada comentando sobre a letra, que bem merecia uma copidescada: para resolver o problema do coqueiro e também livrá-la de outros "segredos de poeta", como inzoneiro (pernóstico sinônimo de mexeriqueiro e intrigante) e merencória (por que não melancólica?). Só com um detalhe Gnatalli implicou: para ele, a pomposa introdução (pom, pom, poróm, pom, pom, pom) merecia, não o modesto contrabaixo previsto pelo autor, mas um vigoroso quinteto de saxofones.

Valeu a pena aceitar todas as suas dicas. O arranjo que ele fez para a histórica gravação de Francisco Alves, realizada nos estúdios da Odeon em 18 de agosto de 1939, foi um arraso. Ambiciosíssima para os padrões da época, durava o dobro do tempo normal de um 78 rotações e, por isso, ocupava os dois lados do disco. Conforme a agulha se aproximava dos últimos sulcos da face A, a orquestra de Gnatalli solava, caindo em BG, voltando a subir o mesmo solo no início da face B, quando Chico Alves entrava de novo, indo até o apoteótico e possessivo desfecho: "Brasil! Brasil! Pra mim! Pra mim!"

Aracy de Almeida, a primeira intérprete cogitada, e o barítono e socialite Cândido Botelho, o primeiro a cantar o samba em público (no espetáculo beneficente *Joujoux e Balangandãs*, no Teatro Municipal do Rio, em junho e julho), talvez não tivessem derrapado no inzoneiro, mas a verdade é que Chico Alves, "linzoneiro" à parte, tornou-se o dono, com todos os méritos, da "Aquarela do Brasil". Era de um vozeirão daqueles que as fontes murmurantes necessitavam para jorrar sua amazônica pretensão simbólica. Tenho um xodó nostálgico pela versão instrumental de Fred Waring & His Pennsylvanians, gravada em 1942, pois, quando eu era menino, volta e meia a Rádio Nacional a usava como prefixo para anunciar sua volta ao ar depois de alguma pane em seus transmissores. Mas a versão do "Rei da Voz" permanece imbatível, em meio às trezentas interpretações, vocais e instrumentais, que o samba ganhou mundo afora, nos últimos 64 anos.

"Aquarela do Brasil" não estreou no cinema no desenho de Walt Disney *Alô, amigos*. Em português, sim, e na voz de Aloysio de Oliveira, líder do Bando da Lua e parceiro de Carmen Miranda. Mas três anos antes, em 1940, no filmusical carioca *Laranja da China*, dirigido por Ruy Costa, o passaporte musical de Ary fora ouvido, em versão mexicana, pelo tonitruante Pedro Vargas. Ignoro se foi por obra do Chico Alves asteca que, com o título reduzido para *Brazil*, nosso mais célebre samba-exaltação foi identificado no Hit Parade americano de 1943 (onde marcou presença na voz de Bing Crosby) como um tema "originalmente composto em espanhol".

Só Bing Crosby, se não me engano, gravou-a duas vezes; a segunda na década de 1950, numa espécie de volta ao mundo musical com a cantora Rosemary Clooney. Até Frank Sinatra rendeu-se ao charme de suas promessas edênicas, contribuindo decisivamente para que o samba de Ary se consagrasse como uma das músicas brasileiras mais executadas em todo o mundo.

Estimulado pelo seu prestígio internacional, Ary chegou a planejar a montagem, em torno dela, de uma ópera rural brasileira, uma versão Jeca Tatu de *Porgy e Bess*, a genial ópera negra (e rural) de Gershwin. Seu libreto seria movido a congadas, maracatus e capoeiras. Antonio Callado e Millôr Fernandes cuidariam dessa parte, assessorados pelo folclorista Luiz da Câmara Cascudo. O maestro Guerra Peixe daria um verniz erudito às árias compostas por Ary. O projeto morreu no nascedouro. Se retomado no final da vida do compositor, é provável que Guerra Peixe fosse substituído por Tom Jobim, cuja musicalidade Ary tanto admirava. Que grande ópera popular o Brasil perdeu.

(Novembro, 2003)

UM CRÍTICO CONSTRUTIVO

COMECEI O ANO RELEMBRANDO o Vinicius de Moraes crítico de cinema. Vou encerrá-lo com mais uma homenagem ao nonagenário mais festejado de 2003; desta vez recordando o Vinicius crítico musical, atividade que, ao contrário da outra, permanece totalmente inédita em livro, confinada aos arcanos das hemerotecas e aos guardados de alguns pesquisadores.

Embora concomitante com a volta do poeta à criação musical, após 25 anos de abstinência, o crítico de música foi mais fruto da penúria financeira que da necessidade de refletir publicamente sobre o meio no qual se inseriu profissionalmente com o samba "Quando tu passas por mim", depois gravado por Doris Monteiro e Aracy de Almeida. O que recebia por mês do Itamaraty, desde que deixara o consulado de Los Angeles, e pelas crônicas que escrevia para o jornal *Última Hora* não dava para cobrir todas as suas despesas mensais. Meio no desespero, topou assumir uma coluna sobre discos e música popular no *Flan*, tablóide semanal da *UH*, editado por Joel Silveira. A primeira saiu em 17 de maio de 1953. Seu conteúdo era, em geral, bem melhor que o trocadilhesco título que o próprio Vinicius lhe deu: "O dizque-disco". Suspendeu-a no fim do ano, ao receber um posto em Paris.

Estreou prometendo "dar um panorama objetivo do mundo dos discos". Identificou-se logo como um "crítico construtivo" e, conforme insinuara, elogiou muito mais do que criticou. Revelou-se quase tão purista quanto fora como crítico de cinema, quando defendia, fanaticamente, o filme silencioso contra o falado. Soava, às vezes, como um ancestral de José Ramos Tinhorão, clamando por uma música popular com "características brasileiras", o mais distante possível do fado e do bolero, permitindo-lhe, contudo, plena liberdade para ser moderna – desde que à maneira da "moderna arquitetura brasileira", que, segundo ele, nunca deixou "de ser nossa". Em desacordo com outros puristas, achava absurdo pedir a Antônio Maria, Luís Bonfá e Fernando Lobo que fizessem samba de morro, batucada, "porque se o fizessem estariam praticando uma contrafação".

Empunhou lanças contra os tangos disfarçados de sambas-canções que por aqui grassavam no início dos anos 1950, distinguindo-os dos "bons tanguinhos" de Ernesto Nazareth. "É bop de um lado, tango de outro, Frank Sinatra no meio, e a música popular brasileira vai levando" – reclamou numa coluna. "Ultimamente, deu de aparecer também baião em órgão. É o fim da picada." Algumas semanas depois, desceu a lenha em outro flagelo da mpb da época: a bolerização, cujo estilo "mórbido" assim definia: "Centenas de violinos mofinos comendo solto *au clair de lune*, um certo ar de maconha oculto por elipse, grandes d.d.c. [dores-de-corno] no mais puro estilo [André] Kostelanetz." Antes da estocada final, perguntava: "Será isso uma das muitas formas de escapismo de uma sociedade doente e entediada, a essa realidade saudável e dionisíaca que é sempre a marca da boa música popular?" Que ele próprio respondia com o advérbio evidentemente.

Empolgado com o sucesso internacional de "Muié rendera", embeiçou-se pela música folclórica e pediu prioridade para a preservação de seus tesouros ocultos, ressaltando as "excelentes canções nordestinas" que Mário de Andrade escolhera *in loco* para o Departamento de Cultura de São Paulo. Na maioria das vezes, contudo, ocupava-se da música urbana e seus mais expressivos pioneiros: Chiquinha Gonzaga, Pixinguinha e Ismael Silva, Sinhô, Bide, Caninha, Careca, Noel Rosa, Francisco Matoso, Wilson Batista, Heitor dos Prazeres. Nesse panteão incluía "o bom Ary Barroso", com a ressalva de que ele também tinha "um lado ruim", sem esclarecer em que obras esse lado se manifestara.

Aracy de Almeida, Marilia Batista e Elizeth Cardoso (que, curiosamente, teimava em datilografar Elizette) eram "as três rainhas do samba carioca". Aproximou Marilia de Billie Holiday, "pela franqueza e simplicidade do ataque, a serviço de um ritmo e um calor muito pessoais". Considerava Aracy a Bessie Smith brasileira, que por vezes se transforma na nossa Ella Fitzgerald: "fabuloso temperamento interpretativo, sempre igual, dependendo dos seus versos e baldas, mas capaz de depositar uma melodia direitinho no cerebelo de um ouvinte". Elizeth, a cujo repertório imediatamente posterior a "Canção de amor" fazia sérias restrições, seria a nossa Sarah Vaughan: "uma voz mais moderna, mais cultivada, mas que no calor do ato interpretativo, bate pino – pra usar uma expressão ouvida a Antônio Maria".

Bater pino, no caso, era um defeito positivo. "Uma voz a serviço do samba tem de bater pino senão não vai", esclareceu. A de Isaurinha Garcia, que considerava "esplêndida", batia pino à beça, "sobretudo na subida". Sem abandonar a metáfora automobilística, salientou que a "voz pequena e apimentada da primitiva Carmen Miranda" batia pino "quando engrena sozinha uma segunda". A voz de Dora Lopes tinha, a seu ver, "mais terra na gasolina" que as de Nora Ney, Ângela Maria e Doris Monteiro, quatro cantoras modernas de sua preferência. Todas elas, na opinião do poeta, exalavam "o aroma de um samba como a gente degusta um bom uísque, de modo redondo e religioso, com verdadeira unção".

Suas colunas sobre jazz, também perpassadas por uma visão excessivamente castiça que o impedia de ir além dos instrumentistas negros das três primeiras décadas do século passado, não eram tão atraentes quanto as dedicadas aos ritmos aqui nascidos. Quase ao final de sua curta temporada à frente de "O diz-que-disco", publicou um arrazoado sociológico, tisnado de marxismo, sobre o "novo samba", que na época deve ter sido lido com enorme interesse. Defendia Vinicius a tese de que as "novas conjunturas" que propiciaram o aparecimento de Ary Barroso e Dorival Caymmi por aqui e Perez Prado em Cuba eram as mesmas que haviam posto em circulação e elevado ao estrelato Frank Sinatra, Sarah Vaughan e Stan Kenton. O novo samba seria, pois, um somatório de Sinatra com bebop e as boates de Copacabana, "esse imenso cortiço com fumaças de grã-finismo onde se formou, premida pela falta de espaços, de educação e de numerário uma geração desencantada, golpista e fria".

Um divórcio formal entre a burguesia e o povo teria provocado na primeira "uma espécie de letargo, uma espécie de *laissez-aller*, um intimismo escapista cuja melhor solução é o pequeno bar, a pequena boite, onde encontrar seus desencontros, seu tédio de complicações orgânicas, seu medo à vida e ao povo lutando por se afirmar". Pequenos espaços passaram a pedir pequenas músicas, feitas para dançar quase sem sair do lugar e para pequenas vozes. "O microfone veio facilitar a realização dessa pequenez toda", continuou Vinicius, com os cantores passando a cantar para o microfone e não para os freqüentadores. Por outro lado – é ainda Vinicius quem fala – "essa lassidão patológica da sociedade que vai a boites transmitiu-se naturalmente aos ritmos que se alongaram, sofisticaram, tornaram-se também anelantes, doentios, neuróticos, cheios de problemas negativos, antes que afirmativos do ser e do sentimento humano".

Contra esse novo samba o poeta não armou barricadas. Limitou-se a combater nele "a falta de organicidade e o entreguismo", vícios que, no seu entender, eram mais da sociedade que do samba moderno. Achava-o inevitável e confessava estar buscando uma maneira de "torná-lo mais afirmativo, menos lamuriento". Ou seja, já estava abrindo picadas para a bossa nova, o samba moderno sem fossa, ensolarado, afirmativo, germinado em Copacabana e Ipanema. Mas, como era inevitável fugir totalmente ao *Zeitgeist*, Vinicius ainda compôs os seus sambas d.d.c. Um deles, "Quando a noite me entende", parceria com Antônio Maria, parecia até uma paródia de "Risque", de Ary Barroso: "Sou uma coisa infeliz/ que num copo de uísque/ disfarça a alegria". Patrulheiros populistas reclamaram da presença do precioso líquido escocês, mas Vinicius o manteve.

"Não sou bebedor de cachaça e sim de uísque", replicou, encerrando a polêmica.

Vinicius voltaria a escrever, ocasionalmente, sobre música numa série de crônicas para a *Última Hora*, no final da década de 1950. Entre 1964 e 1965, manteve no *Diário Carioca* uma coluna diária inteiramente dedicada à música popular brasileira e, acima de tudo, ao novíssimo samba que ajudara a criar, razão pela qual se chamava Bossa Nova. Nela discutiu e promoveu todos os filhos de Tom Jobim, João Gilberto e dele próprio – alguns dos quais recém-nascidos musicalmente, como Francis Hime, Edu Lobo e Marcos Vale – e, num ato de contrição, ocupou-se de rever, em quatro colunas, sua antiga cisma de que São Paulo era o túmulo do samba.

(Dezembro, 2003)

LOCOMOTIVA ARLEQUINAL

Quando menino, São Paulo não significava absolutamente nada para mim. Era apenas um lugar distante, onde nunca pusera os pés, nem tinha por que fazê-lo, pois lá não possuía um escasso parente. De orelhada, lições escolares e ilustrações, conhecia alguns de seus mitos fundadores: Borba Gato, João Ramalho, Fernando Raposo Tavares, os bandeirantes básicos enfim; com especial apreço por Bartolomeu Bueno da Silva, o Anhanguera, um autêntico herói de gibi. Mas na vida e no imaginário de um garoto carioca dos anos 1940, que além do que já dispunha (uma cidade realmente maravilhosa) beneficiava-se de um mês de férias numa fazenda da Zona da Mata mineira, São Paulo, desculpem-me a franqueza, simplesmente não tinha a menor vez.

Sabia, é claro, da pujança de seu café, mas quando ouvia Frank Sinatra cantar "The Coffee Song", a imagem que me vinha à cabeça não era a de um opulento cafezal paulista, e sim a de um Rio de Janeiro de cartão-postal: a mesma que, morando no alto de Santa Teresa, eu avistava todos os dias. E a mesma que identificava o Brasil em 99,9% dos filmes americanos ambientados nestas bandas. Aos astros radiofônicos e televisivos da Paulicéia, parcimoniosamente difundidos na *Revista do Rádio*, não dava a mínima. Se fossem bons, raciocinava, acabariam na Rádio Nacional (a TV Globo da época) ou em qualquer outra emissora do Rio, também a capital cultural do país. Nem pelo premiado *O cangaceiro* me entusiasmei. Os banguebangues vindos de Hollywood me pareciam todos superiores ao maior orgulho cinematográfico da Vera Cruz, a Cinecittà de São Bernardo do Campo.

Do ponto de vista afetivo, São Paulo começou a significar alguma coisa, para mim, através de uma caixa de lápis de cor, ali pelo início dos anos 1950. Nem sei se ela era fabricada em São Paulo, talvez fosse, mas o fundamental é que no verso da caixa havia uma ilustração colorida, destacando um craque de futebol em ação; no caso, Poy, o goleiro são-paulino, socando no ar um passe corintiano. Encantei-me com o lance e, sobretudo, com o curto, estranho e eufônico nome de Poy, que depois descobri chamar-se José Poy, argentino de nascença. E assim foi que pela primeira vez meu time de botão passou a contar em suas hostes com um goleiro do futebol paulista.

Aí veio o quarto centenário da cidade. Seus festejos repercutiram no Rio, mas seu eco mais forte, para mim, acabou sendo o dobrado *São Paulo quatrocentão*, onipresente *ad nauseam* em todas as rádios. Em 1954, os cariocas estavam demasiado ocupados com a crise política, o suicídio de Getúlio, a derrota de Marta Rocha, as desgraças da novela das oito da Nacional e o "rolo compressor" do Flamengo para dar atenção aos 400 anos de uma cidade do interior.

Deve ter sido por essa época que tomei conhecimento do TBC, mais por causa de Tônia Carrero do que por suas façanhas cênicas. Mazzaropi? Nem depois que se consolidou como o avatar cinematográfico do Jeca Tatu, foi páreo para Oscarito e Grande Otelo. Até na roça, dizem, o humorismo urbano da Atlântida fazia mais sucesso que as facécias caipiras de Mazzaropi.

Em novembro de 1960, convidado para um congresso de cinema brasileiro organizado por Paulo Emilio Salles Gomes, fui conhecer pessoalmente "a locomotiva do Brasil". Da cidade em si, nenhuma lembrança lisonjeira guardei — a menos que se considere um dado a seu favor o meu espanto com um hotel chamado Cineasta, bem no Centro e simbolicamente em pandarecos. Cinzenta, pesada, arlequinal, sem horizontes, com todas aquelas "sujidades implexas do urbanismo" a que Mário de Andrade aludira em *Paulicéia desvairada*, achei-a um modelo de distopia urbana. Parafraseando Vinicius de Moraes, as cidades feias que me desculpem, mas beleza é fundamental.

Surpreendi-me, de cara, com o uso obrigatório de paletó em tudo quanto era canto. Naquela época, até os mendigos da Paulicéia usavam paletó, invariavelmente necessitado de uma boa cerzidura nos cotovelos e nas lapelas. Como essa gente é formal, comentei não sei mais se com Arnaldo Jabor, Leon Hirszman ou algum outro companheiro de viagem. Frio não era, pois estávamos às vésperas do verão. Vai ver surpreendera por acaso uma das manifestações do complexo de superioridade do paulistano, cujo desejo de ser ou parecer europeu (e, de uns tempos para cá, nova-iorquino) é igual ou maior que o dos bonairenses.

Poucas horas bastaram para que notasse, por gritante e onipresente, o já folclórico desapreço paulista pelo plural e seu falar italianado, prolongando a segunda sílaba dos gerúndios e de palavras terminadas em ento, enta, endo e enda. Perto daquilo, o não menos folclórico chiado carioca soava tão sexy quanto April Stevens cantando *Teach me Tiger*.

Conheci o tão falado Bar do Museu, tugúrio diário de Paulo Emilio e Almeida Salles, e o bem mais eclético bar do hotel Jaraguá. Lamentei que já tivessem fechado o mitológico Nick Bar, apresentado aos meus ouvidos por Dick Farney e que adoraria ter freqüentado na companhia do inesquecível Américo Marques da Costa, boêmio de truz das melhores noites paulistanas. Lamentei ainda não ter comido o meu primeiro bauru no Ponto Chic. Pior teria sido se além de perder o Nick Bar e o Ponto Chic uma máquina do tempo me tivesse jogado no meio da grã-finalha paulista dos anos 1940, magistralmente ridicularizada por Joel Silveira numa reportagem ("A milésima segunda noite da Avenida Paulista") para a revista *Diretrizes*, um clássico do jornalismo que a Companhia das Letras acaba de reeditar.

Demorei cerca de um ano para voltar à cidade em que até os passarinhos (e não apenas as oficinas das bandas do Ipiranga mencionadas por Mário de Andrade) tossem. Outra excursão em grupo, também motivada pelo cinema: a reprise de *O morro dos ventos uivantes* e a estréia de *This is Cinerama*, duas exclusividades da cidade. Queríamos, acima de tudo, comprovar se Rubem Biáfora, o enciclopédico mas idiossincraticíssimo crítico do *Estado de S. Paulo*, tinha razão. Não tinha. William Wyler, definitivamente, não fizera o maior filme de todos os tempos.

A amizade que então plasmei com o cineasta Walter Hugo Khouri superou quaisquer outras decepções com o lugar, aonde só retornaria em 1965, pela primeira vez de avião e trazendo na mala um smoking, não porque almejasse superar em garbo os emproados varões de Piratininga (sem exclusão de seus *clochards*), mas porque sem traje a rigor não assistiria à entrega, no Teatro Municipal, dos prêmios Saci, de cujo corpo de jurados fazia parte.

Na segunda metade da década, visitei com mais assiduidade a "capital da solidão" (apud Roberto Pompeu de Toledo), basicamente para rever amigos, comer bem e fazer compras na rua Augusta, um *must* na época. São Paulo estava infinitamente mais distante de Manhattan do que hoje. Sua vida noturna parecia concentrar-se na Galeria Metrópole. Sim, havia o João Sebastião Bar, do meu querido e saudoso Carlos Cotrim, outro que não se livrou da mania local por jogos de palavras. Ao Jequiti-Bar, porém, ninguém me levou.

Começaram aí os convites para que eu trocasse o Rio por São Paulo. O primeiro partiu de Mino Carta, que então montava a equipe que daria o arranque em *Veja*. Ponderei um bocado aquele céu plúmbeo, aquela soturna selva de pedra à minha volta, aquelas inversões térmicas, e, insensível às ponderações dos que lá me queriam ver estabelecido — todas, diga-se, ataviadas com lantejoulas consumistas: "aqui se encontra de tudo", "você vai se sentir no Primeiro Mundo" — preferi continuar vivendo à beira-mar, no único balneário realmente cosmopolita do planeta, onde tenho minhas raízes e onde a beleza é inexcedível e tonificante.

Quase ao final da década de 1970, o mesmo Mino tentou seduzir-me outra vez com a perspectiva de trabalhar a seu lado, daquela vez na revista *IstoÉ*. Aceitei, mas sem abrir mão dos 400km de separação. Nem precisei citar o sábio (e paulista) Ivan Lessa – "Errar é humano, mas morar em São Paulo só pode ser coisa de brasileiro" – para convencê-lo de que o Rio é a minha Passárgada, a minha Inisfree, um lugar de ficar, não uma zona de passagem para *déracinés* como é a capital paulista, na análise que Roberto Pompeu de Toledo extraiu a partir das letras de "Trem das onze" e "Sampa".

Gozado, nunca me ocorrera interpretar o samba de Adoniran Barbosa como um lírico prenúncio de solidão e uma elegia à transitoriedade paulistana. Moleque como todo carioca autêntico, concentrei meu foco na estrofe final e cismei que "Trem das onze" nada mais era que um involuntário hino à babaquice. Onde já se viu um marmanjo daquela idade viver tão amarrado à saia da mãe?

Poderia dizer que a única coisa que tenho em comum com São Paulo é que fazemos anos no mesmo dia. Mas estaria mentindo. Há outra. Há 33 anos que dependo dela para viver. Encontrei o *modus vivendi* perfeito: cercado pelo Rio e sustentado por São Paulo. Obrigado, Paulicéia Endinheirada.

(Janeiro, 2004)

O BOÊMIO AGITADOR

A PETROBRAS, a patronesse número um da cultura brasileira, comemorou o seu recente cinqüentenário com um *memento sui generis* de sua luta para provar que em nosso solo havia petróleo e éramos capazes de explorá-lo. Seus balancetes e seu prestígio internacional já seriam uma prova eloqüente de que a campanha do "Petróleo é Nosso" teve sua razão de ser. Confiante, porém, na desmemória nacional, resolveu relembrá-la com a reedição de um livrinho escrito cinco anos antes de sua fundação por ninguém menos que Mário Lago, o versátil e boêmio compositor, poeta, ator e novelista, que morreu em 2002 aos 90 anos.

O livrinho, na verdade, é um panfleto de 31 páginas, com inflamados poemas contra a entrega da exploração do petróleo brasileiro a corporações estrangeiras. Título: *O povo escreve a história nas paredes*. Na capa, desenhada canhestramente por E. Wallenstein, um homem picha um muro com os dizeres "O nosso petróleo é nosso". Precariamente impresso e clandestinamente distribuído em 1948, acharam-no perdido entre os canhenhos do autor de "Amélia" e o tornaram acessível, em edição facsimilar, para quatro mil felizardos, que o receberam de brinde natalino, ficando os demais mil exemplares para usufruto de bibliotecas públicas.

O próprio Mário Lago admitia que já compusera versos infinitamente mais inspirados e elaborados, todos comprometidos com o lirismo e as dores do coração, para não falar de suas valsas e seus sambas. Mas *O povo escreve a história nas paredes* era um assumidíssimo *agitprop*; ou seja, uma obra de agitação e propaganda, um manifesto em linguagem acintosamente popular. Ode à pichação engajada, seus versos são exortações indignadas para comícios e passeatas, não refrigérios para tertúlias literárias.

Estamos em 1948, e o Maiakóvski da Praça Mauá, na flor dos 36 anos, glória da música popular brasileira e astro da Rádio Nacional, recusa-se a engolir quieto o fechamento do Partido Comunista, ocorrido dez meses antes, e as pressões de setores conservadores da sociedade e da imprensa para que se entregassem a prospecção e exploração do petróleo brasileiro a grupos estrangeiros. Escrito em março, para arrecadar dinheiro para o partido, o panfleto foi lançado na noite de 6 de agosto na Associação Brasileira de Imprensa, o mais aguerrido reduto civil da luta pelo petróleo.

"E agora, meu companheiro?/ Companheira, que fazer?" – pergunta o subversivo bardo carioca, parafraseando Lênin, como se a voz calada do PCB fosse a única de que o povo dispunha (ou dispusera) para levar avante, de forma organizada, obstinada e eficaz, uma luta de muitos anos e guerreiros. De repente, entremeando duas estrofes e complementando um slogan partidário ("O voto é a arma do povo!"), uma palavra de ordem que faria história: "O nosso petróleo é nosso!". Simplificada nas ruas para "O petróleo é nosso!", virou divisa, moto, bandeira da mais galvanizante campanha popular que por aqui já se viu.

Em 1948, ela estava no auge, arregimentando adeptos até junto às platéias do teatro de revista. Intitulava-se *O petróleo é nosso* o espetáculo com que o teatrinho Jardel encerrou a temporada naquele ano. Seis anos antes, um quadro da revista *Sinal de Alarme*, apropriadamente intitulado "Ouro Negro" e estrelado por Aracy Côrtes, provocara risos e discussões no teatro Carlos Gomes.

Fazia tempo que o Brasil se dividira, cada vez mais radicalmente, entre os que acreditavam ser o nosso petróleo exclusivamente nosso e os que argumentavam não dispor o País de capital e tecnologia para localizá-lo, extraí-lo e cuidar de seu refino e distribuição. O primeiro grande herói da corrente nacionalista tinha, por coincidência, as mesmas iniciais de Mário Lago. Considerado, com justiça, paladino e patrono do petróleo brasileiro, o escritor Monteiro Lobato empenhou a alma e uma fortuna considerável para provar que vivíamos montados numa riqueza de dimensões continentais, e que extraí-la e explorá-la não era um bicho-de-sete-cabeças.

O criador do Sítio do Picapau Amarelo não limitou sua cruzada a palestras e artigos na imprensa, nem a mensagens retransmitidas pelos personagens de seus livros (até o Jeca Tatu acreditava piamente na existência de petróleo sob o chão que seus pés descalços pisavam). Lobato aprofundou-se em estudos geológicos, foi aos EUA aprender as novas técnicas e metodologias de exploração e produção de petróleo, montou, em 1931, a Companhia Petróleos do Brasil, pressionou por cartas o presidente Getúlio Vargas, mas pagou caro pelo sucesso obtido em 1936, quando uma sonda de sua empresa, depois de interditada pelo governo, fez jorrar o primeiro jato de gás de petróleo num poço de Riacho Doce, em Alagoas. Em 1941, acusado de querer desmoralizar com seus escritos e seu persistente ativismo o Conselho Nacional de Petróleo, Lobato tornou-se mais um preso da ditadura estadonovista.

Em 1941, Mário Lago já fora recolhido ao xilindró duas vezes. Também por razões políticas. A primeira, em janeiro de 1932, após um comício na porta da fábrica de tecidos América Fabril. A segunda, em 1937, quando baixaram as trevas do Estado Novo. Mais quatro vezes o forçariam a ver o sol nascer quadrado. Pudera: Mário jamais conseguiu ficar insensível a qualquer tipo de mobilização política. Participou de todas as campanhas em defesa dos direitos humanos e do patrimônio do País ocorridas a partir da década de 1930. Lutou pela paz (durante a Segunda Guerra Mundial), contra as armas nucleares (durante a Guerra Fria), pela Anistia (nos anos 1940 e 1970), contra a Censura (em todas as décadas), pelas Diretas-Já, pela condenação dos assassinos de Chico Mendes.

Sua militância política teve início em 1931. Ainda estudava Direito e cometia sonetos ardentes, em que acusava a ex-amada de sugar "aos poucos o favo da paixão-risonha flor", quando se encantou com o Socorro Vermelho, organização de apoio a perseguidos e presos políticos e suas famílias, vinculada ao PCB. Em pouco tempo já agitava na Juventude Comunista. Só dois anos mais tarde, incentivado pelo pai, o músico Antônio Lago, virou artista, estreando no Teatro Recreio a revista *Flores à Cunha*, brincadeira com o manda-chuva gaúcho Flores da Cunha, escrita de parceria com Álvaro Pinto.

Mário não era dado a misturar política com arte, a fazer proselitismo com seus versos, suas letras (até por respeito aos parceiros) e seus textos para o palco e para o rádio. Mas em 1948, indignado além da conta com o expansionismo americano e a adesão automática do governo Dutra à Guerra Fria, mandou às favas os seus escrúpulos e subiu no palanque. Além de produzir *O povo escreve a história nas paredes*, aproveitou-se do quadro humorístico *Neguinho e Juracy*, um dos maiores sucessos da Nacional nas noites de domingo, para alfinetar o seu vilão número um: os americanos.

Neguinho e Juracy formavam um casal típico da classe média brasileira, cujas pendengas conjugais e domésticas eram boladas por Mário. No primeiro domingo de maio, pôs em cena uma Juracy inteiramente americanizada, que lia à inglesa até palavras escritas em português, deslumbramento que acabava levando Neguinho à loucura e, conseqüentemente, a uma catilinária contra americanos, americanismos e americanices. Tudo com muito humor, como convinha ao programa. Mas o então superintendente da rádio, coronel Leoni, não achou a menor graça e pregou no quadro de avisos da emissora uma notificação, acusando Mário de má-fé, de veicular idéias exóticas em seus scripts e coisas piores.

A resposta de Mário veio de imediato e também por escrito. Mas em vez de pregá-la no quadro de avisos, preferiu distribuí-la pelos corredores da rádio. No dia seguinte, estava demitido.

Dois anos depois Mário retornaria aos quadros da Rádio Nacional, para uma nova carreira de êxitos, que voltaria a ser interrompida pelo golpe militar de 1964. Como procurador do Sindicato dos Radialistas do Rio de Janeiro, foi um dos primeiros funcionários da emissora a perder o emprego e dar entrada no DOPS. Fazia então 32 anos que os órgãos de repressão mantinham sobre ele um extenso dossiê político, que novas anotações ganharia nos 15 anos seguintes. Depois que o leu, na calmaria política dos anos 1990, Mário não resistiu à tentação de extrair dele um livro, até hoje inédito, a que deu o singelo título de *Prontuário nº 6.985*. E um fecho de ouro: "Foi muita a emoção que senti lendo aqueles boletins, pedidos de busca, ofícios e referências, pois eles me deram uma alegre certeza: não foi vida jogada fora a que vivi."

Mario, definitivamente, não veio ao mundo a passeio.

(Fevereiro, 2004)

MENINOS, EU VI

FOI, SEM DÚVIDA, o documento jornalístico mais importante que meus olhos viram e leram no original. Ou quase isso, pois ao passar pelas minhas mãos já estava em prova de escova, prontinho para a revisão final e o imprimatur do redator-chefe.

(Com a aposentadoria das impressoras a chumbo, a prova de escova tornou-se algo tão obsoleto quanto o trote da calandra nas redações. Imagine uma folha umedecida de jornal estendida sobre a composição coberta de tinta e em seguida golpeada com uma escova especial: era assim que se tirava uma prova de escova.)

Em 30 de março de 1964 ela ainda existia; assim como ainda existia o *Correio da Manhã*, na época o mais influente jornal do país. Noviço na profissão, com uns três anos de casa, onde cuidava da coluna de cinema e do dominical Quarto Caderno – cujo editor efetivo, o doce Guima, preferia encher a cara no bar do hotel Marialva, na calçada em frente – não teria lido a prova do editorial do dia seguinte se a prosaica espera por uma carona para a zona sul não me tivesse detido na redação até quase a meia-noite daquela inesquecível segunda-feira. Já no título ("Basta!") o editorial era uma furiosa espinafração no governo

João Goulart. "Xi, isso vai dar merda", foi o único comentário que fiz a outro casual figurante daquele momento histórico, cuja identidade se volatizou na poeira dos tempos.

Ao "Basta!" seguiu-se, na edição de 1º de abril, o não menos célebre e veemente "Fora!", ostensivamente estampado no alto da primeira página. Sugeria a Jango que entregasse o poder ao seu legítimo sucessor e saísse de cena. Esse só fui ler impresso e já com os primeiros rumores de golpe militar na boca do povo. E, a reboque deles, uma genuína aleivosia: os dois editoriais do *Correio* teriam servido de senha para a virada de mesa. Na verdade, o golpe já estava na rua; ou melhor, na estrada Juiz de Fora-Rio, precipitado pela porra-louquice do general Olympio "Vaca Fardada" Mourão Filho, quando o primeiro editorial chegou às bancas. De mais a mais, o *Correio* não se prestaria a conspiratas do gênero. E, muito menos, a sua equipe de editorialistas, composta, entre outros, por Edmundo Moniz, Otto Maria Carpeaux, Newton Rodrigues, Oswaldo Peralva e Carlos Heitor Cony.

Muito se especulou sobre a autoria daqueles editoriais. Só não os atribuíram ao Cony porque ele convalescia de uma apendectomia quando a "Vaca Fardada" surtou nas Gerais. Alguém me jurou de pés juntos que Newton Rodrigues fora o seu autor. Ao que tudo indica, nem o trotskista e então super-ego da direção do jornal Edmundo Moniz escreveu-o de cabo a rabo. Foi mesmo o que um texto daquele calibre e daquela responsabilidade tinha de ser: uma criação coletiva.

O *Correio* era ou tornara-se antijanguista. Achava que ao governo faltavam seriedade, autoridade e até base de apoio confiável. Cercado de idealistas ingênuos, doidivanas e fanfarrões, Jango não tinha mesmo como resistir às pressões internas e externas da direita. O general-de-brigada Assis Brasil, a Linha Maginot do governo, era uma nulidade em matéria de estratégia. O almirante Cândido Aragão não passava de um bufão populista. Quinze dias antes do golpe (ou quartelada; revolução nunca foi), os jornalistas Joel Silveira e Otto Lara Resende compareceram a uma triunfalista feijoada oferecida por um ministro de Jango, de onde saíram convictos de que nada sobre a face da Terra seria capaz de burlar e derrotar o "dispositivo" militar do governo. Balela pura. O tão decantado "dispositivo" do governo era uma farsa, um delírio similar aos discursos do vice-líder Almino Affonso na Câmara, que, com o golpe quase dobrando a esquina, soltou este monumento de *wishful thinking*:

"Os trabalhadores hão de parar porto por porto, navio por navio, fábrica por fábrica, e as greves vão também parar o campo (...) Querem a guerra civil, pois teremos a revolução social. Querem sangue, pois nós aceitaremos o sangue (...) Uma guerra civil não se faz com marechais, almirantes e generais. Faz-se com a tropa, e essa tropa é povo e é o povo que compõe todos os quartéis. São os sargentos, os cabos, os marinheiros."

O *Correio* apoiou o que a princípio acreditava ser uma revolução alimentada por nobres intenções salvacionistas, mas, dos grandes jornais da época, foi o primeiro, para não dizer o único, a opor-se frontalmente à nova ordem, tão logo ficaram claras as intenções ditatoriais da soldadesca. A *Última Hora*, de Samuel Wainer, não conta por que sempre defendeu Jango, com as conseqüências conhecidas: sua redação foi depredada pela mesma horda de fanáticos que incendiara o prédio da UNE, em 1º de abril de 1964.

Mas não acabou. Por algum tempo, conseguiu circular, heroicamente, sem baixar a guarda, glorificando ainda mais a figura de Sérgio Porto, vulgo Stanislaw Ponte Preta, o mais debochado gozador que a linha dura encarou, pois também é fato que a ditadura plena, com censura ampla, geral e irrestrita à imprensa, só se consolidou depois do AI-5, quando a fina flor dos Ponte Preta já morrera. De morte natural, saliente-se.

O golpe de misericórdia na solidariedade do *Correio* foi o Ato Institucional, baixado em 9 de abril, formalizando as péssimas intenções do novo regime. Desde o dia 2, porém, que Cony, de volta à crônica diária, já expunha ao ridículo a prepotência fardada que tomara conta do país. Foi o primeiro herói da ditadura. Ganhou fama, virou best-seller, mas sua ousadia teve um preço: o exílio. O desassombro do *Correio* saiu bem mais caro: os militares não descansaram enquanto não o tiraram para sempre de circulação, na década de 1970.

Ainda que molestado pela censura (acho que bati o recorde da especialidade atuando, simultaneamente, em três veículos submetidos à censura prévia: *Pasquim, Opinião* e *Veja*, onde ganhava o meu pão em 1974), fui preso pela ditadura apenas uma vez, em 29 de fevereiro de 1972, já no *Pasquim*, onde ainda escrevia quando, sete anos depois, me enquadraram na Lei de Segurança Nacional por causa de uma reportagem sobre casos de corrupção no governo Geisel, publicada em outubro do ano anterior e adrede intitulada "Mar de Lama". Só depois de recolhido ao DOPS descobri que os órgãos de segurança mantinham um dossiê a meu respeito desde novembro de 1965, quando trabalhava no *Jornal do Brasil*.

Ganhei minha primeira ficha no DOPS por ter sido um dos signatários do manifesto exigindo a libertação dos "Oito do Glória". Ou "Octeto da Glória", no batismo que lhe deu Glauber Rocha, que além de integrar o octeto imortalizou-o num desenho. Glória era o Hotel Glória, no Rio, onde se realizaria a 2ª Conferência da OEA (Organização dos Estados Americanos), com a presença de muitos estrangeiros e do primeiro ditador do ciclo militar, o marechal Castello Branco, também conhecido como "Sem pescoço". Quando o marechal desceu do carro presidencial, oito intrépidos e bem-apessoados senhores abriram à vista de todos uma faixa com os dizeres "Abaixo a ditadura!" ou "OEA – Queremos Liberdade!", algo assim.

Os outros sete eram Cony, Antonio Callado, Márcio Moreira Alves, o cineasta Joaquim Pedro de Andrade, o diretor de teatro Flávio Rangel, o diretor de fotografia Mário Carneiro e o embaixador Jaime Rodrigues. Foram presos no ato.

"Um bando de moleques fechou conferência da OEA", dardejou *O Globo*, na manhã seguinte.

Os oito "moleques" ficaram dez dias numa cela da rua Barão de Mesquita. Foi naquele *séjour* carcerário que Joaquim Pedro teve o estalo de filmar *Os inconfidentes*. Nenhum deles sofreu maus tratos. Embora incomunicáveis, podiam receber mimos dos familiares. Marcito, por exemplo, não deixou de comer queijos franceses, para horror dos guardas não acostumados com o odor dos camemberts e roqueforts que Marie, mulher do jornalista, fazia chegar ao presídio.

Outra ficha (ou entrada) ganharia nos arquivos do DOPS, anos depois, quando encontraram meu nome no "aparelho" onde o embaixador Elbrick fora escondido. Ainda como "índice remissivo" do velho amigo Fernando Gabeira, engrossei meu prontuário de subversivo ao coordenar um debate sobre *Terra em transe*, de Glauber Rocha, no Museu da Imagem e do Som, assim que o filme foi liberado pela Censura.

Em breve a coisa ia começar a feder, pois os verdadeiros moleques estavam no poder. Um deles chamava-se Darci Lázaro e era coronel. Fora ele quem, durante a invasão de Brasília, rosnara esta ameaça: "Se essa história de cultura vai-nos atrapalhar a endireitar o Brasil, vamos acabar com a cultura durante trinta anos."

Se a cultura não acabou não foi por negligência do coronel. Ele e seus jagunços bem que se esforçaram, e a invasão do campus de Brasília foi apenas um dos prelúdios da guerra santa contra a inteligência nacional a que desde cedo os golpistas de 1964 se dedicaram de corpo, alma e metralhadora na mão, ameaçando, demitindo, prendendo e torturando professores, estudantes, artistas, jornalistas e intelectuais, recolhendo e incinerando livros, submetendo à censura todo tipo de publicação.

Pela primeira vez eu tive vergonha de aqui ter nascido. A segunda vez foi quando Collor e dona Zélia nos impuseram aquele confisco e ninguém sequer propôs uma marcha até Brasília com um porrete na mão. Mas essa afronta é assunto para outro março.

(Março, 2004)

MINHA TELA TEM ESTRELAS

UMA AMIGA me pediu duas ou três linhas sobre a importância do documentário. Precisava delas para rechear um projeto de captação de recursos para a realização de um exemplar do gênero. Ponderei-lhe que em tão pouco espaço ou caímos no laudatório, no lugar-comum (arriscando-se a plagiar Godard: "O cinema é a verdade 24 vezes por segundo") ou na desqualificação ligeira. Optei pela coluna do meio, pois embora reconheça sua importância e aprecie ver os que merecem ser vistos, os documentários têm, na minha dieta cinematográfica, o mesmo valor que, na alimentar, dou às saladas e legumes cozidos. Sei que fazem bem à saúde – do cinema e da gente – mas é quase por obrigação que deles me sirvo. O cinema que me fisgou é o da pura fantasia, com alta taxa de colesterol e carboidratos: a imaginação (ou a mentira) 24 vezes por segundo.

Estamos falando de preferências, não de méritos mensuráveis. Em seus primórdios, com os irmãos Lumière, o cinema limitou-se a registrar o que se desenrolava diante da câmera. Não eram bem documentários o que eles faziam, mas cineatualidades. Um deles, Louis Lumière, sacou de cara que, só documentando, o negócio não iria longe. Ao menos foi essa a interpretação que dei à sua desconcertante profecia: "O cinema é um invento sem futuro" – que, aliás, não se cumpriu porque outro francês, Georges Méliès, logo o transformou num espetáculo irresistível, cheio de truques e pândegas.

Foi com Méliès que o cinema verdadeiramente nasceu. Foram seus filmes que primeiro exploraram as potencialidades ilusórias das imagens em movimento. A partir de suas fantasias, o cinema descobriu sua real vocação: encantar as grandes massas urbanas com cenas que pareciam pertencer a outro mundo. Em vez de filmar um trem chegando à estação, o mágico parisiense despachou um foguete à lua.

"A rigor, foi ele quem inventou tudo que de essencial o cinema possui", sentenciou um de seus biógrafos. Tudo, não. Uma coisa essencial não lhe pode ser atribuída. Méliès chegou à Lua, mas não descobriu astros nem estrelas. Seus intérpretes eram tão anônimos quanto os passantes usualmente captados pelas câmeras de Lumière. E sem astros e estrelas, teria sido outro o futuro do invento sem futuro. Sem eles, o filme talvez jamais tivesse deixado de ser um mero passatempo de mafuá.

Astro, estrela. Quem seqüestrou essas palavras para o vocabulário cinematográfico? Sem dúvida um gênio em analogia. Astro, estrela, mito, diva, deusa: não pertencem mesmo a este mundo os que reinam na tela e por seus feitos são venerados pelos comuns mortais – dentro e fora das salas de exibição, não por acaso chamadas de templos cinematográficos.

E pensar que um século atrás o cinema vivia sem mitos, com seus intérpretes ocultos pelo anonimato. Em parte por vontade própria (eles não queriam comprometer sua reputação teatral com performances caça-níqueis), em parte por decisão dos produtores, receosos de que a popularização dos atores inflacionasse suas folhas de pagamento.

Nos filmes do início do século passado, os atores – elementos secundários de um entretenimento ainda escravo de suas aptidões mágicas – não representavam (atributo teatral), apenas posavam (atributo fotográfico); daí a expressão "filme posado", usada para distingui-lo do documentário. Entre 1907 e 1908, uma drástica mudança no sistema de produção abriu caminho para que o cinema se aproximasse do modo de representação teatral. Num ano, o percentual de filmes posados, produzidos nos EUA, passou de 17% para 66%. Fenômeno de igual proporção ocorreu na Europa, no mesmo período, cabendo aos "filmes de arte" da francesa Pathé mostrar o melhor caminho das pedras.

O *star system*, portanto, surgiu de uma aproximação do cinema com o teatro. Mas não apenas isso. Ao menos na América, a descoberta de que rostos populares podiam aumentar a popularidade do cinema também contou com o empurrão de uma guerra: a dos produtores independentes com os donos das patentes cinematográficas (Thomas A. Edison & cia.). Por trás da "fabricação" de Florence Lawrence, a primeira estrela do cinema americano, estavam dois desejos: o do público por figuras nas quais pudesse se espelhar e o de um produtor independente (Carl Laemmle) por uma fatia maior do mercado.

Lançada com artimanhas publicitárias tão ousadas quanto inéditas na época (até boatos de sua morte foram espalhados, para que sua "ressurreição" causasse enorme impacto junto ao público), Florence Lawrence sintetiza um momento ímpar na evolução do cinema. Com ela, o cinema inaugura o seu Olimpo, em pouco tempo apinhado de ídolos para todos os gostos: William S. Hart, Chaplin, Mary Pickford, Douglas Fairbanks, Harold Lloyd.

A Europa também fabricou os seus: o francês Max Linder, a dinamarquesa Asta Nielsen e a alemã Hanny Porten. Primeiro astro da comédia mundial, Linder fez sucesso até nos EUA. Nielsen também. Perto dela, aliás, Florence Lawrence primava pela modéstia. Em 1912, Nielsen tinha o maior salário do cinema: US$ 80 mil dólares por ano. Florence não ganhava mais de US$ 12 mil. Em 1915, o recorde continuava sendo europeu: US$ 175 mil, contabilizados pela diva italiana Francesca Bertini. Só no ano seguinte Hollywood tomou a dianteira, com Mary Pickford, "a namorada da América", faturando US$ 670 mil.

O que faz uma estrela? Que atributos especiais lhe asseguram uma aura mítica? Que virtudes a tornam um emblema e um ideal de perfeição? Tudo isso continua sendo um enigma. Ao contrário do que Ethel Barrymore apregoava, para tornar-se estrela uma atriz não precisa ter, necessariamente, o rosto de Vênus, o cérebro de Minerva e a graça de Terpsícore (a musa da dança). O fundamental é que ela (ou ele) preencha os quesitos básicos de beleza e fetiche do seu tempo. As pernas de Clara Bow e os peitos de Jayne Mansfield não fariam hoje o mesmo sucesso que fizeram, respectivamente, nos anos 1920 e 1950.

Um dia Marlene Dietrich virou-se para a filha e comentou, apontando para a sala de espera de um aeroporto: "Olhe só quanta gente feia existe no mundo. É por isso que nós, artistas de cinema, ganhamos tão bem." Marlene não enganou sua filha, mas não lhe disse toda a verdade. Se o fizesse, a pequena Maria talvez não entendesse. Na realidade, o que endeusamos e invejamos nas estrelas do cinema não é tanto a beleza física mas seu misterioso e inefável poder de sedução.

Por mais que se tenham distinguido por um detalhe de suas anatomias, estrelas como Greta Garbo (rosto), Marlene Dietrich (pernas e voz), Joan Crawford (olhos), Ava Gardner (olhos e boca), Marilyn Monroe (boca, seios e nádegas), Audrey Hepburn (olhos), Elizabeth Taylor (olhos), Cyd Charisse (pernas), Kim Novak (colo e costas), Brigitte Bardot (lábios, seios, nádegas), Julia Roberts (boca) e Sharon Stone (olhos e genitália), tinham ou têm algo ainda mais forte e transcendental: glamour.

Encanto pessoal, magnetismo, charme: é assim que os dicionários definem glamour, palavra de origem escocesa curiosamente derivada de *grammar* (gramática). Na sintaxe do sortilégio, é ela quem dita as regras definitivas. E fundamenta o estrelismo de atrizes não particularmente belas e sedutoras como Bette Davis e Katharine Hepburn. Para não falar de atores como Humphrey Bogart, Fred Astaire, Jean Gabin e Jean-Paul Belmondo.

Glamour não é um dote natural, mas um artifício burilado pela perícia de técnicos em plástica, elegância, iluminação e marketing. Glamour, portanto, se adquire – mas nem todos podem comprá-lo. Sua aquisição exige sacrifícios, sobretudo de ordem física (Rita Hayworth teve de se submeter a uma dolorosa cirurgia para aumentar a testa). Não é menos árdua a sua conservação (Cary Grant teve de se esforçar um bocado para estar sempre à altura do símbolo máximo de elegância e sofisticação em que se transformou). As recompensas são tais e tantas que poucos atores se confessaram arrependidos das concessões a que se sujeitaram, trocando de cara, nome e, não raro, até de biografia.

Os patriarcas de Hollywood também odiavam o que eram e representavam. Imigrantes judeus de origem humilde, haviam feito dinheiro vendendo tapetes, tecidos e quinquilharias. Possuíam tudo, menos duas preciosidades: classe e prestígio. O cinema abriu-lhes as portas para o Country Club. "A maior coisa que o cinema me deu", vangloriava-se o produtor Samuel Goldwyn, "foi classe." Para tanto, também mudaram de nome (Goldwyn se chamava Goldfish), adotaram hábitos gentios e passaram a jogar golfe, colecionar obras de arte e cavalos de raça. Viraram, eles próprios, personagens de cinema.

"Eu fui uma grande mentira", dizia Joan Crawford, no final da vida. "Eu me chamo Lucille La Sueur e não tenho mais o rosto que a velhice consumiu. O cinema é capaz de todas as mágicas, menos uma: preservar a nossa juventude." Na vida real, sim. Na tela, não. Na tela, tudo é eterno. Essa é a maior magia do cinema. Por isso todos nós, inclusive as estrelas que fora da tela também fenecem e morrem, o cultuamos como a religião do século.

E entendemos o desespero daquela personagem da peça *Angel City*, de Sam Shepard, que a certa altura desabafa: "Eu odeio minha vida. Queria que ela fosse um filme. Eu odeio o que sou. Eu queria estar vivendo um filme, mas não estou e nunca estarei."

(Abril, 2004)

TÃO PERTO E TÃO LONGE

NÃO IREI FALAR de saudade, nem dos conflitantes sentimentos condensados por Cole Porter na canção "So Near and Yet So Far", mas de outro tipo de distanciamento: o que nos separa e alheia do resto do continente.

Deficiência exclusivamente nossa não é. Os argentinos também se ressentem de viver "perto de um mundo distante" (a expressão é do professor Francisco de Oliveira), talvez até mais do que nós, brasileiros. As atenuantes que parcialmente nos absolvem (uma língua distinta, a vastidão territorial do país, com fronteiras longínquas) não podem ser invocadas em favor dos argentinos, secularmente inebriados pela fantasia de que em seu território implantou-se uma Europa tropical, sem negros, índios e mestiços, que nada tem a ver com o resto do continente latino-americano. Alguém já disse que o argentino é alguém que se comporta e se alimenta como um italiano, fala como um espanhol, foi educado à francesa e copia os modos de um inglês.

Ernesto Guevara de la Serna e seu amigo Alberto Granado fugiam a esse estereótipo.

Ainda moços, Ernesto com 23 anos e Alberto com 29, decidiram conhecer as terras e as gentes que havia além de Buenos Aires e dos pampas argentinos. Ao longo de oito meses, atravessaram o interior da Argentina, cruzaram os Andes e foram bater no Amazonas, a bordo de uma velha mas valente moto Norton 500, com 13 anos de uso e a que deram o justo apelido de La Poderosa. Foi, para ambos, uma viagem iniciática, no plano emocional e político, um curso de latinidade *on the road*, interrompido na Venezuela, de onde Ernesto, profundamente marcado pelo que viu, voltou um revolucionário em botão, que seis anos mais tarde entraria para a mitologia moderna com o nome de Che Guevara.

Diários de motocicleta, o belo filme de Walter Salles que acaba de entrar em cartaz, é um relato fiel – diria, mesmo, mimético – daquela viagem: longa e penosa, mas reveladora. Ao refazer o périplo do jovem Guevara, sem glamour nem refresco, o cineasta também foi descobrindo os encantos e as misérias da América Latina, que, para vergonha de todos nós, continua igual ao que era em 1953, se é que não piorou.

Quando Ernesto e Alberto sobem o rio Amazonas, a caminho de uma colônia de leprosos nos arredores de Iquitos (Peru), a primeira coisa que me veio à memória foi a incursão fluvial – e igualmente nevoenta e iluminadora – do capitão Willard em *Apocalypse Now*. Ernesto é um Willard que não perdeu a ternura, tragado por uma guerra ainda não declarada. Na medida em que seus dois heróis não regridem à barbárie, nem desembocam num alegórico cataclismo de ressonâncias bíblicas – num apocalipse, enfim – mas no começo (ou na gênese) de um despertar, de uma nova vida, o filme de Walter Salles é o reverso do *bode* conradiano reciclado por Francis Coppola, um autêntico *Genesis Now*.

O primado da palavra no filme só ajuda a corroborar essa impressão. No princípio, foi o verbo – o verbo do diarista Ernesto Guevara de la Serna.

Não surpreende, pois, que uma projeção de *Diários de motocicleta* – seguida de uma palestra do cineasta e do único sobrevivente daquela viagem, o bioquímico Alberto Granado, atualmente com 81 anos e há décadas vivendo em Havana – tenha sido acrescentada à programação de Oito Visões da América Latina, ciclo de conferências organizado pelo professor Adauto Novaes com o intuito de nos aproximar de nossos vizinhos, a quem, motivados por antigos rancores, lamentavelmente ignoramos e desprezamos. Só temos a perder, e muito, com essa ignorância e esse desprezo.

Faça um exame de consciência: afora Borges e García Márquez, quantos latino-americanos freqüentaram a sua mesinha de cabeceira nos últimos anos?

Sobre a minha passaram alguns argentinos: *O escritor e seus fantasmas*, de Ernesto Sabato; *Formas breves* e *Respiración artificial*, ambos de Ricardo Piglia; e *Réquiem por un país perdido*, de Tomás Eloy Martínez – todos de alto nível, e apenas um uruguaio, Eduardo Galeano. É pouco, muito pouco.

O ciclo Oito Visões da América Latina, programado para a segunda quinzena de junho, no Centro Cultural Banco do Brasil, do Rio e Brasília, contará com um peso pesado do moderno pensamento argentino: Carlos Altamirano, fundador, com Piglia e Beatriz Sarlo, da excelente revista cultural *Punto de Vista*. Em sua palestra, Altamirano irá tocar nos efeitos positivos dos exílios políticos e de viagens como a empreendida pelo jovem Guevara, que, a seu ver, têm o condão de ativar a inquietação, expandir horizontes, dissolver preconceitos e contribuir para a fermentação de um Mercosul de idéias e ideais.

Eduardo Galeano, autor de um estudo seminal sobre os descalabros continentais, *As veias abertas da América Latina*, vive a clamar contra a tendência dos latino-americanos ao isolamento, à solidão impotente. "Separados", adverte, "não teremos destino." Como, porém, aproximar culturas isoladas por tantas arestas e diferenças?

O Brasil é um gigante cuja integração com o resto do continente esbarra em entraves históricos, que remontam ao período colonial. Falamos línguas diferentes, e se os holandeses tivessem subjugado os portugueses, nem sequer uma religião comum teríamos. Enquanto toda a América Latina trocou o jugo espanhol por governos republicanos, nós não abdicamos da monarquia. Tampouco abrimos mão do escravismo, incipiente nos principais países da América do Sul, à exceção da Colômbia. Foi a partir dessas diversidades que o professor Francisco de Oliveira montou sua palestra.

Há outras diferenças. Nossos índios não construíram uma civilização notável e exemplar como a dos incas, maias e astecas. Nossos mitos fundadores são radicalmente distintos e, ao contrário de Tupac Amaru, Cauauthemóc e Martín Fierro, sem prestígio além-fronteiras. Por acaso existe algum logradouro público com o nome de Araribóia ou Tiradentes na Argentina, Uruguai e Chile?

E se por aqui cruzamos por ruas e avenidas Bolívar, San Martín, Urquiza, Artigas, Sarmiento etc., raríssimos são os brasileiros que lhes conhecem os feitos ou ao menos sabem onde cada um deles nasceu. A maioria dos cariocas pensa que San Martín era francês. Só assim se explica por que persistem em chamar de "San Martan" a rua que no bairro do Leblon homenageia o general argentino que ajudou a libertar o Chile e o Peru da coroa espanhola.

O filósofo espanhol Eduardo Subirats, acurado hermeneuta das culturas latino-americanas, mandou avisar que não quer fazer do ciclo um muro de lamentações. A análise "cultural e política" que para ele escreveu tem veleidades pragmáticas e programáticas. Faz tempo que o autor de *A penúltima visão do paraíso* (traduzido pela Nobel três anos atrás) ambiciona reconstruir "uma tradição intelectual latino-americana" que, segundo ele, foi enterrada sob influência dos modismos acadêmicos norte-americanos (*cultural studies*, pós-modernismo, pós-estruturalismo), "durante o processo transicional pós-fascista dos anos 1980".

Como o faria? Estabelecendo um diálogo com a tradição do humanismo europeu, de Ben Israel e Luis Vives a Alexander von Humboldt, e restaurando as pontes que ligam a cabala ibérica à Antropofagia e ao Tropicalismo. Isso para início de conversa.

Se não der certo, que alguém ao menos se lembre de tocar um tango argentino.

(Maio, 2004)

ETA, MUNDO *VÉIO*!

OS WESTERNS de papel nunca me interessaram. Jamais abri um romance de Zane Grey ou de Louis L'Amour e nem por curiosidade passei os olhos numa aventura de Winnetou, o herói apache que há mais de cem anos Karl May criou sem sair da Alemanha e tantas gerações encantou. O presente revival do faroeste impresso me deixa, portanto, indiferente. A despeito de minha admiração pelo traço rústico de Fred Harman, o desenhista de Bronco Piller, confesso: mesmo em quadrinhos caubóis e índios sempre me pareceram algo enfadonhos, implicância possivelmente incongruente com a minha paixão pelo western na tela. Paixão, de resto, universal. Só na Alemanha existem mais de cem clubes de aficionados por apaches, navajos, comanches e outros peles-vermelhas menos votados.

O fanatismo dos alemães pelo Velho Oeste, patente até na obra do cineasta Wim Wenders, certamente passa pela literatura (os livros do prolífico Karl May até hoje são vendidos a mancheias naquelas paragens), mas não há dúvida que o empurrão definitivo foi o cinema que deu. A primeira coisa que Fritz Lang fez ao chegar à América, no começo dos anos 1930, foi ver de perto os canyons, desertos e desfiladeiros do Arizona e Colorado. Na primeira oportunidade que

Hollywood lhe deu, dirigiu dois faroestes, um atrás do outro. Mais bangue-bangues poderia ter feito, na Europa mesmo, pois quando para lá voltou o western-spaghetti estava prestes a nascer nas pradarias espanholas e nas escarpas croatas.

Até a década de 1950 era quase sempre um western o primeiro filme que qualquer criança via na vida. À custa de Tom Mix, John Wayne, Gary Cooper e outros justiceiros de igual calibre, o Velho Oeste impôs uma mitologia sem equivalências no mundo moderno. Muita gente tem apenas uma vaga idéia de quem foram e fizeram Ulisses, Aquiles e Jasão, mas conhece as façanhas de Wyatt Earp, Jesse James e Buffalo Bill. O Velho Oeste foi a *Ilíada* e a *Odisséia* dos americanos, a sua Távola Redonda – e John Ford o seu Homero, o seu Walter Scott.

Não conseguimos produzir nada sequer remotamente parecido – e não apenas por culpa de uma indústria de filmes historicamente incipiente. Nosso primeiro prêmio num festival internacional de cinema (Cannes 1952) foi obtido por um faroeste à brasileira, *O cangaceiro*, que acabaria gerando, com algum atraso, um ciclo de filmes de cangaço de baixa qualidade, duas variações glauberianas em torno de um matador de cangaceiros (Antonio das Mortes) e, mais recentemente, *Corisco e Dadá* e *Baile perfumado*.

Não se criou, porém, um lastro, um gênero sólido e farto, sobretudo porque a mitologia do nosso sertão praticamente se resume aos bandidos sociais que gravitavam em torno de Lampião. Mocinhos não cultivamos e nossos silvícolas, embora tenham impressionado a corte francesa e Montaigne, permanecem até hoje sem um escasso fã-clube na Alemanha. Nosso mais célebre herói indígena, Peri, era de mentira, ao contrário de Cochise e Touro Sentado. Mas Winnetou também era uma figura fictícia, ao contrário, por exemplo, de Araribóia, cujos feitos em Niterói muitos brasileiros ignoram.

Quando pensamos num similar nacional do Velho Oeste, várias figuras e regiões se embaralham em nossa mente. Misturamos Lampião e Jesuíno Brilhante com um certo Capitão Rodrigo e Riobaldo, pampa com caatinga, Jeca Tatu e Juca Pirama com Mazzaropi e Jerônimo (o radiofônico "herói do sertão"), o agreste com a chapada, o baião com a rancheira, Ariano Suassuna com o Bode Orelana, Antonio Conselheiro e Padim Ciço com Bob Nelson e várias duplas caipiras. A despeito dos esforços de José de Alencar, do Visconde de Taunay, de Franklin Távora — para não falar da gigantesca contribuição de Euclides da Cunha e Guimarães Rosa —, a imagem que do nosso homem do campo ficou não foi a do sertanejo forte, pintada por Euclides, mas a do caipira tal como o viu Saint-Hilaire e o estereotipou Monteiro Lobato: um sujeito preguiçoso, atrasado, ignorante e cheio de crendices, que em matéria de arte só criou o gosto pela viola. Com uma figura desse porte, só mesmo comédias pitorescas e sentimentais.

Ao final de cada história ou *causo* que contavam, no rádio de antigamente, Alvarenga e Ranchinho acrescentavam o bordão "Eta, mundo *véio* sem *portera*!" — caprichando na pronúncia caipira. Eles formaram a primeira dupla de capiaus consagrada em todo o território nacional — graças ao rádio e ao disco — e fizeram mais pela folclorização do matuto do que as comédias de Mazzaropi. O mundo velho sem porteira a que se referiam era a roça, não de todo idealizada, depurada de mazelas, já que a dupla, além de engraçada, era politizada à beça e chegou a ter suas sátiras radiofônicas proibidas pela censura.

O mineiro Alvarenga morreu em 1978 e o paulista Ranchinho, 13 anos atrás. Quase ninguém mais se lembra deles nem de quando, exatamente, as tradições de seu mundo *véio* começaram a ruir, vitimadas por um inexorável processo de aculturação, que pela porteira escancarada entrou sem precisar pedir licença. O ostracismo de Alvarenga e Ranchinho é apenas um detalhe no mapa de transformações por que a cultura caipira passou nas últimas décadas, até desaguar no pasticho de Dallas em que se transformou Barretos, a capital brasileira do country globalizado, onde há muito o Stetson hat substituiu o chapéu de palha.

Presença urbana a cultura caipira nunca perdeu, muito pelo contrário, e as festas juninas deste mês não me deixam mentir. A televisão, talvez a grande culpada de sua transformação, volta e meia põe no ar uma novela (a da vez é *Cabocla*) ou uma missérie de ambientação rural, e em seus programas de auditório o que mais dá é dupla sertaneja – ou melhor, breganeja, pois antes de mais nada todas elas são bregas, criações de proveta e marquetagem de gravadoras, transgênicos indiferenciados, de uma indigência musical inexcedível. A boa música sertaneja existe, assegura quem gosta e entende, podendo ser apreciada no arraial de Rolando Boldrin ou nos forrós que enorme aceitação passaram a desfrutar entre os jovens metropolitanos.

Para o bem e para o mal, ainda temos uma imagem idílica e folclórica do interior. Se nos aborrece a estreiteza mental do jeca, continuamos a invejar a gentileza, a solidariedade, a simplicidade e outras virtudes, supostamente perenes, de seu mundo arcaico, que cada vez mais contrastamos com as desgraças que nos parecem exclusivas das selvas de concreto. Não o são. Mas faz bem à alma acreditar que ainda existem por aqui lugares onde, além do ar ser mais puro, o leite mais fresco e o luar mais bonito, viver, desmentindo o aforismo de Riobaldo, não é tão perigoso assim.

(Junho, 2004)

SANGUE E AREIA

QUANDO O PAI DO Bush avançou sobre o Iraque, no início da década passada, o deserto entrou na moda. Um pouco nas passarelas, mas sobretudo nas livrarias. Os italianos aproveitaram a onda para desencavar seu maior expert em dunas, sangue e areia. E uma vez mais as livrarias italianas foram tomadas pelos romances do veronês Emilio Salgari, também tema de dois ou três seminários, previamente agendados em função dos 80 anos de sua morte, ocorrida em abril de 1911. A história se repete, agora com o filho do Bush ocupando o Iraque e uma parcela do exército italiano comprometida na invasão. Os 90 anos de morte do escritor já passaram, mas o interesse dos italianos (e dos espanhóis) pela sua extravagante ficção voltou a crescer desde o ano passado, conforme atestam alguns sítios da internet e o anúncio de mais uma versão para o cinema das peripécias de Sandokan, o renegado malaio, um dos mais festejados heróis salgarianos.

Um dos escritores mais populares do mundo na primeira metade do século passado, Salgari – que na Argentina ganhou até uma revista em quadrinhos com o seu nome, nos anos 1950, lançada pelos Civita – encheu de alegria a minha infância, me fez "viajar pelo mundo sem sair de casa", para repetir a razão que o levou a trocar uma malograda experiência como marujo pela literatura. Na minha biblioteca afetiva ele divide a mesma estante com Jack London, Monteiro Lobato, Robert Louis Stevenson, Júlio Verne, Conan Doyle, Edgar Rice Burroughs, Alexandre Dumas, Rafael Sabatini e Henry Rider Haggard – os meus primeiros clássicos. Embora pertença a uma linhagem que vem de Daniel Defoe, Walter Scott, Dumas e Verne, acabou relegado pela crítica ao segundo time dos escritores de aventuras. Injustamente? Não sei. Precisaria relê-lo sem qualquer *parti pris* nostálgico, com os mesmos olhos adultos que recentemente voltaram a deleitar-se com *A ilha do tesouro* (de Stevenson) e *Ela* (de Haggard), retraduzidos pela Record.

A despeito de seus best-sellers, ainda há quem o confunda com Sabatini, atribuindo-lhe a paternidade de heróis como Scaramouche, Capitão Blood, Cisne Negro e Gavião do Mar. Culpa do cinema, que melhor serviu a Sabatini. Os intrépidos justiceiros de Salgari não tinham, necessariamente, sangue europeu, nem enfrentavam seus inimigos apenas com uma espada. Há mais adagas, cimitarras e iatagãs nas aventuras de Sandokan, do Capitão Tormenta, do Leão de Damasco, do Corsário Negro e de Tremalnaik do que qualquer outro tipo de arma branca. Foi, por sinal, em seus livros que aprendi a diferençar uma adaga de um punhal, uma cimitarra de uma espada, um iatagã de um sabre e um arcabuz de um bacamarte.

Salgari era o Sabatini do Saara. Também criou vários piratas, atuantes nos mares do Oriente, das Antilhas e das Bermudas, até intrigas no Velho Oeste americano ambientou, mas seu hábitat favorito era mesmo o deserto. Seu primeiro folhetim, *O Tigre da Malásia*, começou a ser publicado num jornal de Verona, em outubro de 1883. Salgari tinha apenas 21 anos. Só teria mais 28 para superar a marca de outros escritores prolíficos. Autor de quase cem livros, era uma máquina de produzir ficção, menos por índole do que por obrigação contratual com um editor leonino que o sugou até a última gota, deixando-o à beira da miséria e ainda mais propenso ao mesmo tresloucado gesto que já levara deste mundo o pai e mais tarde levaria dois dos quatro filhos do escritor. Ao barbear-se, numa manhã de abril de 1911, cravou a navalha no pescoço e foi abrindo até onde teve forças. Turim jamais vira – e talvez nunca mais tenha visto – um haraquiri como aquele.

Mais novelas que romances, seus relatos (alguns apenas esboçados por ele e finalizados por mãos anônimas) são como gibis sem desenhos e balõezinhos: tramas retilíneas e psicologicamente ingênuas, narradas sem ornamentos nem sutilezas estilísticas, mas cheias de ação e suspense, exaltando a vida heróica e o valor moral da coragem. Que adolescente poderia resistir a tais ingredientes? Seus exóticos (e, não raro, fidalgos) personagens são os ancestrais mais remotos de uma dinastia de heróis de quadrinhos e seriados que veio dar em Indiana Jones. Faziam qualquer sacrifício em nome da honra e da amizade, estavam sempre a postos para defender os fracos e oprimidos de califas sanguinários, hindus fanatizados e pérfidos prepostos da Coroa espanhola no Caribe – dos verdugos habituais de um certo ramo de prosa escapista, freqüentemente afinada com as ambições expansionistas dos países em que se originam. O que Kipling e Haggard fizeram pelo imaginário do colonialismo vitoriano, Salgari fez pelo expansionismo italiano. No final do século passado, a Itália voltara a cobiçar o norte da África.

Como boa parte de suas histórias se passava nas areias do deserto, no auge das lutas entre cristãos e muçulmanos, Salgari fez sua cruzada em favor dos primeiros. Em *O leão de Damasco*, eles sofrem tanto nas mãos da tirânica sobrinha de um paxá turco quanto os judeus sofreriam nos campos de concentração nazistas. Considerando-se que, além de um vilão feminino, *O leão de Damasco* possui um herói, o Capitão Tormenta, que outro não é senão a duquesa de Eboli travestida de homem, a misoginia não era uma das fraquezas do escritor. Quase todas as mulheres salgarianas, as boas e as más, são fortes e destemidas, eventualmente habilíssimas no manejo de armas, sem abrir mão de sua feminilidade e sem reprimir sua libido. No tocante a erotismo, Salgari é um oásis na literatura juvenil.

Leitor devoto de Verne, quatro anos antes de se matar Salgari arriscou-se, tardiamente, na ficção antecipatória. Deslumbrado com os inventos da época, criou uma utopia tecnológica (*As maravilhas do ano 2000*) que nada tinha a ver com as imaginadas por Washington Irving, Edward Bellamy e William Morris. Quando nada porque, ao contrário dos citados, não era um socialista. Para ele, aliás, o socialismo há muito já teria se transformado num dinossauro ideológico na virada para o século XXI. "Era uma bela utopia, que na prática não funcionou, resultando numa espécie de escravidão", explica o guia dos dois visitantes do passado pela Terra do ano 2000. "Assim" — prossegue o guia — "voltamos à antiga e hoje há pobres e ricos, patrões e empregados, como sempre aconteceu desde que o mundo começou a ser povoado."

Niilista? Sem dúvida. Mas como não tachá-lo de reacionário por se regozijar com o fim de uma "bela utopia", a ponto de qualificá-lo como uma das maravilhas que o futuro nos reservava?

(Julho, 2004)

O FIM DE UM MUNDO

NO DIA 2 de agosto de 1914, Franz Kafka anotou em seu diário: "A Alemanha declarou guerra à Rússia — natação à tarde."

Quando a Primeira Guerra Mundial teve início, Kafka, o escritor que melhor retrataria os grandes pesadelos do século passado, tomou uma atitude surpreendentemente saudável: foi tomar banho de piscina. Era o que melhor podia fazer naquele verão ensolarado, bem diferente do que o precedera e o seguinte, ambos frios e sombrios.

Kafka não foi o único europeu a reagir sem espanto à agressão teutônica, a recebê-la como algo há muito esperado. Mais que esperado, desejado fervorosamente — pelos generais, pelos políticos, pelos intelectuais e pelas hordas histéricas e chauvinistas que encontraram no ensolarado verão de 1914 um clima de feira propício à oratória fácil das ruas e à histeria de massa. O assassinato do arquiduque Francisco Ferdinando, em Sarajevo, foi apenas um pretexto para que as armas de agosto entrassem em ação.

Três anos antes, Friedrich von Bernhardi já defendia a guerra como "um princípio doador de vida", "o preço que se deve pagar pela cultura", "um patamar para um nível mais elevado de criatividade e espírito". Seu panfleto belicista esgotou seis edições, na Alemanha, em menos de dois anos. Para os alemães, a guerra não era uma conspirata objetivando ampliar os seus domínios territoriais, mas, sobretudo, uma idéia, uma expansão num sentido mais existencial que físico. O que, para eles, estava em jogo era a sobrevivência de "um espírito superior", cheio de energia criativa, sobre o conformismo e a tradição.

"Tenho na mais alta conta os valores morais da guerra em geral", confessou a um amigo o futuro ídolo literário dos pacifistas dos anos 1960, Hermann Hesse. Thomas Mann era outro que acreditava que a guerra libertaria os seus contemporâneos de uma "realidade apodrecida". Rainer Maria Rilke chegou a admitir num poema que todos os seus conterrâneos, ele incluído, ardiam "num único Ser revigorado pela morte".

"Graças à alma alemã, o mundo terá cura", pontificou Geibel de Lübeck. Curar-se de quê? Da desonestidade e da hipocrisia, da "cultura do traje a rigor da Grã-Bretanha e da França", para usar as expressões do líder homossexual berlinense Magnus Hirschfeld, que, não bastasse, considerava uniformes, divisas e armas poderosos afrodisíacos. Os alemães acreditavam habitar, e de fato habitavam, o país culturalmente mais avançado da Europa. Berlim foi, no início do século, a metrópole moderna por excelência. Lá todas as vanguardas eram aceitas sem restrições e com maior rapidez. Paris, segundo Jacques-Émile Blanche, era "a gare central da Europa", uma vitrine privilegiada, mas não um centro inovador.

Nos dois lados do conflito, a certeza de que se lutava pela salvação do mundo. Para ingleses e franceses, a aventura alemã representava uma ameaça à segurança, à prosperidade e à integridade da Europa. "A liberdade que eles (os alemães) almejam é a liberdade absoluta, um desejo assaz primitivo", protestou George Santayana. "Eles são movidos por uma vaidade monstruosa", resmungou H. G. Wells, que os tachou de bárbaros antes mesmo da destruição da preciosa biblioteca de Louvain (na Bélgica) e dos bombardeios às catedrais de Rheims e Notre Dame. "Bárbaros científicos", ajutou Henri Bergson, referindo-se ao uso pioneiro, amplo e metódico que os boches fizeram do gás asfixiante na frente ocidental, contrariando a Convenção de Haia.

Numa carta aberta a Gerhart Hauptmann, Romain Rolland cobrou: "Vocês são os netos de Goethe ou de Átila?" "Dos dois", respondeu Hauptmann.

Nos seus quatro anos de duração, o conflito que sepultou o império austro-húngaro, ceifou 9 milhões de vidas (inclusive de poetas importantes como Charles Péguy e Rupert Brooke), fez 21 milhões de feridos, devastou cidades e arruinou economias, foi apenas a Grande Guerra — a mais ampla e sangrenta que o mundo até então enfrentara e a primeira carnificina coberta pela mídia.

Que o século XX só tenha efetivamente começado ao som de seus canhões há muito virou consenso entre os historiadores. Paul Fussell e Modris Eksteins não são historiadores puros, como A. J. P. Taylor, Barbara Tuchman e Niall Ferguson, para citar os que mais me ensinaram a respeito da "guerra de 14", e até por isso encontraram uma maneira original de abordá-la, relacionando-a com a cultura do seu tempo, recolhendo ecos da consciência modernista nas trincheiras abertas entre 1914 e 1918.

Fussell escreveu o primeiro ensaio sobre a influência da Grande Guerra no imaginário contemporâneo. Mais interessado na cultura emocional das três primeiras décadas do século passado, Eksteins concentrou sua pesquisa nas cartas e diários de combatentes arquivados num museu de Londres, dela extraindo um esplêndido livro, *A sagração da primavera*, traduzido pela Rocco em 1991.

Berlim podia se sentir ou mesmo estar na vanguarda, mas foi em Paris, mais precisamente no Théâtre des Champs-Élysées, que, 15 meses antes de Kafka tomar seu mais célebre banho de piscina, a era moderna nasceu. Com outra guerra: a primeira encenação do balé *Le sacre du printemps* (A sagração da primavera). Os "agressores", daquela feita, não eram alemães, mas russos: Stravinsky, Diaghilev e Nijinsky. Sua energia rebelde, sua celebração da vida através da morte sacrificial, sua música bizarra e seus bailados fora de prumo provocaram uma inesquecível e violenta cisão na platéia. Nascia naquela noite primaveril a arte como provocação, a arte moderna, enfim.

"Muitas vezes durante a guerra científica, química e cubista, nas noites que os reides aéreos tornavam terríveis, pensei em *Le sacre du printemps*", escreveria Jacques-Émile Blanche em seu diário. Foi ao bater os olhos nessa observação que Eksteins decidiu colocar os genocídios, as destruições, as conquistas e os atos heróicos do século XX sob o signo de sua mais audaciosa e inovadora "dança da morte". Ao som da música de Stravinsky, o irracional aliou-se ao tecnicismo, a estética substituiu a ética e os ideais de liberdade, igualdade, fraternidade, dignidade e justiça saíram de cena para que o hedonismo e o narcisismo pudessem encenar o seu *grand-guignol* futurista.

Ao passar pelos campos de batalha do Somme, Dick Diver, o protagonista de *Suave é a noite*, de F. Scott

Fitzgerald, sentiu fundo na alma os efeitos devastadores do conflito recém-terminado. Não as devastações físicas, apenas as espirituais. "Todo o meu belo mundo, encantador e seguro, foi pelos ares aqui com uma grande rajada de amor altamente explosivo", comentou, seguro de que o mundo, dali em diante, não seria mais o mesmo. E não foi, mesmo.

(Agosto, 2004)

HIPÉRBOLES NA POLTRONA

UMA MOSTRA DE 27 filmes baseados na obra de Nelson Rodrigues ou por ela inspirados começa no próximo dia 7, no Centro Cultural Banco do Brasil do Rio e de Brasília, e eu aproveito esse gancho para falar, não do Nelson que chegou à tela, mas do Nelson espectador, do Nelson cinéfilo — e de como esse relacionamento alimentou suas crônicas e influenciou sua dramaturgia. Notória era a sua tendência para fazer comparações do que quer que fosse com filmes e gente de cinema. Encaixou a estafante faina dos remadores de *Ben-Hur* num sem-número de imagens; comparava qualquer evento de dilatada duração ao épico *...E o vento levou*; e quem tivesse uma voz tonitruante raramente escapava de uma aproximação com o extravagante cineasta Cecil B. DeMille, de resto, um de seus parâmetros favoritos, a quem defendia ferozmente do desdém que a "crítica erudita" (sic) lhe devotava. Nelson tinha fixação no demilleano Nero de *O sinal da cruz* (1932), que parece ter visto inúmeras vezes, mas não tanto quanto *O Corcunda de Notre-Dame*, que dizia ter apreciado 45 vezes, sempre "com o mesmo interesse arregalado".

Contemporâneo da supremacia do cinema como entretenimento de massa, nada mais natural que o freqüentasse assiduamente desde menino. Por só ter visto filmes silenciosos até os 16 anos de idade, sentia uma nostálgica afeição pelo cinema mudo, que até o fim da vida idealizou como o supra-sumo da pureza e da estesia. Para ele, depois de 1920, o cinema passou a ser "uma paródia de si mesmo". Pertenciam ao silencioso os atores e atrizes que mais venerava e citava como modelos de talento, beleza e carisma. Não conseguia ficar muito tempo sem cometer, em suas crônicas, uma metáfora com o caubói Tom Mix. Embora elogiasse, aqui e ali, a beleza, aparentemente inexcedível, de Ava Gardner, o paradigmático decote de Elizabeth Taylor, a sabedoria de Greta Garbo ("que só falava na tela e, ainda assim, pouquíssimo") e o "colo inacreditável de Norma Shearer", sua musa permanente era Dorothy Dalton, cujo estrelato durou apenas uma década (1914-1924). Não só achava Dalton um pitéu como glorificava seu sucesso ("Qualquer filme de Dorothy Dalton tinha uma bilheteria de *A vida de Cristo*"), usando-a como um dos exemplos máximos da época em que, a seu ver, o cinema sabia valorizar, entre outras coisas, a mulher bonita.

No cinema antigo, a mulher feia só entrava em cena "para lavar pratos ou enxaguar roupa", sentenciou em 1970. "Hoje, não", acrescentou, pichando em seguida os cineastas modernos, que, segundo ele, preferiam trabalhar com atrizes mal-ajambradas, quando não horrorosas. No mesmo ano, depois de ouvir um cineasta brasileiro queixar-se da baixa bilheteria de seu mais recente filme, receitou-lhe a inclusão de uma mulher bonita ou "uma vamp de cinema mudo" no elenco de sua próxima produção.

E ainda havia a questão do sexo, oblíqua e decorosamente praticado pelas ingênuas personagens do silencioso.

"O máximo que as ingênuas sabiam do sexo era o beijo", dizia, lamentando que os filmes atuais (isto é, dos anos 1960) não tivessem "um único e escasso beijo", substituído que fora pelo nu. Nelson muitas vezes pensava e soava como aqueles falsos moralistas que acusavam suas peças de indecentes e escabrosas.

Ainda que considerasse Hollywood o "óbvio ululante", admirava-lhe a expertise técnica e a capacidade para criar uma "relação individual e profunda entre o público e o astro". Mas arte de verdade, a seu ver, lá não se fazia. Talvez um dia se fizesse, "daqui a seis mil anos", estimava, sem se dar conta da incoerência do seu raciocínio. Por ser, na sua visão, um passatempo em permanente decadência, como conseguiria o cinema melhorar de status ao longo dos próximos séculos?

Imitando o europeu, nem pensar. Para ele, os cinemas francês e italiano não passavam de "dois contos do vigário". Daí seu habitual desprezo por filmes artisticamente ambiciosos e seu ódio permanente à Nouvelle Vague (em especial a Jean-Luc Godard – "este não joga nem de gandula no meu time"), ao Cinema Novo e à Geração Paissandu, que, com sádico prazer, não se cansava de alfinetar. Torcia o nariz até para *Cidadão Kane*, que considerava "um Pirandello de subúrbio", diagnóstico sem dúvida mais aplicável à sua peça *Boca de ouro*. Mas pinimba com Orson Welles não alimentou. Chegou a defendê-lo, em duas ou três crônicas, das ilações que um crítico carioca ousara tirar de *O processo*, equiparando-o a um filme policial.

Nelson se orgulhava de seu simplório paladar artístico. Deu a entender que gostava de qualquer western ("nunca vi um bangue-bangue ruim"), não perdia um filme de capa e espada, nem de gângster, nem de vampiro. Chaplin o encantava, assim como as operetas da Metro, com Jeanette MacDonald e Nelson Eddy, talvez por influência do crítico José Lino Grünewald, seu fraternal amigo.

José Lino não foi o único crítico de cinema de suas relações. Também ficou íntimo de Antonio Moniz Vianna, nos anos 1960, mas desprezava solenemente quem escrevesse a sério sobre cinema (um intelectual que não precisa ler nem pensar, maldou, de uma feita, atribuindo a tirada a Otto Lara Resende). "A crítica erudita não leva um reles espectador ao cinema", argumentou, ao cabo de mais uma defesa de Cecil B. DeMille. O melhor crítico, no seu entender, era o assaltante, "o sujeito que bate uma carteira na Cinelândia e se esconde no cinema para fugir da polícia". Se ele gosta do filme, "o filme é bom; se não, o filme é ruim".

Por muito tempo Nelson negou qualquer influência do cinema em sua obra. "Meu teatro tem algo de cinematográfico: ações simultâneas, tempos diversos", admitiria, finalmente, em 1973. *Boca de ouro* é filho de *Cidadão Kane* com *Rashomon*. Há ecos, em seus dramas, do Alfred Hitchcock de *Rebeca* e do Fritz Lang de *O segredo da porta fechada*. Nelson tentou emular, na peça *A mulher sem pecado*, o pesadelo que Salvador Dali fizera para *Quando fala o coração* (Spellbound), de Hitchcock. De todo modo, ficava irritado se lhe lembrassem que vários dos recursos cinematográficos empregados em suas peças já haviam sido incorporados à linguagem teatral, através especialmente de Bertolt Brecht, que considerava "uma besta".

De outras formas o cinema pulsava em suas criações, exercendo influência incomum no comportamento de seus personagens. Alaíde reconstrói parte dos acontecimentos de *Vestido de noiva* em cima de *...E o vento levou*. O supremo desejo do industrial de *O anti-Nelson Rodrigues* é ser chorado no enterro "como um bandido de faroeste italiano". Quando as três grã-finas de *Boca de ouro* se defrontam com o bicheiro, uma delas observa: "O Boca não é meio neo-realista? O De Sica ia adorar o Boca". A solitária mãe de *Os sete gatinhos* lastima-se de há muito não ir a um cinema. Ou seja, de há muito não fugir ao seu odiento claustro doméstico para um mergulho escapista na fantasia. O sonho de um enterro de luxo, com caixão de ouro e penacho, acalentado, entre outros, por Boca de Ouro, a Zulmira de *A falecida* e o Heitor de *Bonitinha mas ordinária*, também era a obsessão da empregada negra de *Imitação da vida*, folhetinesco entrevero familiar escrito por Fannie Hurst e duas vezes (em 1934 e 1958) filmado por Hollywood. O polêmico filme de Louis Malle, *Os amantes* (Les amants), é quase o *leitmotiv* de *Engraçadinha depois dos 30*, a segunda parte de *Asfalto selvagem*.

Nelson achava possível fazer cinema no Brasil. Particularmente quando desaparecesse o "Cinema Novo até o último vestígio", sentenciou durante a ardorosa promoção que orquestrou para *Toda nudez será castigada*, a cujo diretor, Arnaldo Jabor, só fazia uma restrição: não ser reacionário como ele. Jabor retribuiu os confetes, consagrando Nelson "o maior escritor do Ocidente". Um festival de hipérboles. Jabor só deixou de ser o maior cineasta brasileiro, na opinião de Nelson, quando Neville d'Almeida encadeou em sua filmografia *A dama do lotação* e *Os sete gatinhos*. Estavam feitas as pazes com o cinema brasileiro. Nelson não resistia a uma bajulação.

(Setembro, 2004)

VENDENDO MENTIRAS

SE OS REALITY SHOWS e um certo enfado com os filmes de ficção & efeitos especiais contribuíram, de algum modo, para o atual prestígio do documentário junto ao grande público, não vejo por que não responsabilizar *Fahrenheit 9/11* e outros recentes sucessos do gênero pela próxima voga cinematográfica. Próxima, em termos. Ela já está aí. Só a aventura política de Olga Benário já inspirou dois filmes, e a vida de Che Guevara não ficará restrita, na tela, aos episódios recriados por Walter Salles em *Diários de motocicleta*. A exemplo das refilmagens (ou remakes) e das continuações, as cinebiografias, filhas bastardas do documentário, hibernam mas não morrem.

Passando os olhos no *Variety*, anotei cinco *biopics* saindo do forno. Duas sobre cantores (Ray Charles e Bobby Darin), outra sobre o excêntrico magnata do petróleo e produtor de cinema Howard Hughes (encarnado por Leonardo DiCaprio), outra sobre o criador de Peter Pan, J. M. Barrie (interpretado por Johnny Depp), e outra sobre o dr. Alfred Kinsey (papel confiado a Liam Neeson). Contribuímos para a presente safra com *Olga* e *Lost Zweig*, de Sylvio Back, deixando sob um ponto de interrogação mais três ou quatro cinebiografias de brasileiros ilustres. Se é tendência mundial, como o documentário, não sei; mas, além de outra cinebiografia de Stefan Zweig, os europeus empenham-se agora na produção de filmes sobre, entre outros, a cantora Edith Piaf, a atriz Anna Magnani, o toureiro Dominguin e, surpreendentemente, o dramaturgo Bertolt Brecht.

Tenho cá minhas dúvidas sobre as potencialidades dramáticas da vida de Brecht, menores ainda se restrita aos seis anos que ele passou na América, depois de fugir da Alemanha nazista. O cineasta Barbet Schroeder discorda. Há muito obcecado pela idéia de retratar o período macarthista por um ângulo diferente, desprezando os tradicionais protagonistas da "caça às bruxas" em Hollywood, foi bater no dramaturgo alemão.

Toda manhã, para ganhar meu pão,
vou ao mercado onde se compram mentiras.
Esperançoso,
entro na fila dos vendedores.

Com estes versos Brecht sintetizou sua infausta temporada hollywoodiana. A palavra-chave é o adjetivo. Apesar de tudo, Brecht tinha esperança de vender suas mentiras, mas quase não encontrou compradores. Para ganhar seu pão, sujeitou-se às regras do jogo, aceitando trabalhos miúdos, como roteirista. Um único filme chegou às telas com seu nome nos créditos, *Os carrascos também morrem* (Hangmen Also Die), dirigido pelo amigo Fritz Lang. Assim mesmo, no lugar errado. Ele não havia sido apenas co-autor da história original; também fizera o roteiro, exclusivamente creditado ao americano John Wexley.

Hollywood fez com Brecht o que ele costumava fazer com seus colaboradores. "Ele não tinha boas maneiras nem era decente com os outros", revelou o insuspeito Eric Bentley, principal divulgador de Brecht nos países de língua inglesa. Arrogante, misantropo, oportunista, "muito cansativo" (segundo Orson Welles), grosseiro, porcalhão (fedia a charuto e chulé) – com o passar dos anos, uma nova imagem de Brecht, mais humana apesar de tudo, foi se formando à revelia de seus hagiólatras. Metade dos seus defeitos já era conhecida quando, na década passada, John Fuegi lançou a iconoclástica biografia *Brecht & Cia.*

O cinema não lhe deu glórias – muito menos o americano, visceralmente avesso a "distanciamentos críticos". Salvo pela experiência de *Kuhle Wampe*, renomada obra de agitação comunista que Slatan Dudow dirigiu em 1932, nada de especial concebeu em sua terra natal. Das duas adaptações de *A ópera dos três vinténs*, só a de Pabst, filmada em 1931, resistiu ao tempo. Brecht, porém, a detestava; tanto que moveu um processo contra seus produtores.

A despeito da estima que as pouco vistas adaptações de *Mãe Coragem*, *Galileu* e *Sr. Puntila e seu criado Mati* (dirigido na Áustria pelo brasileiro Alberto Cavalcanti, em 1955) desfrutam na Europa, a mais decisiva contribuição de Brecht ao cinema se deu através de suas radicais teorias sobre dramaturgia e arte cênica. Não é de Pabst e Lang, nem muito menos de Cavalcanti, que nos lembramos quando ouvimos falar em épico brechtiano, e sim de Eisenstein, Dziga Vertov, Godard, Glauber Rocha, Jean-Marie Straub, cineastas pretensamente dialéticos e nada populares.

Brecht desembarcou na Califórnia a 21 de julho de 1941, a bordo de um navio sueco. Trouxe a mulher, Helene

Weigel, dois filhos e a amante (oficialmente, assistente) Ruth Berlau. Para evitar complicações na alfândega, jogara ao mar os seus livros de Lênin. Escolheu a Costa Oeste porque na área de Los Angeles moravam diversos artistas e intelectuais alemães e austríacos, também foragidos do nazismo. Além disso, o aluguel era mais barato e a oferta de trabalho para quem vivia de escrever, bem mais farta que em Nova York.

Cismou com o clima ("o ar não tem cheiro"), a rigidez sazonal ("as estações são todas iguais") e a comida; indispôs-se com seu parceiro Kurt Weill; ficou ainda mais impaciente e intratável. A atriz Elsa Lanchester, mulher de Charles Laughton, lembrava-se dele, contudo, como um sujeito permanentemente bem-humorado, sempre com uma observação irônica na ponta da língua. Brecht admirava o talento de Laughton e com ele, mais o diretor de cinema Joseph Losey, montou num teatro de Los Angeles uma histórica versão de *Galileu Galilei*, atualizada à crise de consciência que a recente explosão das bombas de Hiroshima e Nagasaki causara na comunidade científica americana.

Dos projetos para o cinema em que inutilmente se meteu, só quatro ou cinco merecem ser lamentados: uma modernização de *Macbeth*, ambientada nos matadouros de Chicago (pelo visto, uma idéia fixa); uma adaptação de *O capote*, de Gogol, com Peter Lorre; um musical jazzístico, *Syncopation*, encomendado pelo patrício William Dieterle; e uma nova versão (houve outra, para o teatro) do romance *As visões de Simone Machard*, de Lion Feuchtwanger, patrocinada por Samuel Goldwyn, que só não foi adiante por causa de uma gravidez. Quando nasceu o filho da atriz

Teresa Wright, a Resistência Francesa já não era, aos olhos de Goldwyn, um tema comercialmente interessante. Mas foi por conta dessa frustrada produção que Brecht faturou seu mais alto pró-labore em Hollywood: US$ 50 mil.

Tido como comunista, por mais de 13 anos foi vigiado pelo FBI. Ao contrário do que seus amigos esperavam, aceitou responder às perguntas dos inquisidores macarthistas, em 30 de outubro de 1947. Desmentiu que fosse um bolchevique (filiado ao partido, de fato, não era), levou charutos para comprar a simpatia de seu principal interrogador e um intérprete para se escudar em erros de tradução. Enrolou todo mundo. Retiro parcialmente o que disse acima: o interrogatório, se reconstituído na íntegra, daria uma seqüência e tanto, digna, em alguns momentos, de Groucho Marx. De todo modo, o depoimento deixou-o profundamente deprimido. No dia seguinte, embarcou para a Europa. Para sempre.

(Outubro, 2004)

CICATRIZES OU COMPRAS?

NUM DESSES "debates populares" que só ouço a bordo de algum táxi, a questão do turismo veio à baila, acompanhada de sua atual nêmesis: a violência urbana. Na véspera, um arrastão de pivetes fizera a limpa em vários turistas que se tostavam nas areias do Leblon. Em meio às óbvias (e aparentemente unânimes) constatações de que a bandidagem pode acabar com a "principal fonte de renda" do Rio de Janeiro, uma voz discordante aumentou a voltagem do lero-lero, com esta ponderação: "A principal fonte de renda do Estado e, por tabela, da cidade do Rio é e deveria continuar sendo o petróleo da Bacia de Campos, e não o turismo, que é uma atividade eminentemente predatória". Saltei do táxi antes de o circo pegar fogo, mas deu para desconfiar que a tal voz discordante poria os demais debatedores no bolso. Preparo não lhe faltava. A certa altura, até citara, sem dar a fonte, a célebre tirada do clérigo inglês Francis Kilvert contra o turismo: "De todos os animais nocivos, o mais nocivo é o turista".

Kilvert soltou essa quase ao final do século XIX. Hoje, talvez sentisse alguma simpatia pelos pivetes. E não só ele. É impressionante a quantidade de desafetos que os turistas conquistaram ao longo de dois séculos, inclusive entre os próprios turistas.

Se o homem, como diz Millôr, é o câncer da natureza, o turismo é uma metástase. Mas serão turistas todos aqueles que viajam ou excursionam por prazer? Não. Alguns são viajantes — e esmeram-se em não ser confundidos com turistas. Flaubert e outros franceses que circularam pelo Levante, no século XIX, chegaram a pensar em empunhar um cartaz, com este aviso: "Attention! Je ne suis pas un touriste!"

Como distingui-los? Digamos que o viajante busca preencher outras carências, mais ligadas à satisfação espiritual do que à saciedade psíquica (Freud comparou o turista a um adolescente ansioso para fugir da família e do jugo paterno) e material (o turista só viaja para valer a posteriori, através das fotos e compras que fez). O problema é que os pivetes e os terroristas não sabem nem parecem interessados em distinguir os turistas dos viajantes.

No hebraico antigo, viajante era sinônimo de comerciante, pois em priscas eras as pessoas só viajavam a negócio. Exemplo clássico: Marco Polo. Tão grandes sacrifícios exigiam as viagens daquele tempo que o verbo viajar, em inglês, travel, derivou da palavra trabalho, que, por sua vez, originou-se do latim *tripalium*, um instrumento de tortura. Talvez por isso Lawrence Durrell tenha preferido definir o viajante como um sujeito que traz de volta cicatrizes em vez de compras.

A idéia de viagem como uma aventura enriquecedora do espírito surgiu no século XVIII, estimulada pela exaltação da História e seu mais vistoso testemunho, a arquitetura. Não era, a princípio, para qualquer bico. Com a ascensão da burguesia, deixou de ser uma exclusividade da aristocracia, mantendo-se, contudo, restrita aos burgueses bem postos na vida e aos praticantes do alpinismo. Mais tarde expandiu-se com a inquietação romântica de diversos escritores (Stendhal, Lorde Byron, Shelley e Keats foram grandes viajantes) e a invenção e difusão da litografia, que possibilitaram à imaginação ser excitada pelo poder de sedução de cartazes e panfletos. O empurrão final foi dado pelos novos meios de transporte e pela própria dinâmica da economia capitalista, que transformaram o hotel no castelo da burguesia.

Em suas memórias estradeiras, publicadas em 1838, Stendhal sacou todas as potencialidades do turismo: a expansão de estalagens, hotéis, restaurantes de beira de estrada, agências de viagem e guias (já havia o de Reichard, logo apareceriam os de Karl Baedecker, embriões do Michelin, Fodor etc.). A pioneira agência de Thomas Cook, fundada nos primeiros anos da década seguinte, levaria só mais três décadas para criar a viagem de grupo, o cheque de viagem e estender seus tentáculos aos cinco continentes. Antes de se meter na maior aventura de sua vida, Cook vivia de jardinagem e marcenaria. Nas horas vagas, liderava uma associação de fanáticos abstêmios. Deve ter sido pensando no puritano Cook que André Gide associou a promoção do mito alpestre (ar puro, idéias purificadas), pelos primeiros agentes turísticos do século passado, à moral protestante.

Os franceses, que sempre teorizaram sobre tudo, não podiam deixar o turismo fora de sua mira. Stendhal e Gide apenas iniciaram o jogo. Com suas reflexões sobre a ideologia do Guide Bleu da Hachette, Roland Barthes desencadeou o interesse de Edgar Morin, Jean Cassou, Jules Gritti e Olivier Brugelin pelo fenômeno turístico, sensibilizando até estrangeiros, como o alemão Hans Magnus Enzensberger, que nova dimensão deu às relações entre a civilização ocidental e o ato de se mandar para bem longe de casa. Quanto mais a sociedade burguesa se fechava, mais o cidadão se esforçava para dela escapar como turista, escreveu Enzensberger, substituindo a família e o jugo paterno apontados por Freud por velhos espantalhos marxistas.

Os ingleses preferiram a prática à teoria. Com aquele clima, não lhes restava outra escolha.

Uma seleta diáspora esvaziou a cinzenta e tristonha Inglaterra, onde a Revolução Industrial atingira o seu zênite de progresso e poluição. D. H. Lawrence inaugurou a debandada heliofílica em 1912, buscando o sol no outro lado da Mancha. Na sua esteira partiram atrás de calor, luminosidade e aventuras Robert Graves (Majorca), Norman Douglas (Itália), Aldous Huxley (terminou na Califórnia), Christopher Isherwood (primeiro Berlim, depois Califórnia), W. H. Auden (terminou em Nova York), Bertrand Russell (China, Rússia), Somerset Maugham e Katherine Mansfield (Riviera), Lawrence Durrell (Corfu). Essa sofreguidão por viajar rendeu grandes relatos factuais e fictícios.

Até para o Brasil sobraram alguns trânsfugas. Pelo menos dois merecem registro. Depois de perambular pela África, Evelyn Waugh cruzou a Guiana Inglesa até Boa Vista, descendo o rio Branco e o rio Negro rumo a Manaus. Foi no começo dos anos 1930, década em que navios, trens e hotéis de luxo proliferavam nos romances, nas telas, nos palcos e nas canções de Noel Coward e Cole Porter. Waugh aqui veio por influência do amigo Peter Fleming, editor do Suplemento Literário do *Times* de Londres, que em 1932 se enfronhara pela selva do Brasil Central atrás do coronel

P. H. Fawcett, aventureiro inglês que não teve a mesma sorte do dr. Livingstone na África. A descoberta mais relevante de Fleming foi a de que os cartógrafos brasileiros haviam inventado a Serra do Roncador. Seu divertido relato, *Brazilian Adventure*, publicado em Londres em 1935 e traduzido pela Marco Zero há oito anos, com o título de *Uma aventura no Brasil*, foi o livro de viagem mais lido pelos ingleses entre as duas guerras mundiais.

Fleming pegou a Revolução Constitucionalista de 1932, mas passou a maior parte do tempo no interior de Mato Grosso. Depois seguiu viagem para o México, Japão, China, Tibé, Manchúria e Índia, como um Marco Polo do século XX. Não se considerava um turista, e sim um explorador, espécime ainda mais rapidamente em extinção do que o viajante. Mas os pivetes e terroristas nada têm a ver com isso.

(Dezembro, 2004)

O SOL POR TESTEMUNHA

VERÃO: A ESTAÇÃO preferida de boa (senão da maior) parte da humanidade, sobretudo dos habitantes de invernosas latitudes, que só usufruem dela frugalmente. Verão: dias mais longos, férias, praia, mar, biquíni, surfe, barco, iate, palmeiras, coqueiros, bermudas, tanga, sarongue. Daí a visão estereotipada do paraíso como uma ilha tropical. "No Céu, é verão o tempo todo", especulava um velho rock da época em que os Beach Boys lideravam o Hit Parade e Anna Karina saltitava numa praia provençal, "sem saber o que fazer". Ah!, *Pierrot le fou* (aqui, *O demônio das onze horas*). Onze horas da manhã: sol a pino, as areias e os cascalhos de Hyères e da ilha de Porquerolles, um verão inesquecível proporcionado por Jean-Luc Godard e seu magistral diretor de fotografia, Raoul Coutard.

O verão talvez não seja a melhor estação do ano para cineastas e cinegrafistas, que por razões técnicas devem preferir o outono, mas o cinema tem com ele uma dívida incalculável. Com ele, com o sol e a solaridade. Desde os seus primórdios. Antes da invenção do *spotlight*, era o astro em torno do qual giramos que iluminava os sets de filmagem – e foi para ter luz natural o ano inteiro que o cinema americano trocou a Costa Leste pela ensolarada

Califórnia, na segunda década do século passado. Junto, vieram as Bathing Beauties de Mack Sennett, as primeiras beldades da tela, que nas praias de Los Angeles afinal encontraram o seu elemento. E o resto é história.

E permanente encantamento. Mesmo para quem cresceu e vive à beira-mar, como é o meu caso.

Poucos fenômenos de empatia cinematográfica se comparam ao fascínio que filmes ambientados e rodados no verão, em praias, mar aberto e ilhas paradisíacas, despertam nas platéias do mundo inteiro. Foi através do cinema que milhões de espectadores viram pela primeira (e talvez única) vez na vida uma praia, uma ilha e as sedutoras águas do Sul do Pacífico, do Mediterrâneo e do Caribe. Quando criança, por pior que fosse o filme, se beneficiado com muito sol, orlas arenosas e águas cristalinas, pronto, eu já me sentia no lucro.

Meu mais remoto encantamento nessa especialidade foi *Ave do paraíso*, a segunda versão de *Bird of Paradise*, filmada na ilha de Oharu (Havaí) em 1951, por Delmer Daves. A primeira, feita por King Vidor 19 anos antes e que só fui ver muito depois, perdia para a de Daves num quesito fundamental (era em preto e branco) e em outro, nada negligenciável: quem encarnava a polinésia Kalua era a mexicana Dolores Del Rio, bela, sem dúvida, mas meu coração já fora irremediavelmente flechado pela segunda e technicolorida Kalua: Debra Paget, um dos meus primeiros fetiches cinematográficos. Páreo duro com Esther Williams, a suprema sereia da tela, amor à primeira vista em *Numa ilha com você* (musical aquático da Metro passado no Havaí, mas rodado, em 1948, na Flórida: Anna Maria Island, Cypress Gardens e Key Biscaine).

Se me coubesse a honra de organizar uma mostra de filmes, por assim dizer, estivais, os citados até agora teriam presença assegurada. E a eles eu acrescentaria um monte de títulos óbvios – como *Furacão* (1937), de John Ford, romance polinésio, infelizmente em preto e branco, mas que vale pelas paisagens (Mares do Sul), pelo ciclone final e, acima de tudo, pela langorosa canção *The Moon of Manakoora*, imortalizada por Dorothy Lamour, a rainha do sarongue; e *Volta ao paraíso* (Return to Paradise, 1953), variação de *Bird of Paradise* estrelada por Gary Cooper e Roberta Haynes – misturados a outros, aparentemente anômalos, como a luxuriante comédia *Idílio para todos* (Summer Holiday, 1948), de Rouben Mamoulian (nada de praia, só o interior da América Belle Epoque, tal como a descreveram Eugene O'Neill e Thornton Wilder); o musical *Casa, comida e carinho* (Summer Stock, 1950), outra jóia ambientada no coração rural da América, e as abobrinhas submarinas do tipo *Rochedos da morte,* um dos primeiros CinemaScopes da Fox, com Robert Wagner (de cabelos crespos!) catando esponjas nas fonduras de Key West, sul da Flórida, e *Alforje do Diabo* (Underwater!, 1955), com Jane Russell metendo os peitos, literalmente, no profundo mar azul havaiano.

Evidente que eu não deixaria de fora aquelas comédias cafajestes, não raro de episódios, como só os italianos sabiam fazer, nos anos 1950 e 1960, como *Férias no paraíso* (ou seja, na ilha de Ischia, ao largo de Nápoles) e *Contos de verão* (com Alberto Sordi, Sylva Koscina e Marcello Mastroianni emoldurados pelo golfo del Tigullio, na costa da Ligúria). Ainda que eclética o bastante para conter clássicos do urbano verão nova-iorquino (do claustrofóbico *Doze homens e uma sentença* ao hilariante *O pecado mora ao lado*) e interlúdios marinhos, como o pitoresco passeio de Kirk Douglas pela praia de *20 mil léguas submarinas* (filmada em Long Bay, Jamaica) e as férias que William Holden passa numa praia do Sri Lanka (ainda Ceilão) em *A ponte do rio Kwai*, não teriam vez aquelas comediotas juvenis com muito surfe, rock, luaus, Frankie Avalon e Annette Funicello, "cult trash" dos adolescentes de quarenta anos atrás. Cada geração tem a *Lagoa azul* (outro ausente) que merece. Ah, sim, só atacado por uma insolação eu incluiria *Tubarão*.

Cinema brasileiro? Tsk, tsk. Só um filme conseguiu captar o espírito do nosso verão – mais especificamente, do verão ipanemense. Enganou-se quem pensou no lúgubre e patético *Garota de Ipanema*. Nosso representante na mostra seria *Todas as mulheres do mundo*, de Domingos de Oliveira, que nem colorido era.

Meus Top Ten? Que tal 12 em vez de 10? Ei-los, em ordem cronológica:

Mônica e o desejo (1953), de Ingmar Bergman. Sol, floresta, mar, a natureza onipresente e anímica da ilha de Ornö iluminando a saudável e insolente Harriet Andersson.

As férias do sr. Hulot (1953), de Jacques Tati. A mais inventiva e poética pantomima à beira-mar.

Férias de amor (Picnic, 1955), de Joshua Logan. Só a seqüência do piquenique do Dia do Trabalho vale o ingresso.

Ladrão de casaca (To Catch a Thief, 1955), de Alfred Hitchcock. A Riviera e Grace Kelly em todo seu esplendor.

...E Deus criou a mulher (1956), de Roger Vadim. O nascimento de dois mitos univitelinos: Brigitte Bardot e St. Tropez.

Bom-dia, tristeza (Bonjour tristesse, 1958), de Otto Preminger. Na capital da bardolatria, a futura musa da Nouvelle Vague, Jean Seberg. A subliteratura de Françoise Sagan sobrepujada pelo supercinema que Preminger aprendeu com Max Ophuls.

O Sol por testemunha (Plein soleil, 1959), de René Clément. O talentoso sr. Ripley em sua versão mais luminosa e mesmerizante.

Quanto mais quente, melhor (1959), de Billy Wilder. A obra-prima das comédias de iate, areia e maiô. De quebra, Marilyn Monroe, a matriz de todas as brigittes.

Amores clandestinos (A Summer Place, 1959), de Delmer Daves. Como deixar de fora este melô New England filmado em Carmel-by-the-Sea?

Broto para o verão (Une fille pour l'été, 1960), de Edouard Molinaro. Pascale Petit, a BB morena, abandonando-se aos estímulos do sol tropeziano.

Aquele que sabe viver (Il Sorpasso, 1962), de Dino Risi. Tragicômico *road movie*, em pleno "ferragosto" italiano, a bordo de um Aurelia sport branco pilotado por Vittorio Gassman. Flertes, twist, hully-gully, miúdas vigarices, reencontros nostálgicos. Tristeza não tem fim, a *dolce vita*, sim.

Verão de 42 (1971), de Robert Mulligan. A fantasia amorosa de dez em cada dez adolescentes, embalada pela música de Michel Legrand e tendo ao fundo o mar da Califórnia ("dublando" o Atlântico que cerca a ilha de Nantucket). Sem falar na Jennifer O'Neill, aquele monumento que até Luchino Visconti enfeitiçou.

(Janeiro, 2005)

O TICO-TICO SEM FUBÁ

O SABIÁ INSPIROU A "Canção do exílio", de Gonçalves Dias, e aquela homônima e belíssima canção de Tom Jobim e Chico Buarque, mas outro orgulho passeriforme nacional, o tico-tico, não lhe ficou atrás: rendeu um buliçoso choro ("Tico-tico no fubá") que rodou mundo e uma homógrafa revista que, sem exagero, fez mais pela educação no Brasil do que todos os ministros que disso se encarregaram nos últimos cem anos. O tico-tico de Zequinha de Abreu surgiu em 1917, no interior de São Paulo, 12 anos depois da revista, que alçou vôo de um sobrado da rua do Ouvidor, no centro do Rio de Janeiro.

Ainda faltam oito meses para o centenário do *Tico-Tico*, e se me antecipo à sua comemoração com tanta antecedência é para dar tempo a alguma empresa de patrocinar e distribuir como brinde de Natal uma luxuosa reedição de suas páginas mais memoráveis.

Mesmo que tivesse sido apenas a primeira revista infantil publicada no país, seu centenário não merecia passar em branco. Acontece que o *Tico-Tico*, pioneirismo à parte, durou quase seis décadas, abrigou em sua equipe a nata do grafismo nacional e, com seus quadrinhos, charadas, adivinhações, lições de história, ciências, boas maneiras e civismo, curiosidades, objetos para armar e o escambau, educou e divertiu umas três gerações de brasileiros.

"Era de fato a segunda vida dos meninos do começo do século, o cenário maior em que nos inseríamos para fugir à condição escrava de falsos marinheiros, trajados dominicalmente com o uniforme, porém sem o navio que nos subtraísse ao poderio dos pais, dos tios e das escolas. E era também muito de escola disfarçada em brincadeira."

O autor dessas lembranças, Carlos Drummond de Andrade, foi um dos muitos meninos do começo do século passado que tiveram sua alfabetização instigada, e depois incrementada, pelo *Tico-Tico*. No cinqüentenário da revista, o poeta tornou pública sua dívida com ela, numa crônica intitulada "Um passarinho", repleta de referências nostálgicas, cujo fecho não resisto à tentação de transcrever:

"*Tico-Tico* é pai e avô de muita gente importante. Se alguns alcançaram importância mas fizeram bobagens, o *Tico-Tico* não teve culpa. O Dr. Sabe-Tudo e o Vovô ensinavam sempre a maneira correta de viver, de sentar-se à mesa e de servir à pátria. E da remota infância, esse passarinho gentil voa até nós, trazendo no bico o melhor que fomos um dia. Obrigado, amigo!"

Bobagens na certa acabaram fazendo o jurista Francisco Campos (o artífice jurídico do Estado Novo), o ideólogo integralista Gustavo Barroso e o controvertido magnata da imprensa Assis Chateaubriand, para citar três célebres participantes dos concursos que a revista promovia a cada número, entre os quais também encontrei diversos futuros membros da Academia Brasileira de Letras (de Fernando de Azevedo a Josué Montello), ministros de estado, militares (golpistas e legalistas), jornalistas (Orestes Barbosa e Eneida), artistas de rádio e intelectuais da expressão de Alceu Amoroso Lima e Gilberto Freyre.

Reza a lenda que um bando de pirralhos foi bater à porta da revista *O Malho*, pedir a seu dono uma publicação ilustrada exclusivamente infantil. É só lenda, de resto, contada e desenhada no primeiro número de *Tico-Tico*, que às bancas chegou no dia 11 de outubro de 1905, sob os auspícios de Luís Bartolomeu de Souza e Silva, o dono d'*O Malho*. Seu título (ou cabeçalho, como então se dizia) foi desenhado por Ângelo Agostini, italiano radicado entre nós desde os 16 anos, a quem já devíamos a primeira história em quadrinhos produzida no Brasil: *As aventuras de Nhô-Quim*, publicadas pela *Revista Fluminense*, em 1869. Dali em diante e por muito tempo, a quarta-feira passou a ser, para a criançada, o dia mais excitante da semana depois do domingo. Para muitas delas, nem as jubilosas manhãs e tardes de domingo eram páreo para o final das tardes de quarta-feira, quando seus pais chegavam em casa, trazendo, junto com o jornal vespertino, um novo exemplar do *Tico-Tico*.

Embora a filha de Luís Bartolomeu tenha espalhado a versão de que o nome da publicação acendeu espontaneamente na cabeça do pai ao avistar um tico-tico pousando num viveiro de pássaros que a família tinha no jardim, Vasco Lima, um dos últimos sobreviventes da primeira geração de desenhistas da revista, atribuiu-lhe o batismo ao grande historiador e sociólogo sergipano Manuel Bonfim, que se inspirara não no passarinho, mas nas escolas de primeiras letras, então chamadas "escolas de tico-tico", acepção registrada pelo Aurélio, que também aponta a palavra como sinônimo de gente miúda.

Com o primeiro herói do *Tico-Tico* na certa se identificaram todos os Franciscos do país. Mas Chiquinho, o travesso mascote da revista, na verdade se chamava Buster Brown e era americano da gema. Cria de Richard Fenton Outcault, que antes inventara o primeiro personagem dos quadrinhos, Yellow Kid (Garoto Amarelo), Buster Brown era um burguesinho sonso e janota, que já tinha três anos de vida impressa quando passou a ser descaradamente decalcado no *Tico-Tico* por Loureiro. Vestindo marinheira, a roupa infantil de praxe no início do século passado, abrasileirou-se aos poucos, mas não muito, nos traços e nas traquinices que depois lhe deram Augusto Rocha, Alfredo Storni, Paulo Affonso, Oswaldo Storni e Miguel Hochmann — sem jamais, contudo, escurecer os seus cabelos louros ou mudar-lhes o corte pajem.

O resto da revista seguia o figurino francês, sem descurar da brasilidade, latente ou expressa nas Lições do Vovô, nos personagens de J. Carlos (Juquinha, Lamparina, Jujuba e Carrapicho), K. Lixto, Storni (Zé Macaco, Faustina e Serrote), Max Yantok (Dr. Kaximbown na Pandegolândia, Pipoca, Pandareco, Parachoque e Viralata), Luís Sá (Reco-Reco, Bolão e Azeitona) e Nino Borges (Bolinha e Bolonha), na História do Brasil em quadrinhos desenhada por Leônidas Freire, e até nos objetos de armar engenhosamente criados por Loureiro, o "inventor" de Chiquinho. Salvo engano, do primeiro time de desenhistas d'*O Malho*, apenas Raul Pederneiras não participou da saga do *Tico-Tico*.

Sua aceitação foi imediata, sem restrição de faixa etária. Ruy Barbosa, que já era cinqüentão no começo do século, encontrou nas coloridas páginas do *Tico-Tico* o relaxante ideal para a afázama política e as espessas leituras a que diariamente era submetido. Certa tarde, quando outro senador, duvidando de uma informação aparentemente tirada do colete pelo Águia de Haia, exigiu saber sua procedência, Ruy saiu-se, galhardamente, com esta: "Ora, tirei do *Tico-Tico*."

Há cinqüenta anos, o então vereador Raimundo Magalhães Júnior propôs que o cinqüentenário do *Tico-Tico* fosse comemorado em todas as escolas municipais, com os alunos escrevendo dissertações sobre a importância da publicação na formação de milhões de brasileiros. Se algum vereador fluminense propuser semelhante preito no centenário do *Tico-Tico*, sua chance de quebrar a cara é de 100%. Primeiro, porque nas atuais "escolas de tico-tico" ninguém faz a mais remota idéia do que foi a revista criada por Luís Bartolomeu. Segundo, porque seus alunos, privados, entre outras coisas, do didatismo alegre do *Tico-Tico*, não conseguem mais escrever uma dissertação – e talvez nem saibam o que é isso.

(Fevereiro, 2004)

P.S. Quando fiz o apelo contido no segundo parágrafo, a Opera Graphica Editora já pensava em homenagear os 100 anos do *Tico-Tico* com uma bela edição comemorativa, que, com o título de *O Tico-Tico, Centenário da primeira revista de quadrinhos do Brasil*, saiu no final de 2005.

O DUMPING DOS ACADÊMICOS

FEZ UM ANO EM 19 de fevereiro que uma errata publicada na página de obituários de *O Globo* provocou em mim o que o humorista Jaguar adora chamar de "frouxos de riso". Dizia a nota o seguinte:

> *Informamos que no anúncio publicado ontem, na página 21, em que a APERJ [Arquivo Público do Rio de Janeiro] comunica o falecimento do seu ex-presidente, onde se lê Sr. Celso Assis do Carmo, o correto é Dr. Celso Assis do Carmo.*

Patética e inútil (título de doutor nenhum peso tem onde o sr. Celso agora se encontra), a errata serviu ao menos para dirimir dúvidas sobre a permanência entre nós do culto ao bacharelismo, ao anel no dedo e ao diploma na parede. Reverência antiga e boba, que mais sem propósito e ridícula ficou nos últimos trinta, quarenta anos, quando a qualidade do ensino no país caiu a níveis nunca dantes chafurdados — para não falar da crise do mercado de trabalho, que desviou muitos doutores para ocupações cujo exercício dispensa a posse de grau e títulos — o bacharelismo deveria ser hoje apenas motivo de piadas, como o uso de polainas e plastrom.

Não sou contra, aviso logo, a instituição do diploma (quem o definiu como o "pergaminho da superstição popular" foi Lima Barreto); sou contra, sim, sua veneração, contra a bacharelite, enfim – e mais ainda contra a indústria de "universotários" fomentada pela ditadura militar. "Morrerei virgem desta investidura gloriosa", ameaçou Olavo Bilac, referindo-se ao bacharelado. Morreu mesmo, deixando inconcluso seu curso de medicina. Não foi o único a dispensar o canudo para impor-se como intelectual e poeta, na "república das letras" que a Belle Époque viu florescer.

A fama do Brasil como "país de bacharéis" é um tanto exagerada. Grandes nomes da literatura nacional (Machado de Assis, Lima Barreto, Graciliano Ramos, Bilac, Coelho Neto) não se formaram em direito ou qualquer outra cadeira. Até porque nos faltavam universidades, durante um bom tempo o autodidatismo predominou em nossas letras e ciências. Sousândrade e Oliveira Viana tiveram de se formar no exterior. Tobias Barreto graduou-se em direito em Recife, mas teve de se virar sozinho para aprender alemão, cultura alemã e filosofia. Capistrano de Abreu e João Ribeiro estudaram história por conta própria. Silvio Romero, Alberto Torres e Oliveira Viana não aprenderam sociologia em faculdade. Os únicos mestres em antropologia de Euclides da Cunha e Nina Rodrigues tinham lombada e moravam em estantes.

Avançando no tempo, e sem sair de casa, acrescentaríamos a essa confraria autores e intelectuais da expressão de Millôr Fernandes, Ivan Lessa, Paulo Francis e Luis Fernando Verissimo, que apesar de criados numa época em que formar-se em direito era, mais que uma praxe, um clichê, nem isso fizeram. Jamais deram expediente em universidade as seminais cabeças de Walter Benjamin, Edmund Wilson, George Orwell, Mary McCarthy, Norman Mailer, Gore Vidal, Susan Sontag e Pauline Kael. Nem sequer como crítico literário Edmund Wilson se identificava, mas, simplesmente, como "jornalista cultural".

Que ninguém sinta nessas observações uma preferência irrestrita por autores e intelectuais autodidatas ou uma preconceituosa má vontade com escritores e pensadores acadêmicos. Tenho em alta conta Antonio Candido, Alfredo Bosi, Davi Arrigucci Jr., Roberto Schwarz e outros tantos professores que muito me ensinaram fora das salas de aula, e se destaquei aqueles quatro foi porque também se impuseram como mestres no universo didático a que pertenço: a mídia cultural. Se escrevessem mal, em estilo pedregoso e abusando do jargão acadêmico, teriam ficado, merecidamente, em seu gueto, a remoer sintagmas e significantes. Não teriam se transformado em grandes intelectuais públicos.

Diploma é de somenos: o nó górdio dessa questão é a qualidade expressiva, a clareza das idéias, a inteligibilidade do texto. Se brilhante e sedutor, larga na *pole position*. A despeito da decadência de nosso ensino e dos já folclóricos vexames de nossas provas de redação, até que melhoramos bastante nesse quesito, mas nada que se compare, em quantidade ao menos, ao que lá fora se produz há décadas. Os gringos geralmente escrevem melhor porque desde cedo aprendem a pôr idéias no papel e sempre se beneficiaram de uma fartura de espaço na imprensa cultural, incomparavelmente maior que a nossa. O austríaco Otto Maria Carpeaux já chegou a estas paragens sabendo escrever de maneira enxuta, e em pouco tempo já redigia em português de forma exemplar. Carpeaux sentou praça no *Correio da Manhã*, que, não custa lembrar, tinha na mesma época em sua redação Graciliano Ramos e Aurélio Buarque de Holanda — como revisores. O jornalismo é o melhor hospital das letras.

Quando assumi a editoria de cultura do semanário *Opinião*, em 1975, muitos acadêmicos ainda escreviam de forma empolada: eram palavrosos, iterativos e redundantes — até suas platitudes pigarreavam e franziam o cenho. Embora dispusessem do mais generoso espaço da imprensa brasileira ("Aqui não há rigidez de tamanho; sinta-se como se estivesse escrevendo pra *New York Review of Books*", dizia a todos os colaboradores), eram poucos os que se aproveitavam daquele oásis com o mesmo *savoir faire* dos ensaístas da *New York Review*. Cansei de reduzir e reescrever textos de acadêmicos cujas idéias chegavam às minhas mãos sob os escombros de circunlóquios e outros entulhos ainda mais pesados. Sempre submetia o meu copydesk à aprovação dos autores, que nunca me negaram o seu imprimatur. Foi assim que vários deles aprimoraram sua linguagem e, por conseguinte, ampliaram seu leitorado.

Hoje os acadêmicos estão por toda parte, opinando e resenhando até em veículos que antes lhes pareciam inacessíveis. Isso não é bom, é ótimo; ajuda a disseminar o saber, a democratizar os conhecimentos de especialistas — e tudo mais que de enriquecedor os acadêmicos possam oferecer à imprensa e à comunidade. Mas como nem tudo que reluz é ouro, esse expansionismo acadêmico tem o seu lado perverso, que nem valeria a pena discutir se apenas provocasse tremeliques corporativistas. Os acadêmicos não estão apenas roubando espaço aos jornalistas nos suplementos literários e espaços correlatos, mas praticando algo que não seria exagero chamar de dumping.

Como ganham a vida dando aula e não com o que publicam na imprensa, os acadêmicos podem se dar o luxo de aceitar qualquer pró-labore (não faz muito tempo um jornal carioca pagava R$ 35 – isto mesmo: trinta e cinco reais – por uma resenha de livro) ou até trabalhar de graça. Para eles, tudo é lucro. Quanto mais aparecem, mais se promovem, a si e a seus livros. Quanto mais publicam na imprensa, mais enriquecem seus currículos. Em crise, os jornais e as revistas exploram à farta essa vantajosa mão-de-obra. Sou contra a exigência de diploma para jornalista, mas francamente a favor de medidas que acabem com essa deformação. Para o bem de todos, inclusive dos acadêmicos, que passariam a ter sua preciosa contribuição mais valorizada.

(Março, 2005)

O KAFKA DO GIBI

QUE ME DESCULPEM os fãs de Frank Miller e seu apocalipse pop, os entusiastas dos irmãos Hernandez, David Sim, Howard Chaykin, Lorenzo Mattotti, Enki Bilal, Gehhard Seyfried, François Shuiten, Benoît Peeters e quem mais aqui mereça estar. Para mim, o real sucessor do grão-mestre dos quadrinhos, Will Eisner, é o rei Arthur: Art(hur) Spiegelman. Bastaria a série *Maus* para qualificá-lo ao trono; mas outras façanhas o destacaram na linha sucessória antes e depois dela. A revista de vanguarda *Raw*, por exemplo.

Lançada há 25 anos por ele e a mulher, Françoise Mouly, *Raw* (cru ou crua, em inglês) foi tão importante para a fabulação gráfica como o *Mad* (de seu primeiro ídolo, Harvey Kurtzman) e os fesceninos *Zap Comix* de Robert Crumb. Prometendo "alta cultura para baixas inteligências", até pôs na praça um novo movimento artístico chamado Depressionismo Abstrato, bem ao gosto da onda dark que da juventude se apossou naquela época – bem ao gosto, sobretudo, de Art, que já nasceu expert em depressão. Seus pais, teuto-poloneses, sobreviveram aos campos de concentração nazistas, seu irmão mais velho foi envenenado pela tia ainda menino para não cair nas malhas da Gestapo, a mãe suicidou-se quando Art tinha 20 anos.

Cultura elevada para *low brows* era o que não faltava nas páginas de *Raw*. As paródicas aventuras de Ace Hole, o detetive anão, viviam cheias de referências não só aos primitivos quadrinhos de Little Nemo e dos Sobrinhos do Capitão, mas também à arte moderna, a Picasso e Matisse. Intelectualismo europeu? Sem dúvida. Embora criado em Queens (Nova York), Art nasceu em Estocolmo (Suécia), em 1948, e carrega em seu DNA toda a cultura judaica da Europa Central. Ou seja, ele é natural e simultaneamente sombrio e engraçado, como Woody Allen e tantos outros eslavos.

Quando chegou aos 30, lançou o primeiro volume de *Maus*, alegórico gibi sobre a saga concentracionária de seus pais, no qual os judeus aparecem como ratos, os nazistas como gatos, os gentios poloneses como porcos, os franceses como sapos e os americanos como cachorros. Nenhum preconceito com quem quer que seja, nem sequer com os gatos, escolha inevitável desde o momento em que Art resolveu incorporar a desqualificativa imagem do judeu como um rato, difundida pela propaganda nazista para justificar o pogrom – daí o nome do campo de concentração de *Maus* (rato, em alemão): Maushwitz. Explica-se o bestiário: ninguém conseguiu permanecer totalmente humano no Holocausto.

Os poloneses implicaram com o bicho que lhes coube, mas afinal aceitaram as explicações do artista, que apenas respeitou a tradição dos cartuns americanos, nos quais os porcos jamais encarnam valores negativos – vide Porky Pig, Miss Piggy. A exceção à regra, respeitada inclusive no cinema (*Babe*), é literária: o ditador stalinista da alegórica fazenda de *A revolução dos bichos*, imaginada por George Orwell. Quem mandou o porco ser o segundo animal mais inteligente que existe? "A única restrição que os judeus fazem ao porco", acrescentou Art, "é não ser kosher."

Maus consumiu 13 anos de criação, uma bolsa da Guggenheim (para a feitura do segundo volume), e rendeu ao autor um prêmio Pultizer especial, em 1992, e várias semanas na lista dos best-sellers. Não é um gibi convencional, longe disso. Mais parece um documentário pictográfico ou um romance histórico autobiográfico, engraçado como poderia ser um thriller horrorífico se tratado como uma comédia de situações, dirigida a quatro mãos por Billy Wilder e Fritz Lang. Art rejeita o rótulo "romance gráfico" (*graphic novel*), pedantismo com o qual também implico, preferindo um neologismo de sua lavra: co-mix. Nem comics, nem comix, co-mix, um mix de palavras e figuras. Os diálogos são literários, os desenhos expressionistas. Como se Kafka tivesse pedido a Munch para desenhar uma história que escrevera inspirado nos livros de Hannah Arendt.

No mesmo ano em que ganhou o Pulitzer, Art passou a fazer desenhos e capas para a revista *The New Yorker*, onde Françoise Mouly trabalha como editora de arte. Tudo ia às mil maravilhas quando houve os atentados de 11 de setembro de 2001. Ainda conseguiu emplacar a histórica capa seguinte ao ataque às torres gêmeas (toda preta com as torres num tom ligeiramente menos escuro), mas outras ilustrações entraram em conflito com o clima paranóico e patrioteiro também vigente na revista. O editor David Remnick implicou com sua capa para o Dia de Ação de Graças de 2002, mostrando um bombardeiro americano a despejar perus em vez de bombas sobre um país não claramente identificado, afinal vetando apenas o título que Art lhe dera: "Operation Enduring Turkey" (Operação Peru Duradouro), gozação à "Operation Enduring Freedom" (Operação Liberdade Duradoura) com que o governo Bush batizara os ataques aéreos recém-iniciados contra o Afeganistão. Quando Art apareceu com uma série de quadrinhos sobre a experiência de se viver numa cidade ameaçada simultaneamente por Bush e Osama bin Laden – *In the Shadow of No Tower* (À sombra das torres ausentes, na tradução da Companhia das Letras) – Remnick vetou-a integralmente. Art pediu o boné e publicou-a no jornal alemão *Die Zeit*.

Foi uma grande perda para a *New Yorker*, a maior desde a aposentadoria de sua crítica de cinema Pauline Kael.

(Abril, 2005)

A PATRULHEIRA DA DECADÊNCIA

MESMO DETERMINADA a levar adiante, sem interrupções, sua carreira de ficcionista, ainda assim nas duas últimas décadas de sua vida Susan Sontag (1933-2004) escreveu um punhado de textos críticos que permaneceram dispersos em publicações e línguas as mais diversas até serem enfeixados numa coletânea, *Where the Stress Falls*, lançada em 2001 e agora traduzida pela Companhia das Letras, com o título de *Questão de ênfase*. Não foi o último livro que Sontag nos legou (*Diante da dor dos outros*, sua reflexão sobre a fotografia em campos de batalha, é de 2003), embora pudesse ter sido o seu canto do cisne e talvez merecesse sê-lo. Tem quase o dobro do tamanho de suas duas outras coletâneas de ensaios, cobrindo um período bem mais longo de atividade que o abrangido por *Contra a interpretação* (1966) e *O estilo radical* (1969), mas nem assim, dizem, conseguiu limpar todas as gavetas de Sontag.

São 41 textos, entre ensaios, resenhas, introduções e prefácios, comentários para catálogos de exposição, palestras e transcrições de entrevistas, sintetizando vinte anos de faina – e sobretudo batalhas – intelectuais. O primeiro é de 1982 (no caso, dois: uma introdução à edição americana da obra de Roland Barthes e o prefácio a uma seleta de contos do suíço Robert Walser); o último (*Questão de ênfase*) saiu em junho de 2001, na revista *The New Yorker*. Os três foram acomodados na primeira parte do livro, intitulada *Ler* e dedicada a livros e escritores. A segunda parte (*Ver*) se ocupa das artes visuais e performáticas; e a terceira (*Lá e aqui*) é uma miscelânea de reminiscências sobre viagens, ruminações sobre o isolamento criativo, os percalços de traduzir e ser traduzida, e um relato sobre a azáfama que foi dirigir a versão bósnia de *Esperando Godot*, de Beckett, na sitiada Sarajevo.

Qual a parte mais interessante? Difícil escolher uma. Há em todas pelo menos três ou quatro textos que ratificam a fama de Sontag como a mais versátil, curiosa e erudita intelectual de sua geração – e também a menos paroquial e passiva. Ela suportaria ser xingada de tudo, menos de provinciana e intelectual de gabinete, insultos que só um demente lhe faria. Ela incorporou todos os traços do que julgava ser o "intelectual modelar": um ser pensante cosmopolita, secular, interessado por tudo, antitribal, desenraizado mas solidário, sempre assumindo posições com responsabilidade e preferindo a ação a simplesmente assinar manifestos. Do alto de sua experiência na China, no Vietnã (durante a guerra) e em Sarajevo, que visitou nove vezes na década passada, deu o seguinte conselho aos militantes de passeata e abaixo-assinados:

"Não temos direito de declarar publicamente uma opinião a menos que tenhamos estado presentes, tenhamos experimentado em primeira mão, no próprio local e durante um tempo considerável, o país, a guerra, a injustiça, ou seja qual for o assunto em questão. Na falta de tal conhecimento e de tal experiência em primeira mão: silêncio."

A mais surpreendente prova de sua versatilidade está na segunda parte do livro: um artigo sobre grutas de jardim, que há 22 anos publicou na revista *House and Garden*. Já as evidências de sua irrefreável curiosidade estão espalhadas por toda a coletânea, cuja abrangência temática inclui desde autores pouco lidos ou quase desconhecidos (o poeta-ensaísta polonês Adam Zagajewski, o americano Glenway Wescott, o japonês Natsume Soseki, o anglo-germânico G. W. Sebald), a músicos eruditos, cineastas (europeus, claro), pintores de igreja, coreógrafos, fotógrafos – até de teatro de marionetes japonês ela entendia.

Em destaque na seção *Ler*, outro escritor pouco lido (lá fora) e que muito nos diz respeito: Machado de Assis, para Sontag, "o maior romancista produzido pela América Latina", juízo de valor avalizado pela leitura de apenas uma obra do bruxo do Cosme Velho, *Memórias póstumas de Brás Cubas* ("um dos livros mais divertidamente não-provincianos já escritos"), cuja bufonaria narrativa ela ligou não só a Laurence Sterne e Xavier de Maistre, os ancestrais manjados, mas também a descendentes que nunca o leram, como Walser, Soseki, o italiano Italo Svevo, o tcheco Bohumil Hrabal, rol em que a própria ensaísta se incluiu, confessando-se inconscientemente influenciada por ele quando escreveu seu romance *O benfeitor*, em 1964.

"Será ainda possível a grandeza literária?", pergunta Sontag na abertura de um ensaio sobre Sebald, repetindo uma dúvida levantada por Zagajewski numa universidade dinamarquesa, sete anos atrás. Essa questão costuma tirar do sério os críticos relativistas, que Sontag, com razão, desprezava. Embora a favor de uma cultura pluralista, polimorfa, estabelecer hierarquias não configurava, a seu ver, uma postura reacionária, mas justo o seu contrário. "Se tenho de escolher entre The Doors e Dostoiévski, escolho Dostoiévski. Mas será que preciso escolher?" Atribuía aos intelectuais a tarefa de Sísifo de continuar a encarnar (e defender) um padrão de vida mental, e de discurso, que não fosse o niilista, preconizado pelos meios de comunicação de massa. Por niilismo, não entendia apenas o relativismo, a privatização do interesse, crescentes nas classes de alto nível de instrução em toda parte, mas também o niilismo mais recente e mais pernicioso, "encarnado pela ideologia da pretensa democracia cultural; o ódio à excelência, à realização de alto nível, tidos como 'elitistas', exclusivistas." Touché!

Um dos pontos altos da terceira parte da coletânea, a mais pessoal e reveladora das três, é a mirada que Sontag dá nos seus ensaios e arroubos de juventude – sem virar uma estátua de sal. Reconhecia ter exagerado no seu "zelo evangélico" pelas idéias e valores que formulara e defendera nos anos 1960, mas não se arrependia um nanômetro de ter armado sua barraca "fora da segurança sedutora e pétrea do mundo universitário" para sair em campo, empunhando sua lança de "esteta belicosa" contra a vulgaridade, a superficialidade ética e estética e contra a indiferença. Ainda concordava com a maioria de suas posições, orgulhava-se de sua tenacidade, de seu poder de concisão, e de certos juízos morais e psicológicos contidos em suas exegeses de Albert Camus, Simone Weil, Cesare Pavese e Michel Leiris. Fez bem em lavar as mãos pelas degenerações sofridas por algumas de suas sacadas, como, por exemplo, a "erótica das artes", que, a rigor, só serviram para reforçar "transgressões frívolas, meramente consumistas", e ampliar os preconceitos contra o que muitos chamam, desdenhosamente, de cultura de elite.

Sontag morreu desencantada com o predomínio dos "valores cada vez mais vitoriosos do capitalismo consumidor" sobre o espírito dissidente de décadas passadas, com o declínio "irreversível e degradante" do cinema e a implacável corrupção da ambição literária e "a ascensão concorrente do morno, do ligeiro e do disparatadamente cruel como temas ficcionais normativos". Sontag, convenhamos, só descansou em paz consigo mesma.

(*Bravo! Livros*, abril, 2005)

O CAPITÃO DA NOTÍCIA

QUANDO O REPÓRTER Joel Silveira foi se despedir de seu patrão nos *Diários Associados*, Assis Chateaubriand, este lhe disse na saída: "Seu Silveira, me faça um favor de ordem pessoal. Vá para a guerra, mas não morra. Repórter não é para morrer, é para mandar notícias." Profissional impecável, Joel cumpriu à risca o pedido do patrão. Só não conseguiu evitar a sensação de haver envelhecido 14 anos em pouco mais de oito meses, seu tempo de permanência no front italiano ao lado da Força Expedicionária Brasileira.

Não bastassem as tensões e os horrores da guerra, enfrentou um inimigo tão ou mais implacável que os nazistas: o medonho inverno que no inverno do conflito, entre os últimos meses de 1944 e os primeiros de 1945, castigou a Toscana e os Apeninos. E que ainda mais medonho parecia às cinco da manhã, quando ao toque de alvorada o jovem correspondente de guerra, nascido e crescido na quentura de Sergipe e amadurecido no calor carioca, cumpria o "doloroso ato" de sair de seu *sleeping-bag* (ou cama-rolo, como Rubem Braga, o correspondente do *Diário Carioca*, preferia chamar o saco de dormir), para outras torturantes rotinas diárias. As rotinas do frio e de uma guerra lutada a mais de mil metros de altura, entre montanhas e penhascos: roupas pesadíssimas, água penosamente decongelada para as abluções matinais – quentes, mesmo, só o café, o chocolate, além dos tiros, das granadas e das bombas. Até a esquiar na neve nossos pracinhas tiveram de aprender.

Acantonados nos frígidos escombros do quartel dos carabinieri de Pistóia, a uns 10km do front, nossos bravos soldados da notícia (além de Joel e Rubem, lá estavam Egydio Squeff, de *O Globo*; Raul Brandão, do *Correio da Manhã*, e Thassilo Mitke, da Agência Nacional) já acordavam tiritando, inutilmente animados por Squeff e seu invariável refrão: "Guerreiros, de pé! À luta!" Sempre acompanhado desta exortação: "Vamos acabar logo com a porcaria dessa guerra que estou doido para voltar ao meu chopinho na Galeria Cruzeiro."

Mas a guerra só acabaria, adequadamente, no começo da primavera, entre os últimos dias de abril e os primeiros de maio de 1945; com a ajuda dos 23.702 pracinhas que para a Itália o Brasil enviou a partir de julho de 1944, 443 dos quais não voltaram.

A alvorada era *pro forma*, virtual: só lá pelas dez horas, o sol aparecia, quando aparecia, com seus raios "combalidos e agonizantes". Às três ou quatro da tarde, já era noite novamente. Com ou sem sol, a visibilidade era quase nula, pois, além da neblina natural, outra, artificialmente criada à base de óleo diesel queimado para esconder dos inimigos o comando da FEB, tornava o ar ainda mais pesado. E fedorento. A guerra tem seu odor próprio, misto de sangue velho e óleo diesel, descobriu Joel assim que nela mergulhou.

Mas o café da manhã era um consolo e tanto: delicioso e farto. Todos os ingredientes vinham dos Estados Unidos, trazidos para os soldados sob o comando do general Mark Clark, nossos companheiros de combate e eventuais mordomias. Rubem, que já saía da cama-rolo com um cigarro na boca, comia pouco, quase nada. Squeff, só pão e café. Joel pantagruelava-se: "Comia muito, quase sempre demais." E, munidos dos apetrechos indispensáveis – inclusive a máquina de escrever portátil, mas nenhuma arma –, lá iam eles visitar o QG avançado, entregue à liderança do nanico e enérgico general Mascarenhas de Morais.

Amontoados num jipe confiado à perícia de um conterrâneo do ditador Getúlio Vargas – um "fero cabo de São Borja" chamado Adão, que antes de pisar no acelerador sempre gritava "Deus é grande!" – levavam aos pracinhas da frente de guerra jornais brasileiros velhos de quatro ou seis semanas, não obstante "devorados como se fossem pão saindo do forno". Deles recolhiam histórias, tristes, trágicas e pitorescas, que, somadas às novidades bélicas liberadas pelos oficiais, serviam de subsídios para os seus despachos, sempre recheados de recados personalizados para os amigos e parentes do Brasil.

Joel chegou à Itália com 26 anos de idade, e dois meses depois de Rubem, Squeff e Brandão, os primeiros jornalistas fora da órbita governamental a embarcar com a FEB. Foi no quarto escalão, a bordo do General Meigs, com divisas de capitão. Extraordinário jornalista, deu conta do recado com a mestria dos grandes repórteres internacionais que cobriram a guerra contra o nazi-fascismo. Sem descurar do fundamental, dos detalhes da guerra em si, da campanha que culminou com a ocupação de Monte Castelo (em 21 de fevereiro de 1945), Castelnuovo, La Serra, da tão cobiçada Montese (só conquistada em 14 de abril), etc., até Collechio-Fornovo, já no vale do Pó, Joel dava mais atenção do que Rubem aos outros capitães da notícia. Em suas reportagens de guerra (*Com a FEB na Itália*, reeditadas pela Record), o sabiá da crônica quase não mencionava seus confrades, talvez porque levasse demasiado a sério o dogma de que jornalista não é notícia. Numa guerra, é.

Embora mais ligado a Rubem, no front italiano Joel acabou fazendo do "frágil e ardiloso" Squeff seu mais constante parceiro, até porque eram os únicos da turma a dispor de franquia telegráfica. Carne e unha nos dois últimos meses de combate, esticaram juntos até o Biffi da Galeria Vittorio Emmanuelle, em Milão, para brindar com conhaque a rendição da 148ª Divisão Panzer alemã e a imolação de Mussolini e Claretta Petacci.

Além de grande repórter, Joel, como Rubem, excede como prosador. Mais que um bem dotado correspondente, Chateaubriand mandou para a guerra um escritor de talento. É possível que, na época, muitos tenham preferido a cobertura, com toques rossellinianos, de Rubem. Nessa discussão eu não entro, mas de uma certeza não abro mão: o último capítulo de *O inverno da guerra* é uma obra-prima, um clássico não apenas do jornalismo de guerra, mas também da literatura.

A cinco dias do fim oficial da guerra, Joel, já liberado de suas funções e contando as horas para voltar ao Brasil, pegou carona no jipe de um sargento, rumo a Milão, e no meio do caminho cruzou com o que restava de um regimento de artilharia alemão. Amarfanhados, barbudos e esfomeados, os retirantes tedescos pareciam almas penadas a caminho do inferno. Um cabo que falava italiano puxou conversa com Joel. Fora informado de que a guerra terminara, mas nem ele nem seus comandados sabiam ou tinham para onde ir: as cidades de alguns deles haviam sido praticamente varridas do mapa pelas bombas aliadas. É uma seqüência digna dos melhores filmes de guerra, sobretudo pelo desfecho, quando Joel decide que "já era hora de arrumar a trouxa" e tirar a farda que, àquela altura, o fazia sentir-se "como alguém fantasiado de palhaço numa Quarta-feira de Cinzas". Até um *punchline* digno de *Casablanca* Joel providenciou. Que grande roteirista o cinema brasileiro perdeu.

(*Bravo! Livros*, maio, 2005)

UMA AVENTURA EM HOLLYWOOD

ENTRE *O SEGREDO DAS JÓIAS* (The Asphalt Jungle) e *Uma aventura na África* (The African Queen), John Huston (1906-1987) meteu-se na produção mais quixotesca de sua carreira: adaptar, sem concessões de espécie alguma, o mais expressivo romance ambientado na Guerra de Secessão, *The Red Badge of Courage*, de Stephen Crane, aqui traduzido como *O emblema rubro da coragem* (L&PM, anos 1980) e *A glória de um covarde* (Lacerda Editora, 2000). Publicado no ano da invenção do cinema, potencialmente cinematográfico não era – ao menos para os padrões hollywoodianos de 55 anos atrás. E muito menos para os padrões do chefão da Metro-Goldwyn-Mayer, Louis B. Mayer, que só dava trela a entretenimentos que o fizessem rir e chorar. Não tinha mocinha, nem clímax dramático convencional, e seu herói era de uma ambigüidade um tanto ou quanto indigesta para o paladar da MGM.

Mas Huston e seu Sancho Pança na empreitada, o alemão exilado Gottfried Reinhardt, filho do grande diretor de teatro Max Reinhardt, adoravam o romance e conseguiram vender o projeto ao novo vice-presidente do estúdio, Dore Schary. Jovem ambicioso, a cujo crivo eram submetidas todas as produções da Metro, Schary tinha um receituário bem mais ousado que o de Mayer para enfrentar a crise por que o cinema americano, acossado pela ascensão da TV, então passava. Mayer lavou as mãos e entregou o abacaxi a Nicholas Schenck, o verdadeiro mandachuva do estúdio, pois era quem cuidava, em Nova York, da Loew's Inc., a distribuidora dos filmes da MGM. Mayer apostava no fracasso do filme e no conseqüente enfraquecimento de Schary, mas teve suas asas cortadas por Schenck com a produção de *Red Badge of Courage* ainda em andamento.

Albert Band e Huston mal haviam começado o roteiro quando Lillian Ross propôs ao cineasta um perfil para a revista *The New Yorker*, onde colaborava havia cinco anos. Apesar da pouca idade (23 anos), já fizera seu nome na profissão com um esplêndido perfil de Ernest Hemingway, publicado na *New Yorker* em maio de 1950. Por confiar nela, sobretudo por conta de uma extensa nota que sobre ele Lillian escrevera recentemente na seção Talk of the Town, Huston convidou-a para assistir aos preparativos de *The Red Badge of Courage*. Ao chegar em Hollywood, no verão de 1950, Lillian mudou de idéia: seu perfil do cineasta seria embutido numa grande reportagem sobre a engrenagem da indústria de filmes, dissecada a partir dos bastidores de *The Red Badge of Courage*.

Lillian passou um ano e meio no ventre da baleia, acompanhando todos os passos de Huston e seus auxiliares, anotando o essencial em seus caderninhos Clairefontaine. Ela detesta gravador, mas não exatamente por ter uma memória excepcional: "O gravador tira toda a espontaneidade de uma conversa." Huston não foi o único a impressionar-se com sua capacidade para guardar e reproduzir qualquer conversa, palavra por palavra. Em sua autobiografia,

Um livro aberto (L&PM, 1987), qualificou o trabalho de Lillian de "magistral". Menos do que isto não é. "Melhor do que muito romance", opinou Hemingway. "O mais completo retrato de Hollywood", pontificou Chaplin. "A tragédia mais engraçada que já li", escreveu S. N. Behrman. Muito melhor que o filme que o inspirou, acrescento eu.

Claro que os sicofantas da indústria cinematográfica infiltrados na grande imprensa detestaram a série em cinco capítulos, publicada pela *New Yorker*, entre maio e junho de 1952, com o título geral de *Nº 1512* (o número dado à produção de *The Red Badge of Courage*), e em seguida transformada em livro, *Picture*, que a Cia. das Letras acaba de anexar à sua coletânea de jornalismo literário.

Filme não é apenas um clássico da espécie, mas o seu primeiro clássico. Tom Wolfe, talvez movido por seu ódio à *New Yorker*, ignorou-o solenemente em seu estudo sobre o Novo Jornalismo. Segundo Wolfe, o uso de artifícios literários e diálogos em trabalhos jornalísticos teria sido uma invenção de Gay Talese (naquele perfil do boxeador Joe Louis), aperfeiçoada por Truman Capote em *A sangue frio*. Ben Yagoda cometeu o mesmo equívoco ao afirmar que ninguém escreveu um livro de não-ficção em forma de romance entre *Hiroshima*, de John Hersey, e *A sangue frio*. O texto "pioneiro" de Talese foi publicado na revista *Esquire*, em 1962, dez anos depois da publicação de *Filme*, ao qual, aliás, Capote rendeu o necessário tributo. Com suas audácias e invenções – a divisão da reportagem em cenas, diálogos em profusão, agudo senso de descrição – Lillian Ross não só antecedeu Talese e Capote como ensinou-lhes o caminho das pedras do jornalismo moderno, por ela praticado desde 1949, quando adotou pela primeira vez o *approach* literário na cobertura de um concurso de Miss América.

O romance da atribulada produção de *The Red Badge of Courage* (no Brasil lançado com o título de *A glória de um covarde*) começa com a primeira nota sobre o projeto publicada na imprensa (pela colunista de fofocas Louella Parsons) e termina com quem, afinal de contas, tinha plenos poderes para ficar com a última palavra sobre todo aquele imbróglio: Nick Schenck, o califa que destronou Louis B. Mayer e achava que dera uma lição a Dore Schary. "Deixei-o fazer o filme. Eu sabia que a melhor maneira de ajudá-lo era deixá-lo cometer um erro. Ele agora saberá decidir melhor. Todo jovem deve aprender cometendo erros. Duvido que ele queira fazer outro filme como aquele."

Exibido em preview para uma platéia que acreditava ter ido assistir a uma comédia romântica com Ginger Rogers, *A glória de um covarde* revelou-se o fiasco previsto por Mayer. Na verdade, aquele tipo de público não estava preparado para ver um drama sóbrio e realista sobre uma guerra que dividira a América ao meio. Com o conflito na Coréia monopolizando as manchetes dos jornais, os americanos queriam mais eram os musicais e as comédias escapistas da Metro, que Mayer tanto se orgulhava de produzir. Não bastasse, o filme não tinha estrelas em seu elenco. Seu protagonista, o soldado Henry Fleming, identificado laconicamente como "Jovem", era interpretado por Audie Murphy, texano miúdo e sem carisma que já atuara seis vezes diante das câmeras mas jamais conseguiria, com seus filmes, fazer sombra ao seu currículo militar. Murphy foi o soldado mais condecorado da Segunda Guerra Mundial. Mas saiu-se bem como o covarde que vira herói ao ver a morte de perto, evidência que os cortes e a remontagem impostos ao filme depois de sua fatídica *preview* não conseguiram ocultar.

Além de desfigurá-lo, ceifando-lhe cenas e alterando sua ordem original, a MGM acrescentou-lhe um narrador (o ator James Whitmore, não creditado) e lançou-o às escondidas. Huston tomou conhecimento desse ultraje a muitos quilômetros de distância (filmava *Uma aventura na África*) e nada pôde fazer. Em 1975, a MGM quis lançar sua versão integral. Ficou na vontade. Nem Huston a tinha entre os seus guardados.

(*Bravo! Livros*, junho, 2005)

ÍNDICE

11 de setembro de 2001, 10, 28, 29, 147, 266
148ª Divisão Panzer, 276
1984, 56, 127, 133-38
20 mil léguas submarinas, 252
20th Century Fox, 166, 169
2ª Conferência da OEA, 206

A

À bout de souffle, 95
A sangue frio, 280
À sombra da águia, 145, 149
À sombra das torres ausentes, 267
Abramoff, Jack, 144
Abreu, Zequinha de, 254
Academia Brasileira de Letras, 69, 255
Ação Imperial Patrianovista, 85
Ace Hole, 265
Acossado, 95
Adderley, Cannonball, 164
Admirável mundo novo, 9, 54, 56, 135, 136
Adorno, Theodor, 48
Affonso, Almino, 204

Affonso, Paulo, 257
African Queen, The, 278
Agência Nacional, 274
Agora seremos felizes, 32
Agostini, Ângelo, 256
Agripina, 164
Alberini, Filoteo, 167
Alcebíades, 118
Aleixandre, Vicente, 104
Aleluia, 115
Alencar, José de, 87, 221
Alforje do Diabo, 251
Algren, Nelson, 71
Alighieri, Dante, 78, 103, 133
Allbright, Madeleine, 149
Allen, Woody, 265
Almeida Garrett, 8,
Almeida Salles, Francisco Luiz, 193
Almeida, Aracy de, 182, 184, 186
Almeida, Hélio de, 174
Almirante, 26
Alô, amigos, 182
Altamirano, Carlos, 216
Altdorfer, Albrecht, 88
Altman, Robert, 107

Alvarenga, 221-22
Alves, Francisco, 25, 74, 181-82
Alves, Márcio Moreira, 206
Amado, Jorge, 131, 160
amants, Les, 238
amantes, Os, 238
Amaral, Tarsila do, 113
Amaru, Tupac, 217
"Amélia", 196
América Fabril, 199
American Council of Trustees and Alumni (ACTA), 148
Amin, Idi, 165
Amis, Kingsley, 126
Amis, Martin, 126-28
Amores clandestinos, 253
Andersen, Hans Christian, 164
Anderson, Alun, 17-18
Andersson, Harriet, 252
Andrade, Carlos Drummond de, 87, 104, 160, 255
Andrade, Joaquim Pedro de, 37
Andrade, Mário de, 37, 186, 192, 193
Andrade, Sérgio Augusto de, 54
Angel City, 213
Ângela Maria, 187
Anhangüera, 190
Anysio, Chico, 73
ano passado em Marienbad, O, 119
Ânteros, 42
Antic Hay, 58
Antígona, 50
anti-Nelson Rodrigues, O, 238
Antonio das Mortes, 220
Antônio Maria, 185, 186, 188
António Sérgio, 78

Antonioni, Michelangelo, 94
Apocalypse Now, 63, 215
Apolônio Brasil – O campeão da alegria, 73
"Aquarela do Brasil", 10, 179, 180, 182
Aquele que sabe viver, 161, 253
Aquiles, 121, 220
Aragão, almirante Cândido, 204
Aragon, Louis, 131
Araribóia, 217, 221
Arendt, Hannah, 266
Argos, 75
Aristófanes de Bizâncio, 176
Aristóteles, 103, 118
Armageddon, 28
Armstrong, Louis, 22, 49, 151
Arnold, Matthew, 56
Arquivo Público do Rio de Janeiro (APERJ), 259
Arrigucci Jr., Davi, 261
Artigas, general, 217
As You Like It, 50
Asfalto selvagem, 238
Asphalt Jungle, The, 278
Assis Brasil, general-de-brigada, 204
Associação Brasileira de Imprensa (ABI), 197
Astaire, Fred, 212
Astruc, Alexandre, 96
Átila, 231
Atlantic Monthly, The, 62
Atlântida, estúdio, 192
Atlas, 121
Auden, W. H., 101, 247
Augusto, imperador, 160, 161

Auster, Paul, 140
Autant-Lara, Claude, 168
Avalon, Frankie, 252
Ave do paraíso, 250
aventura na África, Uma, 278, 282
aventura no Brasil, Uma, 248
aventuras de Nhô-Quim, As, 256
Avery, Tex, 165
Azeitona, 257
Azevedo, Fernando de, 255
Azevedo, Idalina Godoi de, 168

B

Babe - O porquinho atrapalhado, 265
Babo, Lamartine, 22
Babe Ruth, 164
Bachelard, Gaston, 87
Back, Sylvio, 239
Bacon, Francis, 89
Baedecker, Karl, 246
Baile perfumado, 220
Balzac, Honoré de, 58, 164
Band, Albert, 279
Bando da Lua, 182
Bara, Theda, 44
"barbeiro de Sevilha, O", 25
Barbosa, Adoniran, 195
Barbosa, Orestes, 25, 256
Barbosa, Ruy, 257
Bardot, Brigitte, 212, 252
Barks, Carl, 165
Barnet, Richard J., 143
Barreto, Paulo, 43
Barreto, Tobias, 260
Barrie, J. M., 239

Barros, Luiz Alípio de, 156
Barroso, Ary, 179, 186, 187, 188
Barroso, Gustavo, 255
Barrymore, Ethel, 211
Barthes, Roland, 246, 269
Bartholdi, Frédéric-Auguste, 142
Barzun, Jacques, 47-51
Bastos Tigre, Manuel, 75, 76
Bathing Beauties, 250
Batista, Marilia, 186
Batista, Wilson, 186
Batson, Billy, 121
Baudelaire, Charles, 58, 164
Beach Boys, 249
Beauvoir, Simone de, 55
Bechet, Sidney, 140
Beckett, Samuel, 87, 269
Bedford, Sybille, 55
Beethoven, Ludwig van, 145
"Begin the Beguine", 25
Behrman, S. N., 280
Beiderbecke, Bix, 164
Bell, Graham, 164
Bellamy, Edward, 227
Belmondo, Jean-Paul, 212
Benário, Olga, 239
Benayoun, Robert, 35
benfeitor, O, 270
Ben-Hur, 234
Benjamin, Walter, 261
Bentley, Eric, 241
Beowulf, 50
Berger, Joseph, 127
Bergman, Ingmar, 95, 97, 252
Bergman, Ingrid, 118, 165
Bergson, Henri, 231
Berlau, Ruth, 242

Berlin, Irving, 22, 25
Berliner Alexanderplatz, 93
Bernhardi, Friedrich von, 229
Bernstein, Elmer, 165
Berreby, David, 19
Bertini, Francesca, 211
Biáfora, Rubem, 193
Bíblia do Caos, A, 158
Bide, 186
Bienal do Livro do Rio de Janeiro, 35, 36
Big Brother, 56, 133
Bilac, Olavo, 43, 87, 260
Bilal, Enki, 264
Bird of Paradise, 250, 251
Blackmore, Susan, 16
Blackmur, R.P., 57
Blade Runner, 136
Blake, William, 164
Blanche, Jacques-Émile, 230, 232
Blunt, Roy, 142
Bob Nelson, 221
Boca de ouro, 236, 237, 238
Bode Orelana, 221
Bogart, Humphrey, 212
Bolão, 257
Boldrin, Rolando, 222
Bolinha e Bolonha, 257
bom pastor, O, 32
Bom-dia, tristeza, 253
Bonaparte, Napoleão, 140
boneca do Diabo, A, 122
Bonfá, Luís, 185
Bonfim, Manuel, 256
Bonitinha mas ordinária, 238
Bonjour tristesse, 171, 253
Bonnie & Clyde, 33

Bonno, Sonny, 86
Bopp, Raul, 113
Borba Gato, Manuel de, 190
Borges, Jorge Luis, 56, 172, 173, 175, 178, 216
Borges, Nino, 257
Bosi, Alfredo, 261
Botelho, Afonso, 76, 77
Botelho, Cândido, 182
Bow, Clara, 211
Boyer, Charles, 165
Bradbury, Malcolm, 58
Braga, Ana Maria, 39
Braga, Rubem, 117, 129, 273
Braga, Zora Seljan, 129
Brandão, Raul, 274, 275
Brasil, Bertrand, 126
Brazil, 180, 182
Brazilian Adventure, 248
Brecher, Irving, 171
Brecht & Cia., 241
Brecht, Bertolt, 11, 164, 237, 240-43
Brilhante, Jesuíno, 221
Brockman, John, 10, 15
Bronco Piller, 219
Bronson, Charles, 165
Brooke, Rupert, 231
Brooks, Louise, 165
Broto para o verão, 253
Brown, Buster, 257
Browne, Sir Thomas, 49
Browning, Tod, 122
Bruce, Lenny, 164
Bruegel, Pieter, 88
Brugelin, Oliver, 246
Buarque, Chico, 254
Buffalo Bill, 220

Bugatti, Ettore, 164
Buñuel, Luis, 94
Burgess, Anthony, 57
Burns, Edward, 31
Burroughs, Edgar Rice, 225
Burroughs, William, 165
Burton, Richard, 165
Burton, Victor, 174
Bush, George, 224
Bush, George W., 29, 126, 148, 149, 150, 224, 267
Bwana, o demônio, 167
Byron, Lorde, 246

C

Cabocla, 222
Cabral, Jorge, 101
Cabral, Pedro Álvares, 44
Cage, John, 165
Cagliostro, 124
Cahiers du Cinéma, 92, 96
Caillois, Roger, 87
caldeira do Diabo, A, 170
California Light Horse Regiment, 109
Calígula, 164
Calil, Carlos Augusto, 117
Calíope, 47
Calisto, J., 43
Callado, Antonio, 70, 183, 206
Câmara Cascudo, Luiz da, 159, 183
Campos, Francisco, 255
Camus, Albert, 55, 130, 271
"Canção de amor", 73, 186
"Canção do exílio", 254
Candido, Antonio, 103, 261
cangaceiro, O, 191, 220

Cantando na chuva, 145
Capistrano de Abreu, 260
Capitão Blood, 225
Capitão Marvel, 120-21
Capitão Marvel Jr., 121
Capitão Rodrigo, 221
Capitão Tormenta, 225, 227
capote, O, 242
Capote, Truman, 68, 71, 165, 280
Caras, 37, 39
Cardim, Fernão, 53
Cardinale, Claudia,
Cardoso, Elizeth, 119
Careca, 186
Carelli, Wagner, 12, 13, 54
Carlo, Yvonne De, 122
Carlos, J., 257
Carmen Jones, 170, 171
Carmo, Dr. Celso Assis do, 259
Carneiro, Mário, 206
Carpeaux, Otto Maria, 40, 57, 203, 261, 262
Carrapicho, 257
carrascos também morrem, Os, 240
Carrero, Tônia, 191
Carroll, Lewis, 70
Carta, Mino, 194
Carter, Ângela, 174
Cartier-Bresson, Henri, 165
cartuxa de Parma, A, 70
Caruso, Enrico, 164
Carvalho, Joaquim, 78
Carvalho, Luiz Fernando, 97
Carvalho, Olavo de, 12, 54, 56
Carvana, Hugo, 73
Carver, Raymond, 165

Casa, comida e carinho, 251
Casablanca, 277
Cassou, Jean, 246
Castañeda, Carlos, 59
Castello Branco, marechal, 206
Castello, José, 112
Castelo Branco, Camilo, 77
Castro, Almir, 115
Cather, Willa, 70
Cauauthemóc, 217
Cavalcanti, Alberto, 241
Cavalcanti, Moema, 174
Caymmi, Dorival, 187
CBS, 51
Centro Cultural Banco do Brasil, 216, 234
Cerf, Bennett, 164
Cervantes, Miguel de, 50
César, Júlio, 160
Cézanne, Paul, 88
Chaney, Lon, 164
Chapeuzinho Vermelho, 153
Chaplin Club, 115
Chaplin, Charles, 94, 95, 211, 237, 280
Charisse, Cyd, 174, 212
Charles, Ray, 239
Chateaubriand, Assis, 156, 255, 273, 276
Chateaubriand, Frederico, 155
Chaykin, Howard, 264
Che Guevara, Ernesto, 214-16, 239
"Cheek to Cheek", 25
Cheney, Lynne V., 148
Chico Bóia, 44
Chiquinho, 257
Chirac, Jacques, 11, 142

Chocolate, 73
Chomsky, Noam, 143, 147
Chrétien, Henri, 167, 168
CIA, 162
Cidadão Kane, 115, 236, 237
Cigarra, A, 155, 156
Cinédia, 23
cinema de meus olhos, O, 117
Cinemateca do Museu de Arte Moderna do Rio, 169
Cinematógrafo, 43
Civil geometria, 101
Civita, família, 224
Clark, general Mark, 275
Clark Kent, 121, 133
Clément, René, 253
Cleópatra, 160, 161
Clinton, Bill, 149
Clio, 47
Clooney, Rosemary, 183
"Cobra Norato", 113
Coburn, Charles, 164
Cochise, 221
Cocteau, Jean, 95
Coelho Neto, Henrique, 75, 83, 260
"Coffee Song, The", 190
Coimbra, Leonardo, 78
Coisas, 21
Cole, Nat King, 74, 143
Coleridge, Samuel Taylor, 55
Colette, Sidonie Gabrielle, 164
Collor de Mello, Fernando, 207
Com a FEB na Itália, 276
"Com que roupa", 26
Conan Doyle, Arthur, 225
condessa descalça, A, 109

Congresso de Intelectuais Pela
    Paz, 130
Connolly, Cyril, 57
Conquest, Robert, 128
Conrad, Joseph, 164
Conselheiro, Antonio, 221
Conselho de Segurança da ONU,
    142
Conselho Nacional de Petróleo, 199
Conspiração do silêncio, 171
Contos de verão, 251
Contra a interpretação, 268
Contraponto, 54, 55, 58
Convenção de Haia, 231
Conversation, 51
Cony, Carlos Heitor, 39, 203, 205,
    206
Cook, Thomas, 246
Cooper, Gary, 108, 109, 220, 251
Copperfield, David, 154
Coppola, Francis, 95, 215
Corcunda de Notre-Dame, O, 234
Corisco e Dadá, 220
Corot, Jean-Baptiste, 88
corpo que cai, Um, 91
Correio da Manhã, 158, 202, 262,
    274
Correspondente estrangeiro, 110
Corsário Negro, 225
Côrtes, Aracy, 198
Costa, Américo Marques da, 193
Costa, Ruy, 182
Cotrim, Carlos, 194
Country Club, 213
coup de dés, Un, 102
Coutard, Raoul, 249
Coutinho, Afrânio, 103

Coward, Noel, 247
Crane, Stephen, 278
Crawford, Joan, 212, 213
Crome Yellow, 58, 59
Crosby, Bing, 182
Crumb, Robert, 264
Crusoé, Robinson, 53
Cruzeiro, O, 45, 152, 155, 156, 158
Cukor, George, 94, 97
Cunha, Euclides da, 221, 260

D

d'Almeida, Neville, 238
Da Vinci, Leonardo, 103, 104
Daily News, 107
Daix, Pierre, 130, 131
Dali, Salvador, 237
Dalton, Dorothy, 235
dama do lotação, A, 238
Darin, Bobby, 239
Darwin, Charles, 17, 19, 89, 147
Daves, Delmer, 250, 253
Davis, Bette, 212
Davis, Phil, 122-24
Dawkins, Richard, 16
De Quincey, Thomas, 55
De Sica, Vittorio, 34, 238
Deane, Silas, 141
decadência do Ocidente, A, 172
Declaração de Independência dos
    EUA, 140
Defoe, Daniel, 53, 225
Del Rio, Dolores, 250
Delacroix, Eugène, 164
Delay, Tom, 144
Deleuze, Gilles, 89
Delírio de loucura, 170

DeMille, Cecil B., 92, 108, 110, 234, 237
demônio das onze horas, O, 171, 249
Demótica, 47-52
Dench, Judi, 65
Deodoro da Fonseca, marechal, 82, 91
Depp, Johnny, 239
Desafio à corrupção, 170
Descartes, René, 89
descobrimento do Brasil, O, 44
Detetive, 156
Devil Doll, The, 122
Diaghilev, Sergei, 165, 232
dialética do sexo, A, 137
Diante da dor dos outros, 268
Diário Carioca, 116, 189, 273
Diários Associados, 273
Diários de motocicleta, 215, 216, 239
DiCaprio, Leonardo, 239
Dickens, Charles, 49
Dickinson, Emily, 35
Diderot, Denis, 177
Die Zeit, 267
Dieterle, William, 242
Dietrich, Marlene, 118, 211, 212
Diretrizes, 116, 193
Disney, Walt, 88, 108, 182
Disraeli, Benjamin, 69
divina comédia, A, 88
Dom Casmurro, 92
Dominguin, Luis Miguel, 240
Don't Say a Word, 31, 33
"Dona da minha vontade", 25
"Dono do meu nariz", 25
Doors, The, 271

Departamento de Ordem Política e Social (DOPS), 201, 205, 206, 207
Doré, Gustave, 88
Dornellas, Homero, 26
Dostoiévski, Fiodor, 271
Douglas, Kirk, 252
Douglas, Norman, 59, 247
Dourado, Autran, 45
Dowd, Maureen, 61
Doze homens e uma sentença, 251-52
Dr. Kaximbown, 257
Dreyer, Carl Theodor, 94
Dudow, Slatan, 241
Dumas, Alexandre, 71, 225
Dumas, Robert, 89
Duque Estrada, Joaquim Osório, 26, 80, 83
Duras, Marguerite, 131
Dürer, Albrecht, 88
Duro de matar, 28, 31
Durrell, Lawrence, 245, 247
Dutra, Eurico Gaspar, 200
Dzhugashvili, Josif Vissarionovich, 125

E

...E Deus criou a mulher, 252
"É luxo só", 179
...E o vento levou, 94, 234, 238
Eagle's Shadow: Why America Fascinates and Infuriates the World, The, 149
Eames, Charles, 165
Earp, Wyatt, 220
Eça de Queirós, José Maria, 164

Eddy, Nelson, 237
Edge, The, 15
Edison, Thomas A., 210
Educação pela pedra, 101
Ehrenburg, Ilya, 131
Einstein, Albert, 15, 17, 38, 146
Eisenstein, Sergei, 94, 98, 103, 104, 241
Eisner, Will, 264
Eksteins, Modris, 32, 231, 232
"*El Penado 14*", 25
Ela, 225
Elbrick, Charles, 207
Elias, Norbert, 165
Eliot, T.S., 159
Ellington, Duke, 21, 49
Eluard, Paul, 131
Em busca de um homem, 170
Em liberdade, 45
emblema rubro da coragem, O, 278
Émile, 89
Empey, Arthur Guy, 109
Enciclopédia Brockhaus, 172
Engels, Friedrich, 164
Engraçadinha depois dos 30, 238
Ensina-me a viver, 63
Enzensberger, Hans Magnus, 176, 247
Epstein, Brian, 164
Epstein, Jean, 95-96
Erato, 47
Eros, 42
escândalo do século, O, 170
Escola de Frankfurt, 48
Escorel, Ana Luísa, 174
escritor e seus fantasmas, O, 216
"Espadas como lábios", 104

Esperando Godot, 269
Esposas ingênuas, 93
Ésquilo, 50
Esquire, 280
Estado de S. Paulo, O, 158, 193
Estigma da crueldade, 170
estilo radical, O, 268
ETA, 28
Eu vi as democracias populares de perto, 129
Eurípides, 50
Euterpe, 47
Evola, Jules, 135
Eyre, Jane, 49

F

faca só lâmina, Uma, 102, 103
Fadiman, Clifton, 51
Fahrenheit 9/11, 239
Fairbanks, Douglas, 211
falecida, A, 238
Falk, Lee, 123
Falwell, Jerry, 147
Faria, Octavio de, 114, 115
Farmer, Frances, 164
Farney, Dick, 193
Farrell, James T., 165
Fassbinder, Rainer Werner, 93
Faustina, 257
Fawcett, P.H., 248
FBI, 243
Fellini, Federico, 94, 119, 120
Ferdinando, arquiduque Francisco, 229
Ferguson, Niall, 231
Férias de amor, 252
férias do sr. Hulot, As, 252

Férias no paraíso, 251
Fernandes, Millôr, 10, 105, 152-58, 183, 245, 260
Fernandez, Francisco, 154
Ferrer, Ibrahim, 165
Feuchtwanger, Lion, 110, 242
Fierro, Martín, 217
FIFA, 79
fille pour l'été, Une, 253
Film Comment, 106
Film Sense, 104
Filme, 280
Filosofia da saudade, 76
Firestone, Shulamith, 137
Fischer, Vera, 37
Fitzgerald, Ella, 140, 186, 233
Fitzgerald, F. Scott, 108
Flaherty, Robert, 94
Flan, 184
Flash Gordon, 155
Flaubert, Gustave, 40, 175, 245
Fleming, Ian, 164
Fleming, Peter, 247, 248
Fleming, Victor, 94
Flores à Cunha, 199
Flores da Cunha, José Antônio, 199
Flynn, Errol, 108, 109
Fodor, 246
Folha de S. Paulo, 87, 99, 158
Folhas inúteis, 58
Fonda, Henry, 165
Fonseca, Rubem, 40, 69, 71
Fontes, Hermes, 75
Foolish Wives, 93
Força Expedicionária Brasileira (FEB), 273
Ford, Gerald, 163
Ford, Glenn, 165
Ford, Harrison, 29
Ford, Henry, 108
Ford, John, 49, 94, 109, 110, 117, 164, 220, 251
Forma, 21
Formas breves, 216
Foucault, Michel, 19
Fox, 38, 166, 168, 169-71, 251
Francesca, Piero Della, 103
Francis, Paulo, 12, 36, 260
Frank, Anne, 164
Frank, Leo, 164
Frank, Waldo, 114
Franklin, Benjamin, 20, 69, 140
Frears, Stephen, 67
Fred Waring & His Pennsylvanians, 182
Fredericks, Fred, 124
Freire, Leônidas, 257
French, R.T., 142
Freud, Sigmund, 19, 139, 245, 247
Freyre, Gilberto, 256
Friedman, Thomas, 142
Friends, 31
From Dawn to Decadence: 500 Years of Western Culture, 47, 49
Fuegi, John, 241
Funicello, Annette, 252
Furacão, 251
Fussell, Paul, 32, 231

G

Gabeira, Fernando, 207
Gabin, Jean, 212
Galeano, Eduardo, 216, 217

Galileu, 241
Galileu Galilei, 242
Gance, Abel, 167
Gândavo, Pero de Magalhães, 53
Garaudy, Roger, 131
Garbo, Greta, 118, 212, 235
García Junior, 84
Garcia, Isaurinha, 187
Garcia, Jerry, 165
Gardner, Ava, 116, 212, 235
Garman, Ralph, 142
"Garota de Ipanema", 252
Garoto Amarelo, 257
Gassman, Vittorio, 161, 253
Gaulle, Charles de, 141, 163
Gavião do Mar, 225
Geddes, Barbara Bel, 165
Geisel, Ernesto, 205
Gentile, Giovanni, 135
Geração Paissandu, 236
Geração Perdida, 140
Gersen, Bernardo, 103
Gershwin, George, 22, 183
Gershwin, Ira, 165
Gestapo, 109, 264
Gide, André, 46, 127, 246
"Gigolette", 25
Gilbert & Sullivan, 23
Gilberto, João, 27, 189
Gilliam, Terry, 180
Ginzburg, Eugenia, 127
Giorgione, 103
Glaser, Milton, 174
Globo, O, 206, 259, 274
glória de um covarde, A, 278, 281
Gnatalli, Radamés, 181
"God Save the Queen", 79

Godard, Jean-Luc, 95, 171, 208, 236, 241, 249
Goddard, Paulette, 118
Goering, Hermann, 109
Goethe, Johann Wolfgang von, 77, 231
Gogol, Nikolai, 242
Goldfish, Samuel, 213
Goldman, Newton, 114
Goldwyn, Samuel, 170, 213, 242, 243
Golias e o dragão, 106
Gomes, Carlos, 82
Gomes, Paulo Emílio Salles, 118, 192
Gonçalves Dias, Antônio, 75, 87, 254
Gonzaga, Chiquinha, 186
Gorbachev, Mikhail, 162
Gordo e o Magro, O, 111
Gordon, Ruth, 165
Goring, Marius, 110
Gottschalk, Louis Moreau, 82
Goulart, João, 203
Granado, Alberto, 214, 216
Grande Otelo, 192
Grant, Cary, 212
"Grau dez", 179
Graves, Robert, 247
Great War and Modern Memory, The, 32
Greed, 93
Grey, Zane, 219
Griffith, David, 94
Gritti, Jules, 246
Grünewald, José Lino, 98, 237
Guanabarino, Oscar, 82, 83

Guarani, O, 82
Guardian, The, 79, 80
Guazzoni, Enrico, 115, 167
Guerra e paz, 177
Guerra Fria, 32, 163, 199, 200
Guerra Mundial, Primeira, 32, 109, 163, 229
Guerra Mundial, Segunda, 32, 34, 96, 107, 113, 199, 281
Guerra Peixe, César, 183
Guide Bleu, 246
Guimarães Rosa, João, 101, 153, 221
Guinness Book of Records, 66
Guinness, Alec, 165
Guri, O, 156
Gutenberg, Johannes, 176
Gyssling, George, 110

H

"Habeas Corpus", 24, 25
Haggard, Henry Rider, 225, 226
Hammerstein II, Oscar, 164
Hampton, Lionel, 165
Hangmen Also Die, 240
Hanna & Barbera, 49
Hardy, Oliver, 164
Harman, Fred, 219
Harold and Maude, 63
Harper's Magazine, 48
Harris, Judith Rich, 19
Harrison, Robert, 89
Hart, William S., 211
Hasni, Cheb, 146
Hauptmann, Gerhart, 231
Hauser, Marc D., 17
Hawking, Stephen, 60

Hawks, Howard, 96
Haynes, Roberta, 251
Hayworth, Rita, 212
Hearst, cadeia de jornais, 129
Hegel, Georg Wilhelm Friedrich, 89
Heine, Heinrich, 175
Hemingway, Ernest, 52, 70, 71, 140, 279, 280
Hepburn, Audrey, 212
Hepburn, Katharine, 212
Hércules, 121
Hernandez, irmãos, 264
Hersey, John, 280
Hertsgaard, Mark, 149
Hesse, Hermann, 164, 230
Heston, Charlton, 29
Hime, Francis, 189
Hines, Gregory, 165
"Hino à coroação", 82
"Hino da Carta", 81
"Hino da graça", 81
"Hino da Independência", 81, 82
"Hino da Proclamação da República", 82
"Hino da Revolução", 81
"Hino imperial constitucional", 81
"Hino nacional brasileiro", 10, 26, 79, 80, 82, 84
"Hino nacional português", 81
"Hino patriótico da nação portuguesa", 81
Hipócrates, 32
Hiroshima, 280
Hirschfeld, Magnus, 230
Hirszman, Leon, 192
História real, 34

Hitchcock, Alfred, 91, 92, 94, 96, 110, 118, 237, 252
Hitchens, Christopher, 126, 127
Hitler, Adolf, 111, 128, 132, 143, 163, 164
Hochmann, Miguel, 257
Hodgson, Paul, 174
Hogarth, Burne, 124
Holanda, Aurélio Buarque de, 262
Holden, William, 252
Holiday, Billie, 186
Hollywood Reporter, 108
Holocausto, 107, 139, 265
homem que nunca existiu, O, 170
Homero, 50, 87, 220
Hood, Robin, 109, 118
House and Garden, 270
Hrabal, Bohumil, 270
Hughes, Howard, 239
Hugo, Victor, 68
Hull, Warren, 119
Humboldt, Alexander von, 218
Huntington, Samuel, 145, 146
Hurst, Fannie, 238
Hussardos de Hollywood, 109
Hussein, Saddam, 141, 149
Huston, John, 165, 278, 279, 282
Hutton, James, 18
Huxley, Aldous, 9, 54-59, 135, 137, 247
Huxley, Leonard, 56
Huxley, Thomas Henry, 56

I

I Concentrate On You, 24
I Was a Teenage Terrorist, 33
Idílio para todos, 251

Il Sacco di Roma, 167
Il Sorpasso, 161, 253
ilha do tesouro, A, 225
ilha, A, 54
Ilíada, 220
Imitação da vida, 238
In the Shadow of No Tower, 267
incompreendidos, Os, 171
Inconfidência Mineira, 81
inconfidentes, Os, 206
Independence Day!, 28
Indiana Jones, 226
índio, O, 43
Inferno, 78, 133
Information, Please, 51
insaciável, O, 117
inverno da guerra, *O*, 276
Invitation to Learning, 51
IRA, 28, 163
Irving, Washington, 227
Isabela, rainha, 164
Isherwood, Christopher, 247
Island, Anna Maria, 250
Israel, Ben, 218
IstoÉ, 158, 194
It Can't Happen Here, 144
Itararé, Barão de, 152
Ivan, o Terrível, 126
Ivens, Joris, 165

J

Jabor, Arnaldo, 192, 238
Jack, o Estripador, 162
Jackson, Jesse, 148
Jaguar, 259
James, Henry, 49, 175

James, Jesse, 170, 220
Janacek, Leos, 164
Jankelevitch, Vladimir, 75
Jasão, 220
Jdanov, Andrei, 129, 130
Jeca Tatu, 183, 192, 198, 221
Jefferson, Thomas, 141
Jennings, Peter, 165
Jequiti-Bar, 194
Jô Onze e Meia, 39
João do Rio, 43
João Sebastião Bar, 194
João VI, D., 81, 90
Jobim, Tom, 22, 87, 118, 183, 189, 254
Jones, Jim, 147
Jornal do Brasil, 206
Jornal, O, 116
José Mauricio, padre, 81
Joujoux e Balangandãs, 182
Journal of Popular Culture, 49
Joyce, James, 38, 39, 40, 101
JPC, 49
Juca Pirama, 221
Jujuba, 257
Julieta dos Espíritos, 119
Juquinha, 257
Juventude Comunista, 199
juventude manda, A, 110

K

K. Lixto, 257
Kael, Pauline, 261, 267
Kafka, Franz, 32, 177, 229, 232, 266
Kagan, Robert, 143
Kamenev, Lev, 125

Kanapa, Jean, 131
Kant, Immanuel, 89
Karina, Anna, 249
Kazan, Elia, 171
Keaton, Buster, 41, 94
Keats, John, 246
Kelly, Gene, 140
Kelly, Grace, 252
Kennedy, Bob, 86
Kennedy, John Fitzgerald, 86
Kennedy, Michael, 86
Kenton, Stan, 165, 187
Kern, Jerome, 25
Khan, Yehol, 122
Khayan, Omar, 145
Khouri, Walter Hugo, 193
Killer's Kiss, 95
Kilvert, Francis, 244
King Kong, 123
King, Henry, 98
Kinsey, Alfred, 239
Kipling, Rudyard, 71, 226
Klee, Paul, 88
Koba the Dread, 126, 127
Koestler, Arthur, 127
Kolko, Gabriel, 143
Kopelev, Lev, 127
Koresh, David, 147
Koscina, Sylva, 251
Kostelanetz, André, 185
Koster, Henry, 98
Kruchev, Nikita, 127
Ku Klux Klan, 147
Kubitschek, Juscelino, 160
Kubrick, Stanley, 95
Kuhle Wampe, 241
Kurosawa, Akira, 94

Kursk, 162
Kurtzman, Harvey, 264

L

L'Amour, Louis, 219
L'Herbier, Marcel, 94
La Rochefoucauld, François de, 64, 157
labirinto da saudade, O, 75
Laclos, Choderlos de, 68
Laden, Osama bin, 147, 267
ladrão de Bagdá, O, 122
Ladrão de casaca, 252
Lady Di, 165
Laemmle, Carl, 210
Lago, Antonio, 199
Lago, Mário, 196, 197, 198, 199
Lagoa azul, 252
Lamas, restaurante, 46
Lamour, Dorothy, 251
Lamparina, 257
Lampião, 220, 221
Lanchester, Elsa, 242
"Land of Hope and Glory", 79
Lane, Anthony, 28
Lane, Lois, 121
Lane, Myriam, 121
Lang, Fritz, 94, 110, 164, 171, 219, 237, 240, 241, 266
Laranja da China, 182
Laughton, Charles, 242
Lavoura arcaica, 37, 97
Lawrence, D.H., 59, 247
Lawrence, Florence, 210, 211
Lázaro, Darcy, 207
Le Blanc, André, 124
leão de Damasco, O, 227

Leão, Carlos, 113
Leão, Duarte Nunes de, 76, 77
LeBoy, boate gay, 37
Lederman, Leon M., 15
Legrand, Michel, 253
Lehár, Franz, 25
Leiris, Michel, 271
Lênin, Vladimir, 125, 197, 242
Leoni, coronel, 200
Lessa, Ivan, 195, 260
Lettres Françaises, Les, 130, 131
Levant, Oscar, 164
Lévi-Strauss, Claude, 19
Lewis, Jerry, 142
Lewis, Sinclair, 144
Lewton, Val, 94, 117
Liga Antinazista, 108, 111
Ligações perigosas, 67
Lima Barreto, Afonso Henriques de, 43, 260
Lima Jr., Walter, 169
Lima, Alceu Amoroso, 256
Lima, Luiz Costa, 103
Lima, Vasco, 256
Lincoln, Abraham, 158
Lindbergh, Charles, 165
Linder, Max, 211
Linhas tortas, 42
Lira, Mariza, 84
Little Nemo, 265
livro aberto, Um, 280
livro negro do comunismo, O, 126, 127
livro negro dos Estados Unidos, O, 143
Lloyd, Harold, 211
Lobo, Edu, 189

Lobo, Fernando, 185
Loder, John, 165
Lodge, David, 58
Logan, Joshua, 252
Lola Montès, 171
London, Jack, 225
Loos, Anita, 165
Lopes, Dora, 187
Lorca, Federico García, 50, 164
Lorrain, Claude, 88
Lorre, Peter, 242
Losey, Joseph, 242
Lost Zweig, 239
Louis, Joe, 280
Loureiro, Luís Gomes, 257
Lourenço, Eduardo, 75
LSD, 55
Lübeck, Geibel de, 230
"Lucy in the Sky With Diamonds", 55
Ludwig, Emil, 139
Lugosi, Bela, 164
Lumière, irmãos, 44, 208, 209
Lumière, Louis, 208, 209
Lupino, Ida, 165
Lusíadas, Os, 76
Lynch, David, 34

M

Macbeth, 242
MacDonald, Jeanette, 237
Machado de Assis, Joaquim Maria, 260, 270
Machado, Aníbal, 113
MacMurray, Fred, 121
Mad, 264
Mãe Coragem, 241

Mafouz, Naguib, 146, 165
Magalhães Júnior, Raimundo, 258
Magalhães, Dario de Almeida, 155
Magnani, Anna, 240
Magno, Alexandre, 91, 175
Magris, Claudio, 75
Mailer, Norman, 261
Maistre, Xavier de, 270
maja desnuda, A, 106
Malhação, 38
Malho, O, 256, 257
Mallarmé, Stéphane, 102, 118
Malle, Louis, 238
Malraux, André, 130, 131
"Mamãe eu quero", 45
Mamede, Zilá, 101
Mamoulian, Rouben, 251
Manchurian Candidate, The, 33
Mandrake, 11, 119-24
Mandrake no país dos faquires, 122
Mandrake no país dos homens pequeninos, 122
Manguel, Alberto, 175
Manhã, A, 116
Mankiewicz, Joseph L., 95
Mann, Heinrich, 139
Mann, Thomas, 40, 58, 164, 230
Manolete, 164
Mansfield, Jayne, 211
Mansfield, Katherine, 247
Manson, Charles, 162
manto sagrado, O, 166, 168, 170
Mao Tsé-tung, 122
Mãos sujas, 130
maravilhas do ano 2000, As, 227

Marciano, Rocky, 164
Marco Polo, 245, 248
Marcos, Imelda, 62
Márquez, Gabriel García, 216
"Marselhesa, A", 25, 79, 80, 82
Marshall, E. G., 165
Martinez, Tomás Eloy, 216
Marvin, Lee, 165
Marx, Groucho, 157, 165, 243
Marx, Karl, 19, 139
Mary Marvel, 121
Mastroianni, Marcello, 119, 120, 121, 251
Matisse, Henri, 103, 265
Matos, Gregório de, 76
Matoso, Francisco, 186
Mattotti, Lorenzo, 264
Maugham, Somerset, 247
Mauro, Humberto, 44
Maus, 264-66
May, Karl, 219
Mayer, Louis B., 278, 279, 281
Mazzaropi, Amácio, 192, 221
McCarthy, Mary, 261
McCorduck, Pamela, 17
McLaglen, Victor, 108, 109
Medeiros e Albuquerque, José Joaquim, 82
Medvedev, Roy, 127
Meias de seda, 168
Meigs, General, 275
Méliès, Georges, 94, 209
Mello, Beatriz Azevedo, 113
Mello, Mario Vieira de, 114-15
Mello, Sérgio Vieira de, 165
Mello, Zélia Cardoso de, 207
Melo Neto, João Cabral de, 10, 99

Melo, Dom Francisco Manoel de, 74, 76
Melpomene, 47
Memórias do cárcere, 45
Memórias póstumas de Brás Cubas, 270
Mencken, H. L., 49
Mendes, Chico, 199
Mendes, Isabel, 154
Menjou, Adolphe, 123
mensageiro do diabo, O , 42
Mercúrio, 121
Merquior, José Guilherme, 103
Mesmer, 124
Metro-Goldwyn-Mayer (M-G-M), 94, 98, 278, 279, 282
meu pé de laranja lima, O, 87
Meyer, Augusto, 113
Michelin, 246
Midas, rei, 122
Miguez, Leopoldo, 82
mil e uma noites, As, 145
Miller, Frank, 264
Miller, Henry, 140
Milosz, Czeslaw, 165
Milton, John, 57
Minerva, 211
Minha vontade é lei, 170
Minnelli, Vincente, 96
Miranda, Carmen, 116, 160, 182, 187
miseráveis, Os, 68
"Miss Otis Regrets", 24
Mitchum, Robert, 42
Mitke, Thassilo, 274
Mix, Tom, 220, 235
Moby Dick, 87

mocidade é assim mesmo, A, 32
Molinaro, Edouard, 253
Mônica e o desejo, 252
Moniz, Edmundo, 203
Monroe, Marilyn, 38, 164, 212, 253
Montaigne, Michel Eyquem de, 173, 220
montanha mágica, A, 58
Monteiro Lobato, José Bento, 113, 198, 221, 225
Monteiro, Doris, 184, 187
Montello, Josué, 255
Montez, Maria, 122
Moon of Manakoora, The, 251
Moore, Henry, 165
Moraes, Dênis de, 45
Moraes, Eneida de, 256
Moraes, Tati de, 112-17
Moraes, Vinicius de, 11, 69, 112-18, 184, 187-89, 192
"Morena boca de ouro", 179
Morin, Edgar, 131, 246
Morrell, Ottoline, 59
Morris, William, 227
morro dos ventos uivantes, O, 193
morte passou por perto, A, 95
mosca da cabeça branca, A, 170
Mossadegh, governo, 162
Mougin, Henri, 131
Mouly, Françoise, 264, 266
"Muié rendera", 186
mulher é uma mulher, Uma, 171
mulher sem pecado, A, 237
"mulher sentada, A", 103
Mulheres apaixonadas, 59
Mulligan, Robert, 253
Munch, Edvard, 266

Murdoch, Rupert, 142
Murnau, Friedrich Wilhelm, 94
Murphy, Audie, 281
Murry, John Middletown, 58
muse démocratique, La, 49
Museu da Imagem e do Som, 207
Museu de Arte Moderna, 107, 169
Museu de cera, 167
Mussolini, Benito, 109, 110, 111, 276
Mussolini, Vittorio, 111
Myers, David G., 19

N

Na cova das serpentes, 117
"Na Pavuna", 26
"Na virada da montanha", 179
Napoléon, 167, 168
Nassar, Raduan, 39
Nassau, Mauricio de, 81
Natural History, 16
Nazareth, Ernesto, 185
Neeson, Liam, 239
Negroponte, Nicholas, 177
Neguinho e Juracy, 200
Nepomuceno, Alberto, 83
Nero, 234
Neruda, Pablo, 104, 130
Netuno, 89
New Scientist, 17
New York American Journal, 123
New York Post, 142
New York Review of Books, 262
New York Times, 31, 61, 142
New Yorker, The, 28, 266, 267, 269, 279, 280
Newman, Alfred, 169

Ney, Bob, 144
Ney, Nora, 187
Nibelungos, 50
Nichols, Mary Ann, 162
Nick Bar, 193
Nielsen, Asta, 211
Nietzsche, Friedrich, 64, 164
"Night and Day", 23
Night of the Hunter, 42
Nightingale, Florence, 165
Nijinsky, Vaslav, 232
Nixon, Richard, 162
Nizan, Paul, 131
"No rancho fundo", 179
No tempo das diligências, 110
Nobel, Prêmio, 15
Nogueira, Zé, 21
Nós, 136
Nova York sitiada, 28, 29, 31
Novaes, Adauto, 216
Novak, Kim, 212
Numa ilha com você, 250
"Numa sessão do grêmio", 101
Nunca fui santa, 170
Núpcias de escândalo, 32

O

O'Connor, Flannery, 164
O'Neill, Eugene, 251
O'Neill, Jennifer, 253
Odets, Clifford, 164
Odisséia, 220
Oito Visões da América Latina, 216
Olga, 239
Olimpíadas, 107, 108
Oliveira Viana, Fransico José, 260

Oliveira, Aloysio de, 116, 182
Oliveira, Domingos, 252
Oliveira, Francisco de, 214, 217
Oliveira, Manoel de, 76
Oliveira, Marly de, 100
Oliveira, Stella Maris Barbosa de, 100
"Omnibus", 25
ópera dos três vinténs, A, 241
Ophuls, Max, 171, 253
Opinião, 205, 262
Orfeu da Conceição, 22
Organização das Nações Unidas (ONU), 142, 144
Orico, Osvaldo, 76
Orwell, George, 56, 127, 133-38, 180, 261, 266
Oscarito, 192
Otelo, 119
Ouro e maldição, 93
Ouro negro, 21
"Ouro Negro", 198
Outcault, Richard Fenton, 257
Outubro, 103
Ovídio, 87
Ozouf, Mona, 48, 49

P

Pabst, Georg Wilhelm, 241
Padim Ciço, 221
Paget, Debra, 250
paixão da nova Eva, A, 174
Paixões em Nova York, 30
Paiz, O, 82
Paley, William, 51
Pandareco, 257
Pangloss, dr., 180

Parachoque, 257
Paraguai, guerra do, 82
Parenti, Michael, 143
Parker, Dorothy, 108
Parsons, Louella, 281
Pascal, Blaise, 164
Pasquim, 152, 158, 205
Pathé, 210
pátria brasileira, A, 43
Paula, Elano de, 73
Paulicéia desvairada, 192
Pauling, Linus, 165
Pavese, Cesare, 271
pecado mora ao lado, O, 170, 252
Pederneiras, Raul, 257
Pedra do sono, 102
Pedro I, D., 81
Pedro II, D., 82, 83, 85
Peeters, Benoît, 264
Péguy, Charles, 231
Pelé, 125
Penélope, 75
penúltima visão do paraíso, A, 218
Peralva, Oswaldo, 203
Perdidos na noite, 33
Péricles, 48
Perigo supremo, 171
Perón, Juan Domingo, 176
Perse, Saint-John, 86
"Pesado 13", 25
Pessoa, Fernando, 104
Petacci, Claretta, 276
Peter Pan, 239
Petit, Pascale, 253
petróleo é nosso, O, 198
"petróleo é nosso, O", 196-97
"Physician, The", 24, 25

Piaf, Edith, 240
Picasso, Pablo, 130, 131, 140, 265
Pickford, Mary, 211
Pickover, Cliff, 18
Picnic, 252
Picture, 280
Pierrot le fou, 171, 249
Pif-Paf, 152, 156, 158
Piglia, Ricardo, 216
Pilatos, Pôncio, 41
Pilcher, Rosemunde, 40
Pineiro, Ramon, 78
Pinochet, Augusto, 158
Piñon, Nélida, 69, 71
Pinter, Harold, 153
Pinto, Álvaro, 199
Pipoca, 257
Pirandello, Luigi, 236
Pironesi, Giovan Battista, 175
Pitágoras, 173
Pitoëff, Sacha, 119
Pixinguinha, 22, 186
Platão, 28, 87, 90, 173
Plein soleil, 253
Plimpton, George, 140
Plínio, o Velho, 87
Plotino, 75
Plutônia, 47-48
poder vai dançar, O, 107
poderoso chefão, O, 33
Poe, Edgar Allan, 70
poeta da paixão, O, 112
Polímnia, 47
Pollock, Jackson, 164
Ponge, Francis, 87
ponte do rio Kwai, A, 252
Ponte Preta, Stanislaw, 205

Ponto Chic, 193
Porgy e Bess, 183
portas da percepção, As, 55
Porten, Hanny, 211
Porter, Cole, 10, 22-25, 49, 214, 247
Portinari, Candido, 113
Portmann, John, 64
Porto, Sérgio, 152, 205
Portugal, Marcos Antônio da Fonseca, 81
Poseidon, 89
Post-Scriptum, 156
Pour construire un feu, 168
Poussin, Nicolas, 88
povo escreve a história nas paredes, O, 196, 197, 200
Powell, Jane, 118
Poy, José, 191
"Pra machucar meu coração", 179
Prado, Perez, 187
Prazeres, Heitor dos, 186
Preminger, Otto, 96, 171, 253
Presley, Elvis, 164
primeira noite de um homem, A, 33
Princesa Narda, 119, 120, 123
Príncipe Íbis, 120, 123
Príncipe Valente, 170
processo, O, 236
Prontuário nº 6.985, 201
Prudente de Morais, 116
"Pseudodoxia Epidemica", 49
Psicologia de massa do fascismo, 134
Punto de Vista, 216

Q

Quadros, Jânio, 100
"Quando a noite me entende", 188
Quando fala o coração, 237
"Quando tu passas por mim", 184
Quanto mais quente, melhor, 253
Quartin, Roberto, 21
Quem foi Jesse James?, 170
Questão de ênfase, 268
Quo vadis?, 115, 170

R

Rabelais, François, 50
Rádio Nacional, 182, 191, 197, 200
RAM Pictures, 111
Ramalho, João, 190
Ramos, Graciliano, 10, 41-46, 129, 260, 262
Ramos, Ricardo, 45
Ranchinho, 221, 222
Rangel, Flávio, 206
Rangel, Maria Lucia, 41
Raposa do mar, 170
Rashomon, 237
Raw, 264, 265
Ray, Nicholas,
Raymond, Alex, 48, 155, 171
Rebeca, a mulher inesquecível, 237
Reco-Reco, 257
Red Badge of Courage, The, 278-81
Reed, Carol, 118
Reed, Oliver, 119
Rees, Martin, 18
Refém do silêncio, 31
Reich, Wilhelm, 134, 137
Reichard, 246

reinações de Narizinho, As, 113
Reinhardt, Gottfried, 278
Reinhardt, Max, 278
Remarque, Erich Maria, 139
Remnick, David, 266, 267
Renoir, Jean, 104
Réquiem por un país perdido, 216
Resende, Otto Lara, 204, 237
Resnais, Alain, 119
Respiración artificial, 216
retour de l'URSS, Le, 46
Return to Paradise, 251
Revista do Rádio, 191
Revista Fluminense, 256
revolução dos bichos, A, 127, 265
Rheingold, Howard, 17, 64
Ribeiro, João, 260
Ribeiro, João Ubaldo, 69
Ricardo, Cassiano, 116
Rice, Condoleezza, 149
Riefenstahl, Leni, 107, 108, 111
Rilke, Rainer Maria, 230
rio sagrado, O, 104
Risi, Dino, 253
"Risque", 188
River, The, 104
RKO Pictures, 94
Roach, Hal, 108, 111
Road Back, The, 110
Robbins, Tim, 107
Robe, The, 166
Roberts, Julia, 212
Robertson, Pat, 147
Robson, Mark, 94
Rocha, Augusto, 257
Rocha, Glauber, 37, 97, 98, 160, 206, 207, 220, 241

Rocha, Marta, 191
Rocha, Plínio Sussekind, 115
Rochedos da morte, 251
Rodrigues, Jaime, 206
Rodrigues, Nelson, 234, 236-38
Rodrigues, Newton, 203
Rodrigues, Nina, 260
Rogers, Ginger, 281
Rogers, Will, 164
Rohe, Mies van der, 165
Rolland, Romain, 231
Romero, Silvio, 260
"rosa do povo, A", 104
Rosa, Noel, 10, 22-26, 186
Ross, Lillian, 279, 280
Rossellini, Roberto, 34, 98, 276
Rossini, Gioacchino, 25, 80
Rostand, Edmond, 69
Rousseau, Jean-Jacques, 89
Roy, Claude, 130
Ruisdael, Jacob van, 88
Rumsfeld, Donald, 141
Russell, Bertrand, 51, 247
Russell, Jane, 251
Russell, S.K., 180
Ruthless, 117

S

S.E.S., banda feminina, 150
Sá, Luís, 257
Sabatini, Rafael, 225
Sabato, Ernesto, 216
Sabes o que quero, 170
Sacco & Vanzetti, 162
sacre du printemps, Le, 232
Sagan, Françoise, 253

sagração da primavera, A, 32, 232
Saint-Hilaire, Auguste, 221
Salgari, Emilio, 224-27
Salles Jr., Walter, 29
"Sampa", 195
San Martín, José de, 217, 218
Sancho Pança, 278
Sandokan, 224, 225
Santayana, George, 231
Santiago, Silviano, 45
Santo Anselmo, 176
Santo Antônio, 113
Santo Tomás de Aquino, 103
Santos, Moacir, 21, 22
São Bernardo, 89
São Paulo quatrocentão, 191
Sarlo, Beatriz, 216
Sarmiento, Domingo Faustino, 217
Sarris, Andrew, 97
Sartre, Jean-Paul, 55, 130, 131
saudade brasileira, A, 76
saudade portuguesa, A, 77
Saussure, Ferdinand de, 87
Scaramouche, 225
Schank, Roger, 20
Schary, Dore, 278-79, 281
Schenck, Nicholas, 279, 281
Schiller, Friedrich, 70
Schopenhauer, Arthur, 64
Schrader, Paul, 95
Schroeder, Barbet, 240
Schwarcz, Luiz, 112
Schwarz, Roberto, 261
Schwarzkopf, Elizabeth, 165
Scorsese, Martin, 29
Scott, Walter, 220, 225
Scowen, Peter, 143

Sebald, G.W., 270
Sebastião, D., 159, 163
Seberg, Jean, 140, 253
Segall, Lasar, 164
segredo da porta fechada, O, 237
segredo das jóias, O, 278
Seixas, Raul, 165
Selznick, David O., 94
Sem destino, 33
Sem novidades no front, 110
Sem olhos em gaza, 54, 57
Sêneca, 32
Sennett, Mack, 250
Serge, Victor, 127
Serrote, 257
sete gatinhos, Os, 238
Sétima sinfonia, 145
"Seu Jacinto", 23-24
Seyfried, Gehhard, 264
Shakespeare, William, 50, 57, 153
Shaw, Bernard, 127, 152
Shearer, Norma, 235
Sheldon, Sidney, 40
Shelley, Percy Bysshe, 246
Shepard, Sam, 213
Shih Huang-ti, imperador, 176
Short Cuts, 108
Shostakovich, Dmitri, 164
Show do Milhão, 51
Shuiten, François, 264
Sibilas, 90
Sidewalks of New York, 30
Sienkiewicz, Henryk, 115
Silva, Bartolomeu Bueno da, 190
Silva, Francisco Manuel da, 26, 80, 82, 83
Silva, Ismael, 186

Silva, João José de Souza e, 82
Silva, Luís Bartolomeu de Souza e, 256, 258
Silveira, Joel, 184, 193, 204, 273
Sim, David, 264
sinal da cruz, O, 234
Sinal de Alarme, 198
Sinatra, Frank, 49, 183, 185, 187, 190
Sinhô, 186
Sísifo, 67, 271
Sítio do Picapau Amarelo, 198
Smith, Bessie, 186
Snake Pit, The, 117
"So Near and Yet So Far", 214
Soares, Jô, 39
Sob o domínio do mal, 33
Sobral Pinto, Heráclito, 45
Sobrinhos do Capitão, 265
Socorro Vermelho, 199
Sócrates, 173
Sófocles, 50
Sol por testemunha, O, 253
Soljenitzin, Alexander, 127
Soneto de fidelidade, 113
Sontag, Susan, 140, 147, 261, 268-72
Sordi, Alberto, 251
sorriso da Gioconda, O, 57
Soseki, Natsume, 270
Soukhanov, Anne H., 62, 63
Sousândrade, Joaquim, 260
Souto, Gilberto, 113, 114, 117
Souvarine, Boris, 127
Souza, Gabriel Soares de, 53
Spellbound, 237
Spengler, Oswald, 172

Spiegelman, Art, 264
Spoliansky, Mischa, 25
Springsteen, R.G., 98
Squeff, Egydio, 274, 275, 276
Sr. Puntila e seu criado Mati, 241
St.-Exupéry, Antoine de, 87
Stalin, Josef, 46, 125-31, 163, 265
Stanislavsky, Constantin, 165
Starobinski, Jean, 75
Steel, Ronald, 143
Stein, Gertrude, 140
Steiner, George, 57
Stendhal, 70, 246
Stereophonic Sound, 168
Sternberg, Josef von, 94
Sterne, Laurence, 270
Stevens, April, 193
Stevens, George, 171
Stevenson, Robert Louis, 68, 175, 225
Stone, I.F., 143
Stone, Sharon, 212
Storni, Alfredo, 257
Storni, Oswaldo, 257
Stout, Rex, 51
Straight Story, The, 34
Straub, Jean-Marie, 241
Stravinsky, Igor, 232
Stroheim, Erich von
Stroessner, Alfredo, 165
Sturges, John, 171
Sturges, Preston, 95, 164
Suassuna, Ariano, 221
Suave é a noite, 232
Subirats, Eduardo, 218
Summer Holiday, 251
Summer Place, A, 253

Summer Stock, 251
Sun, 142
Super-Homem, 120, 133
Suplemento Juvenil, 155
Suplício de uma saudade, 170
Svevo, Italo, 270
Swift, Jonathan, 122, 123
Syncopation, 242

T

Tagore, Rabindranath, 165
Talese, Gay, 280
Tália, 47
Também o cisne morre, 54, 57
Tamborindeguy, Narcisa, 36
Tannhäuser, 50
Tarde demais para esquecer, 170
Tarzan, 89, 118, 120, 124
Tate, Sharon, 162
Tati, Jacques, 252
Taunay, Visconde de, 221
Tavares, Fernando Raposo, 190
Távora, Franklin, 221
Taylor, A.J.P., 231
Taylor, Elizabeth, 212, 235
Teach me Tiger, 193
Teatro Bolshoi, 129
Teatro Brasileiro de Comédia (TBC), 191
Teatro Carlos Gomes, 198
Teatro Jardel, 198
Teatro Municipal do Rio de Janeiro, 182, 194
Teatro Recreio, 199
"Tecendo a manhã", 101
Teixeira de Pascoaes, 77
Teixeira, Antonio Braz, 76

"Tell me Tonight", 25
Tempestade cerebral, 73
Tempos modernos, 115
Tennyson, Alfred, 57
Terceiro Reich, 108-09, 128, 139, 141
Terpsícore, 47, 211
Terra em transe, 207
"Terra seca", 179
Thalberg, Irving, 93
Théâtre des Champs-Élysées, 232
"They Didn't Believe Me", 25
This Day and Age, 110
This is Cinerama, 193
Thomas, Françoise, 143
Thurber, James, 71
Ticiano, 103, 164
Tico-Tico, 254-58
"Tico-tico no fubá", 254
Tigre da Malásia, O, 226
Times, The, 247
Tinguely, Jean, 165
Tinhorão, José Ramos, 185
Tiradentes, 217
Tito, Josip Broz, 130
To Catch a Thief, 252
Tocqueville, Alexis de, 51
Toda nudez será castigada, 238
Todas as mulheres do mundo, 252
Toledo, Roberto Pompeu de, 194, 195
"Tombeau d'Anatole", 102
Torres, Alberto, 260
Tourneur, Jacques, 94
Touro Sentado, 221
Traité de l'arbre, 89
"Trem das onze", 195
Tremalnaik, 225

"três apitos, Os", 24
"três lágrimas, As", 181
"três mosqueteiros, Os", 71
"trevo de quatro folhas, O", 26
Tribuna da Imprensa, 158
Trindade, Zé, 143
Trintignant, Marie, 165
Tristão e Isolda, 50
triste fim de Policarpo Quaresma, O, 44
tronco do ipê, O, 87
Trotsky, Leon, 125, 128, 131, 164
Truffaut, François, 96, 171
Tubarão, 252
Tuchman, Barbara, 231
Tudge, Colin, 18
Twain, Mark, 64, 68

U

Uccello, Paolo, 103
Ulisses, 75, 220
Ulisses, 38
Última Hora, 113, 116, 184, 189, 204
Underwater!, 251
União Nacional dos Estudantes (UNE), 205
United Artists, 113
Universal, 110, 123
Universe in a Nutshell, The, 60
Updike, John, 32
Urquiza, general, 217

V

Vadim, Roger, 252
Vale, Marcos, 189
Valentino, Rodolfo, 123, 164
Valéry, Paul, 118
Vanity Fair , 57
Vargas, Getúlio, 44, 160, 198, 275
Vargas, Pedro, 182
Variety, 62, 119, 170, 239
Vasconcellos, Carolina Michaelis de, 77, 78
Vasconcelos, José Mauro de, 87
Vaughan, Sarah, 186, 187
Vega, Lope de, 164
veias abertas da América Latina, As, 217
Veiga, Evaristo da, 82
Veja, 39, 156, 158, 194, 205
Velázquez, Diego, 103, 165
Vênus, 143, 211
Vera Cruz, 191
Verão de 42, 253
Verissimo, Luís Fernando, 152, 260
Verne, Júlio, 225, 227
Vertov, Dziga, 241
Vestido de noiva, 238
Viagem, 129
viagens de Gulliver, As, 122
Vianna, Antonio Moniz, 237
Viany, Alex, 117
Viany, Elza, 117
vida de Cristo, A, 235
vida digital, A, 177
Vidal, Gore, 64, 94, 261
Vidas amargas, 171
Vidor, King, 94, 250
Vietnã, guerra do, 32, 142, 269
Vigo, Jean, 94
Viralata, 257

Virgilio, 87
Visconti, Luchino, 34, 94, 253
visões de Simone Machard, As, 242
Vives, Luis, 218
Vive-se uma só vez, 110
Voga, 158
Vogue, 57
Volta ao paraíso, 251
Voltaire, 58, 68

W

Wagner, Robert, 251
Wainer, Samuel, 204
Waldheimer, Kurt, 62, 63
Walker, Thomas, 129
Wallenstein, E., 196
Walser, Robert, 269, 270
Wanger, Walter, 108, 110
"War Song", 25
Wards, Humphrey, 56
Washington Post, 162
Washington, Denzel, 29
Waugh, Evelyn, 247
Wayne, John, 220
Weigel, Helene, 241-242
Weil, Simone, 271
Weill, Kurt, 242
Welles, Orson, 96, 118, 119, 151, 236, 241
Wells, H.G., 127, 164, 231
Wenders, Wim, 219
Wescott, Glenway, 270
West Side Story, 50
Wexley, John, 240
Whale, James, 110
When Bad Things Happen To Other People, 64
"When I Had a Uniform On", 23
Where the Stress Falls, 268
"Where Would You Get Your Coat", 24
Whitman, Walt, 38, 51, 87
Whitmore, James, 282
Why Orwell Matters, 127
Wilde, Oscar, 157, 174
Wilder, Billy, 95, 253, 266
Wilder, Thornton, 251
"Wilhelmus van Nassauwen", 81
Williams, Esther, 250
Willis, Bruce, 29
Wilson, Edmund, 57, 261
Winchell, Walter, 107
Winfrey, Oprah, 39
Winston Smith, 134-38
Wise, Robert, 94
Wittgenstein, Ludwig, 58
Wolfe, Tom, 70, 280
Woolf, Virginia, 70
Wray, FHay, 165
Wright, Teresa, 243
Wyler, William, 193

X

Xuxa, 39, 125

Y

Yagoda, Ben, 280
Yantok, Max, 257
Yellow Kid, 257
"You're Sensational", 25
Yupanqui, Ataualpa, 164

Z

Zagajewski, Adam, 270
Zamyatin, Yevgeny, 136, 138
Zanuck, Darryl F., 170
Zap Comix, 264
Zé Macaco, 257
Zenda, 123
Zeus, 89, 121
Zimmer, Carl, 16
Zinoviev, Grigory, 125
Zurlini, Valerio, 98
Zweig, Stefan, 240
Zwick, Edward, 18

Este livro foi composto em EideticNeo e impresso pela Lis Gráfica sobre papel pólen bold 70g para a Agir em novembro de 2006.